Por más de cuarenta años,
Yearling ha sido líder
en literatura clásica y libros galardonados
para lectores jóvenes.

Los libros Yearling presentan
a los escritores y personajes favoritos de los niños,
ofreciendo cuentos dinámicos de aventura,
humor, historia, misterio y fantasía.

Confíe en los libros Yearling para entretener,
inspirar y promover la pasión por la lectura
en todos los niños.

NO LONGER PROPERTY OF
SEATTLE PUBLIC LIBRARY

COLUMBIA BRANCH
RECEIVED
AUG 10 2017

# Devolver al Remitente

# Julia Alvarez

# Devolver al Remitente

Traducción de Liliana Valenzuela

**A YEARLING BOOK**

Sale of this book without a front cover may be unauthorized. If the book is coverless, it may have been reported to the publisher as "unsold or destroyed" and neither the author nor the publisher may have received payment for it.

This is a work of fiction. Names, characters, places, and incidents either are the product of the author's imagination or are used fictitiously. Any resemblance to actual persons, living or dead, events, or locales is entirely coincidental.

Translation copyright © 2010 by Liliana Valenzuela

All rights reserved. Published in the United States by Yearling, an imprint of Random House Children's Books, a division of Random House, Inc., New York. Originally published in English in the United States as *Return to Sender* by Julia Alvarez, copyright © 2009 by Julia Alvarez, by Alfred A Knopf, an imprint of Random House Children's Books, a division of Random House, Inc., New York, in 2009.

Yearling and the jumping horse design are registered trademarks of Random House, Inc.

Visit us on the Web! www.randomhouse.com/kids

Educators and librarians, for a variety of teaching tools, visit us at www.randomhouse.com/teachers

*Library of Congress Cataloging-in-Publication Data*
Alvarez, Julia.
[Return to sender. Spanish]
Devolver al remitente / de Julia Alvarez ; traducción de Liliana Valenzuela. — 1st yearling ed.
p. cm.
Summary: After his family hires migrant Mexican workers to help save their Vermont farm from foreclosure, eleven-year-old Tyler befriends the oldest daughter, but when he discovers they may not be in the country legally, he realizes that real friendship knows no borders.
ISBN 978-0-375-85124-7 (trade) — ISBN 978-0-375-89705-4 (ebook)
[1. Farm life—Vermont—Fiction. 2. Friendship—Fiction. 3. Migrant labor—Fiction. 4. Illegal aliens—Fiction. 5. Vermont—Fiction. 6. Spanish language materials.]
I. Valenzuela, Liliana, 1960– II. Title.
PZ73.A49368 2010
[Fic]—dc22
2009052173

Printed in the United States of America

10 9

First Yearling Edition

Random House Children's Books supports the First Amendment and celebrates the right to read.
Random House Children's Books manifiesta su apoyo a la primera enmienda constitucional y celebra el derecho de leer.

para los niños
*for the children*
Ustedes son a quienes esperábamos
*You are the ones we have been waiting for*

**De "La golondrina"**

¿A dónde irá veloz y fatigada,
la golondrina que de aquí se va?
¡Oh! si en el viento se hallará extraviada,
buscando abrigo y no lo encontrará.
—Narciso Serradel Sevilla (1843–1910)

# CONTENIDO

## UNO
### *One*

# finales de verano

(2005)

# LA GRANJA DE MAL AGÜERO

Tyler mira por la ventana de su cuarto y no puede creer lo que ve.

Se frota los ojos. ¡Todavía están allí! Gente extraña sale del tráiler donde usualmente se quedan los ayudantes. Estos en particular tienen la tez morena y el pelo negro y, aunque no andan emplumados ni llevan hachas de guerra, se parecen a los indígenas norteamericanos de su libro de texto de historia del año pasado, cuando cursaba el quinto grado.

Tyler sale corriendo de su cuarto y baja las escaleras. En el estudio, su papá realiza unos ejercicios de terapia física con la ayuda de mamá. El televisor está encendido; Oprah entrevista a una señora que volvió de la muerte y describe lo maravilloso que es todo en el más allá. —¡Papá —dice Tyler jadeando—, mamá!

—¿Qué tienes? ¿Qué te pasa? —mamá se lleva la mano al corazón, como si pudiera escapársele del pecho y salir volando.

—¡Unos indios se han metido a nuestro terreno sin pedir permiso! ¡Acaban de salir del tráiler!

Papá intenta incorporarse en la silla donde ha estado alzando una pesa que mamá le ató a la pierna derecha. Se deja caer de nuevo y apunta el control remoto hacia el televisor para quitarle el sonido. —Tranquilo, hijo —le dice—. ¿Quieres provocarle un ataque al corazón a tu mamá?

Antes de este verano, esa broma podría haberlos hecho sonreír. Pero ya no es el caso. A mediados de junio, justo al finalizar las clases, el abuelo había muerto de un ataque al corazón mientras atendía su huerta. Luego, unas cuantas semanas después, papá casi se muere en un accidente en la granja. Eso significaba que había dos hombres hábiles menos y ahora Ben, el hermano mayor de Tyler, iba a comenzar sus estudios universitarios en el otoño. —Haz las cuentas —dice su mamá siempre que sale a colación el tema de cómo van a hacer para sacar adelante la granja lechera. Tyler ha comenzado a creer que la granja de ellos tiene una maldición. ¿Cuántas cosas malas deben pasar antes de que una granja pueda certificarse como una granja de mal agüero?

—¿No deberíamos llamar a la policía? ¡Se metieron sin permiso! —Tyler sabe que su papá ha puesto letreros por todo el terreno para advertir a la gente que se prohíbe el paso sin la debida autorización. Más que nada, lo hace para evitar que se metan cazadores que podrían dispararle a una vaca o, peor aún, a una persona por equivocación.

—No se trata de eso exactamente —explica su mamá y luego voltea a mirar a papá, con esos ojos que quieren decir, Explícaselo tú, mi amor.

—Hijo —comienza su papá—, mientras estuviste fuera...

✳        ✳        ✳

A mediados del verano, sus padres enviaron a Tyler a casa de sus tíos en Boston. Su mamá estaba preocupada por él.

—No es el mismo de siempre —Tyler escuchó a mamá decirle a su hermana Roxana por teléfono—. Anda muy decaído, sigue teniendo pesadillas... —Tyler gruñó. Cómo le disgustaba que sacaran sus sentimientos a relucir ante todo el mundo.

¡Por supuesto que Tyler tenía pesadillas! Habían sucedido tantas cosas malas antes de que siquiera comenzara el verano.

Para empezar, que el abuelo se muriera ya había sido algo bastante malo. Luego, el espantoso accidente de papá. Tyler vio cómo sucedió todo. Después no podía dejar de visualizar ese instante una y otra vez en la mente: el tractor trepando por la colina, luego dando una especie de maroma rara hacia atrás, aprisionando a papá. Tyler se despertaba gritando auxilio.

Ese día, Tyler entró corriendo a casa y marcó el 911. De

no haber sido así, dijeron los de la ambulancia, su padre habría muerto. O quizá papá habría resucitado para aparecer en el programa de Oprah y contarles sobre la música suave y las luces brillantes.

Era increíble que papá siguiera con vida, a pesar de que parecía como si el brazo derecho jamás volvería a servirle y siempre caminaría cojeando. A menudo llevaba una mueca en el rostro debido al dolor que sentía.

Pero lo peor de todo vino después de que papá regresara a casa y los padres de Tyler comenzaran a discutir seriamente la posibilidad de vender la granja. Más que nada era mamá. Papá agachaba la cabeza como si supiera que ella tenía la razón, pero no pudiera soportar hacer las cuentas una vez más.

—De acuerdo, de acuerdo —finalmente se dio por vencido.

Entonces Tyler no se pudo contener. —¡No deben venderla! ¡No deben!

Él se había criado en esta granja, así como su padre antes que él y su abuelo y su bisabuelo y su tatarabuelo antes que eso. Si llegaran a abandonar ese hogar, sería algo semejante a lo que se conoce como "El camino de las lágrimas" que Tyler había estudiado en la clase de historia el año pasado. Los indios cheroqui habían sido obligados a abandonar sus tierras para convertirse en emigrantes y caminar mil millas hacia la región fronteriza. Tantos de ellos habían muerto.

—Tigre, cariño, recuerda lo que dijimos —mamá le dice de buena manera frente a papá. Lo llama "Tigre" de cariño cuando quiere halagarlo. Antes de que su padre volviera del hospital, la pierna y el brazo derechos todavía enyesados, mamá reunió a Tyler y a su hermano y hermana mayores para hablar con ellos. Les explicó que debían poner todo de su parte para ayudar a su papá a recuperarse. Nada de preocupaciones extra (mirando a Ben, de dieciocho años pero que ya se sentía lo suficientemente mayor como para hacer-lo-que-se-me-dé-la-gana). Nada de líos (mirando a Sara, de quince años, con un novio, Jake, y la "Fiebre del sábado por la noche" siete noches a la semana, como solía bromear papá, cuando todavía bromeaba). Nada de alborotos (mirando a Tyler, quien por ser el menor a veces tenía que armar un alboroto tan sólo para que lo escucharan). Todos debían hacer lo posible por subirle el ánimo a papá este verano.

Pero Tyler sabía a ciencia cierta que vender la granja mataría a su papá. ¡Mataría a Tyler!

Después de ese arrebato, mamá tuvo otra conversación, esta vez sólo con Tyler. Le pidió que se sentara de nuevo a la mesa de la cocina, como si todo este asunto fuera un problema de matemáticas que Tyler no pudiera resolver. Las granjas lecheras luchaban por sobrevivir. Era difícil encontrar mano de obra. Y si llegabas a encontrar a alguien como Corey, él sólo quería trabajar ocho horas al día, cinco días a la semana. El problema era que a las vacas hay que ordeñarlas dos veces al día todos los días y la ordeña tiene que espaciarse por lo menos unas ocho a diez horas. Ben, el hermano de Tyler, ayudaba por el momento. Pero iba a asistir a la universidad al término del verano y no tenía interés en dedicarse a la granja una vez que se graduara. Mientras tanto, según su hermana Sara, ella le tenía alergia a casi todo en la granja, sobre todo a las labores.

—¿Y yo qué? —prorrumpió Tyler. ¿Por qué siempre lo hacían menos, sólo por ser el menor?— Yo puedo ordeñar las vacas. Yo sé cómo manejar el tractor.

Mamá acercó la mano y le despejó el pelo de los ojos. ¡A buena hora se le ocurre querer hacerlo presentable! —Mi tigre, sé que eres un hombrecito muy trabajador, pero ordeñar doscientas vacas es imposible, incluso para un hombre fornido. —Le sonrió con ternura—. Además, debes asistir a la escuela.

—Pero podría quedarme a trabajar, sólo este año —agregó Tyler. Se sentía desesperado. Claro que echaría de menos a sus amigos y ciertas cosas de la escuela, como cuando estudiaban las tribus indígenas norteamericanas o el universo o el idioma español, que una maestra nueva les enseñaba dos veces por semana.

Pero mamá ya estaba negando con la cabeza. Tyler debió haberlo imaginado. Ni en un millón de años lo dejaría quedarse en casa. La escuela era lo que ella llamaba una prioridad. —Incluso si te llegaras a dedicar a la granja, uno nunca sabe lo que puede llegar a suceder... —Mamá no tenía que continuar esa oración que ahora ambos eran capaces de completar: mira lo que le pasó a tu padre.

—Tigre, cariño, sé que no es nada fácil. Pero hay veces en la vida... —Cualquier oración que mamá comenzara con las palabras *hay veces en la vida* no iba a tener un final agradable— en que debemos aceptar las cosas que no podemos cambiar. —Parecía pensativa, incluso un poco triste—. Pero lo que hacemos con lo que nos da la vida, nos convierte en quiénes somos. —Sonaba como un acertijo. Como algo que el reverendo Hollister diría en un sermón.

—¡Pero eso sería como si el abuelo se muriera de nuevo!

—Tyler estaba llorando, aunque no quería llorar. Las cenizas del abuelo estaban esparcidas en el jardín de la antigua casa donde aún vivía la abuela. ¿Cómo abandonarlas? ¿Y qué hay de la abuela? ¿Adónde iría ella?

Su mamá le explicó que el plan era quedarse con la casa de los abuelos, incluso con un pequeño terreno a un lado donde los padres de Tyler pudieran construir una casa nueva. —En realidad no tenemos que irnos de aquí —agregó mamá. Ahora Tyler era quien negaba con la cabeza. Mamá se había criado en Boston, era una chica de ciudad. No comprendía de la misma manera que Tyler, de la misma manera que el abuelo y su papá, lo que significaba ser una familia granjera.

¿Cómo explicarle a ella que la granja no sólo era de papá, sino de toda la familia, remontándose hasta antes del abuelo, así como proyectándose hacia un futuro, suya y de Sara y de Ben, aun si ellos no la quisieran?

Tyler recordó algo que el jefe Abenaki les había dicho cuando vino a la asamblea escolar: "Mi pueblo cree que no recibimos la tierra de nuestros antepasados, sino que nos la prestan nuestros hijos".

—¡Pero no es justo, no es justo! —respondió Tyler a las explicaciones de mamá. Y también respondió eso cuando ella anunció que a Tyler lo habían invitado a visitar a su tía Roxy y a su tío Tony por un mes en Boston.

Eso *sí* que me matará, pensó Tyler.

La tía Roxy y el tío Tony tenían ciertas peculiaridades que hacían que Tyler no se sintiera bien al quejarse de ellos. Eran espléndidos y siempre estaban dispuestos a la aventura y, como no tenían hijos, gozaban consintiendo a sus sobrinos. Sara los adoraba.

—¿Por qué no puedo ir yo a quedarme allá por un mes? —preguntó ella mientras Tyler hacía las maletas.

—Te cambio de lugar —ofreció él en un susurro. Pero su madre lo escuchó y le lanzó esa mirada de es-hora-de-resolver-otro-problema-de-matemáticas. Así que Tyler mejor se quedó callado. Además, no querría jamás herir los sentimientos de sus tíos. Ellos eran como dos niños pequeños, sólo que de edad madura, de modo que era raro que actuaran como si fueran de la edad de él.

De hecho, mamá no siempre había permitido que sus hijos fueran de visita a casa de su hermana y el tío Tony. —No me lo tomes a mal, quiero a Roxy un montón —Tyler escuchó a mamá decirle a papá—, pero ella es una bala perdida y él no se queda atrás, ya los conoces. —Tía Roxy y tío Tony habían hecho ciertas locuras de las que Tyler no debía enterarse.

—¿Cómo qué? —le preguntó a Sara, quien se las arreglaba para averiguar cosas.

—Bueno, por un lado, cómo se conocieron. Tía Roxy trabajaba en un bar donde hay carreras de patinaje sobre ruedas —Sara rió, sacudiendo la cabeza, disfrutando de esa imagen. Tyler no estaba seguro por qué era tan gracioso. Le costaba trabajo armar en qué consistía ese trabajo en su cabeza: andar en patines en un derbi y servir bebidas en un bar... ¿todo al mismo tiempo?

—¿Y el tío Tony?

—Uy, ni me preguntes. Ha hecho muchas diabluras. Trabajaba de gorila en el mismo bar donde trabajaba tía Roxy —Un gorila, le explicó su hermana, era un guardaespaldas fornido que echaba fuera a la gente escandalosa de los bares.

—¿Tío Tony? —¿El tío Tony alto, medio ridículo, que siempre andaba contando chistes?

Su hermana asintió solemnemente, con ese aire de sabelotodo. —Cuando trabajaban en ese bar, se les ocurrió la idea de dar fiestas.

Hacía un par de años, tía Roxy y tío Tony renunciaron a sus trabajos nocturnos para montar un negocio en el que dan fiestas, que ha tenido un éxito tremendo, el cual, entre otras cosas, vende productos para fiesta por Internet. También eran animadores de fiestas que volaban a las mansiones y los chalets de los ricos para ayudarles a dar las mejores fiestas, fiestas de Navidad y bodas y fiestas de cumpleaños y fiestas de nada-más-porque-se-me-da-la-gana. Perfectas Parrandas, nombraron su compañía.

Mamá se alegraba de ya no tener que velar por su hermana menor y de que ahora sus hijos tuvieran a una tía y un tío que les pudieran dar un respaldo.

Tío Tony y tía Roxy llegaron a la celebración del cuatro de julio vestidos en unos atuendos rojo, azul y blanco que hacían juego, tío Tony con un sombrero de copa como el del Tío Sam y tía Roxy con una corona como la de la Estatua de la Libertad. Al regresar a casa de ellos en Boston, Tyler creyó que se moriría de la vergüenza cada vez que un auto los rebasaba en la carretera. Pero los demás conductores bajaban de velocidad y les hacían el gesto de pulgares arriba. Con razón su empresa tenía tanto éxito.

La visita de todo un mes en realidad resultó bastante buena. Las oficinas de Perfectas Parrandas quedaban en el primer piso de su condominio, así que mientras su tía y su tío trabajaban, Tyler se entretenía solo. Jugaba juegos de vídeo y veía películas en el televisor de mega pantalla. Todos los fines de semana había una fiesta a la cual ir o una salida a un parque de diversiones o —la actividad favorita de Tyler— una visita al Museo de Ciencias. Miraba las estrellas del planetario y pensaba en el universo, olvidando sus preocupaciones acerca de la granja por horas a la vez. Los viernes después del trabajo, si la noche estaba despejada, su tío y su tía lo llevaban al museo para que Tyler pudiera mirar por el poderoso telescopio las estrellas de verdad.

Pero aunque la estaba pasando bien, Tyler echaba mucho de menos la granja. Con frecuencia, durante el día, se ponía a pensar qué estaría sucediendo en ese momento en casa: la ordeña de las vacas o la siega de la pradera negra o el apilado de las pacas en el henil mientras las golondrinas entraban y salían en picada del establo. Tyler podía oler el pasto recién cortado, escuchar el mugir de las vacas mientras esperaban a que la carreta con el forraje llegara a sus compartimentos. Luego, sin previa advertencia, le brotaba un pensamiento en la mente —*iban a vender la granja y por eso sus padres lo habían mandado lejos*— y comenzaba a preocuparse de nuevo.

Al final de su estancia, la mamá de Tyler llegó en el auto con Sara, que iba a pasar su propia semana con sus tíos. De regreso a Vermont, la mamá sorprendió a Tyler con las mejores noticias que hubiera escuchado jamás. —Cariño, creemos que hemos encontrado la manera de conservar la granja familiar después de todo.

¡Tyler sintió como si le hubiera sido devuelta su vida entera, envuelta como regalo y hasta con un moño enorme encima! Pero, un momento, ¿eso quería decir que papá había recobrado el uso de su brazo? ¿Iba Ben a quedarse en la granja en vez de ir a la universidad? ¿Había el hermano de papá, el tío Larry, que también era granjero, ofrecido unir sus dos granjas adyacentes?

Todas esas preguntas brotaban dentro de la cabeza de Tyler como en uno de esos juegos de vídeo donde unos invasores siniestros saltan a la vista a cada instante. Pero Tyler no iba a permitirles que se apoderaran otra vez de sus sentimientos. Tomaría las buenas noticias y saldría corriendo de ahí. Sea como fuere que sus padres habían logrado rescatar la granja familiar, sólo se alegraba de que hubieran realizado ese milagro en el mes que él había estado fuera.

✳    ✳    ✳

—En tu ausencia —explica papá—, encontramos a unas personas que me van a ayudar con el trabajo.

—Me lo preguntaba... —admite Tyler. Pero se ha prometido a sí mismo no hacer miles de preguntas y comenzar a preocuparse de nuevo.

—Aquellos "intrusos" son en verdad la razón por la que podemos permanecer en la granja —continua el padre de Tyler—. Son los mejores ayudantes que uno podría pedir —sonríe con tristeza. Tyler sabe lo mucho que le cuesta a su padre pedir ayuda de cualquier tipo. La abuela siempre dice que papá debió haber nacido en New Hampshire, cuyo lema es "Vivir libre o morir".

—Son de México —prosigue mamá. Ella explica mejor las cosas que papá, para quien dos más dos siempre son cuatro y se acabó. Mientras que mamá elabora que si dos es un número par, cómo si lo multiplicas por sí mismo te da cuatro, lo mismo que si lo sumas a sí mismo... Lo único malo de las explicaciones de mamá es que se alargan demasiado y Tyler no puede evitar sentirse impaciente.

—Vinieron desde el sur de México, de un lugar llamado Chiapas —dice mamá.

—¿Quieres decir que fueron a recogerlos a México mientras yo estuve ausente? —¡Con razón Sara no había hecho más escándalo sobre querer acompañar a Tyler a Boston!

—No, hijo —papá niega con la cabeza—. No tuvimos que ir a México. Ellos ya estaban aquí.

—Tu tío Larry tenía a varios en su granja —mamá entra en detalles—. Y él nos contó acerca de ellos. Muchos de ellos vienen acá porque no ganan lo suficiente en su tierra como para sobrevivir. Muchos de ellos solían trabajar en el campo. Se separan de sus familias durante años —A Tyler le suena parecido al "Camino de las lágrimas".

—Son tan buenos trabajadores —afirma papá—. Nos dejan cortos.

—Bueno, querido —mamá le sonríe cariñosamente a su marido—, tú no te quedas atrás.

—No me quedaba... —murmura él amargamente.

—Así que, como ves, definitivamente no son intrusos —dice mamá, ignorando la nube negra, tratando de verle el lado bueno a las cosas—. Son como nuestros ángeles —agrega.

—Conté a por lo menos tres hombres —dice Tyler. Le molesta que se pongan a hablar de ángeles. Al menos mientras Oprah todavía esté en la pantalla junto a unos acercamientos de un auto destrozado en un accidente horrible que a Tyler le trae recuerdos del tractor volcado de papá.

Además, los *ángeles* están a un paso de distancia de los fantasmas y del pensamiento aterrador de que tal vez su granja tenga una maldición.

—Y también hay tres niñas —agrega mamá. Papá levanta la vista como si esto fuera una novedad para él—. Asistirán a tu escuela —continúa mamá—. Una de ellas es de tu edad. Probablemente estarán en el mismo grado.

—No mencionaste nada acerca de unas niñas —papá se ve alarmado.

—Yo tampoco sabía nada hasta que los fui a recoger —dice mamá, encogiéndose de hombros. Al igual que Tyler, su mamá probablemente tampoco quiso hacer demasiadas preguntas cuando unos ángeles acudían a su rescate, aun si iban disfrazados de mexicanos.

—Algo más, Tigre —dice su mamá cuando Tyler está a punto de salir del cuarto—. Nosotros... bueno... ya van a comenzar las clases —ella titubea—. Lo que te acabamos

de decir, mhmmm, que no salga de la granja, ¿de acuerdo?
—Su mamá echa una ojeada al televisor, que sigue mudo. Es como si la misma Oprah estuviera siguiendo las instrucciones de mamá.

Tyler debe parecer confundido, porque su mamá prosigue a explicar cosas que no tienen sentido. —Es decir, es como cuando tenemos una discusión en casa o te decimos que algo es confidencial. ¿Comprendes?

Por supuesto que Tyler comprende lo de la confidencialidad. Como la vez que al tío Byron lo operaron de hemorroides. O cuando al hijo mayor del tío Larry, Larry júnior, lo pescaron en el granero con una chica. Pero, ¿por qué sería confidencial contratar a unos trabajadores?

Y entonces Tyler cae en la cuenta. ¡El orgullo de su padre! Papá no quiere que los vecinos de otras granjas se enteren de que él necesita no a uno, sino —Tyler los contó— a tres ayudantes. Por no mencionar que sus padres quizá teman que otro granjero quiera quitarles a esos trabajadores. Pagarles más dinero, darles casa en lugar de un tráiler.

—De acuerdo —asiente él con la cabeza, sonriendo aliviado—. Si alguien me pregunta, les diré simplemente que conseguimos a unos marcianos —De hecho, ¡es posible que sus compañeros de clase le crean! Cuando cursaban quinto grado, Ronny y Clayton, los buscapleitos de la escuela, solían cantar "¡Allí está Ty, el científico lunático!" porque Tyler siempre hablaba sobre el universo y las estrellas en clase.

—Contratamos a unos extraterrestres —reportaría—. Son unos magníficos ayudantes. No hay que pagarles, ni darles de comer. Sólo hay que reiniciarlos como una computadora por la noche y están listos por la mañana.

Sólo cuando sube las escaleras al piso de arriba se le ocurre. Si las niñas van a asistir a Bridgeport, ¿cómo podrían ser un secreto? Está a punto de bajar las escaleras y planteárselo a sus padres, pero entonces recuerda la promesa que se hizo a sí mismo. Nada de preguntas. Nada de preocupaciones. Que esas niñas discurran su propia explicación. Debía ser más fácil ser un mexicano que un extraterrestre del espacio sideral.

Pero al recordar la expresión de preocupación de mamá y la cabeza agachada de papá, Tyler se pregunta si acaso ser marciano sería mucho más fácil de explicar, que ser mexicano en Vermont. Una cosa es cierta: hay veces en la vida en que uno debe aceptar cosas que nunca comprenderá.

**15 de agosto de 2005**

*Queridísima mamá,*

Si estás leyendo estas palabras, ¡eso quiere decir que has vuelto a Carolina del Norte! Nada nos alegraría más a papá, a mis hermanas y a mí que escuchar esas buenas noticias. Te hemos extrañado tanto estos ocho meses y un día (sí, mamá, llevo la cuenta) que no has estado aquí con nosotros.

Para cuando recibas esta carta, nos habremos mudado al norte. —¿Yo creí que ya estábamos en el norte? —preguntó Ofi cuando papá anunció que nos mudaríamos de Carolina del Norte a Vermont.

Papá se rió. —Más allá en el norte —explicó. Un estado aún más al norte del país donde hay muchas granjas. Tío Armando y tío Felipe y papá se enteraron, por medio de unos amigos de Las Margaritas que habían encontrado trabajo allí, de que los patrones son buena gente y necesitan ayuda en sus granjas.

Al principio, ninguno de nosotros quería mudarse porque temíamos que regresaras y no nos encontraras donde nos dejaste. Pero como unos amigos se quedaron con nuestro apartamento en Durham y dejamos dicho adónde vamos y muy pronto recibirás esta carta, hemos descartado esa duda.

Aun así, a Luby y a Ofi les es difícil abandonar el lugar que ha sido su hogar. El lugar donde nacieron. En cuanto a mí, es el lugar donde he estado esperando. Esperando a que regreses. Esperando a que las leyes cambien para poder volver al lugar donde nací en México y luego poder volver a los Estados Unidos.

Pero papá nos explicó cómo nuestras vidas mejorarían en Vermont. Estaríamos todos juntos, viviendo en la granja donde él y nuestros tíos trabajarían.

Desde que te fuiste, mamá, él no quiere perdernos de vista a mí y a mis hermanas ni por un instante. Y ahora, hay tantos mexicanos en Carolina del Norte que él no siempre podía encontrar trabajo y, cuando lo conseguía, tenía que ir adonde el patrón lo mandara. Los trabajos sólo duran dos, tres semanas y luego es de vuelta a alguna esquina callejera con un grupito de mexicanos en espera de ser elegido. Y siempre con el temor de que la migra lo recoja a él primero y lo deporte de vuelta a casa, donde tendría que encontrar dinero para pagar por el cruce peligroso al otro lado una vez más. A papá le preocupa pensar en qué nos pasaría a mis hermanas y a mí si a él se lo llevaran, sobre todo ahora que no estás aquí para que por lo menos haya un padre de familia.

—No te preocupes —le recuerda tío Armando

a papá—. Yo las cuidaría como a mis propios hijos. —Nuestro tío no ha visto a su esposa ni a sus hijos desde que fue a visitarlos hace tres años. Ni siquiera ha conocido a su hija más pequeña. "Papafón", lo llama ella, porque sólo lo conoce de escuchar su voz por teléfono.

—¿Y qué tal si te llevaran a ti también? —papá siempre le responde—. ¿Entonces qué?

Nuestro tío Felipe rasguea la guitarra para recordarle a papá que él también puede cuidarnos. "Wilmita", es el apodo de su guitarra. —Las cuidaría como a unas princesitas —canta entonando una melodía—. Las vestiría de diamantes y perlas, y las llevaría a Disneylandia.

—Qué tal si les ponemos suéteres y botas y las llevamos a una granja en Vermont —dice papá, sonriendo. De veras que tío Felipe sabe cómo hacernos reír. Sin él, seríamos como la familia del pozo medio vacío, sin duda.

De otra cosa no hay duda: ¡papá estaría mucho más contento trabajando en una granja! A menudo nos cuenta de cuando era niño y ayudaba a nuestro abuelo, "abuelote", en el campo en Las Margaritas. Pero eso fue antes de que la familia abandonara la agricultura porque no podía vivir de eso. En Carolina del Norte se dedicó únicamente a la construcción y a menudo los empleos quedaban lejos y papá no podía volver a casa durante varias semanas a la vez y entonces sólo por un breve fin de semana.

No te preocupes, mamá, he cuidado bien a mis hermanas menores mientras él está fuera. ¡No vas a creer lo alta que se ha puesto Luby! ¡Me llega al pecho y Ofi está casi tan alta como yo! Mucha gente calcula que ellas tienen más de cinco y siete, lo cual llena de orgullo a Ofi. A veces, esas mismas personas no pueden creer que yo tenga realmente once, casi doce. —Las cosas buenas vienen en paquetes pequeños —me dicen para consolarme.

Comprendo por qué no soy muy alta, porque salí a ti y a papá. ¿Pero de dónde sacaron esa altura mis hermanas? En la escuela aprendimos sobre los genes o *genes* en inglés, sobre cómo nos convertimos en lo que nuestros padres ponen dentro de nosotros.

—¿Serán los hambur-*genes*? —bromea tío Felipe cuando se lo explico—. Él dice que es la comida americana en abundancia. Cuando yo estaba en tu vientre en Las Margaritas tú no comías tan bien como cuando Ofi y Luby nacieron en este país. Cuando ve la cara triste que pongo, tío Felipe trata de hacer otra broma—. ¡Demasiado McDonald's y Coca-Colas! —Sonríe esa sonrisa maravillosa que es tan difícil de resistir. Papá dice que cuando tío Felipe regrese con los bolsillos cargados de dinero y su buen aspecto, todas las muchachas de Las Margaritas se le van a aventar encima como hacen aquí las chicas a las estrellas de cine. Eso hace que tío Felipe sonría de oreja a oreja.

Es difícil ser la más distinta de mis hermanas. Algunos niños de mi antigua escuela se burlaban de mí, llamándome una *illegal alien*. ¿Qué tengo yo de ilegal? ¿Sólo porque nací al otro lado de la frontera? En cuanto a *alien*, le pregunté a la ayudante de la maestra y ella me explicó que ¡un *alien* es una criatura del espacio que ni siquiera pertenece a esta Tierra! Así que, ¿adónde se supone que debo vivir?

Aun en casa, a veces me siento tan sola. No puedo contarle a papá de los niños que se burlan de mí porque nos sacaría de clases, sobre todo ahora que tiene una actitud tan protectora desde que te fuiste. No puedo hablar de eso con mis hermanitas, ya que no quiero preocuparlas más de la cuenta. Además, Ofi es tan bocona, que temo que le contaría a papá cualquier cosa que yo le diga. ¿Y cómo podría cualquiera de ellos comprender por qué me siento tan sola? No soy como mis hermanas, que son unas americanitas que nacieron aquí y ésta es la única realidad que conocen. Yo nací en México, pero no me siento mexicana, no como papá y mis tíos con todos sus recuerdos e historias y añoranzas.

Si tan sólo estuvieras aquí, mamá, tú me comprenderías. Ahora que no estás aquí, papá dice que tengo que hacer de mamá para con mis hermanitas. —Pero, ¿quién va a ser mi mamá? —le pregunto. Él sólo agacha la cabeza y se queda callado por días enteros. No quiero entristecerlo más, preguntándoselo de nuevo.

Por eso te escribo, mamá. No sólo para decirte adónde nos vamos a mudar, sino también porque no tengo ningún otro lugar dónde poner las cosas que están en mi corazón. Como siempre le decías a papá cuando te hallaba escribiendo cartas o simplemente escribiendo en un cuaderno: "El papel lo aguanta todo". Las penas que de otra forma te partirían el alma. Las alegrías con alas que te elevan por encima de las cosas tristes de la vida.

Mamá, ¿sabes qué he extrañado más que nada? ¡Tus historias! Aquellas maravillosas historias que siempre nos contabas a mis hermanas y a mí desde antes de que ellas pudieran comprender por qué tú y papá habían venido desde Las Margaritas hasta Carolina del Norte, los sueños que te impulsaron aquí para que pudieras darnos una vida mejor y pudieras ayudar a nuestros abuelitos y tías y tíos en casa.

Desde que te fuiste, mamá, he seguido contándoles esas historias. Luby y Ofi no tienen tantos recuerdos tuyos como yo. Así que siempre estoy agregando los míos a los de ellas para que cuando vuelvas no seas como una extraña. Y te escribo por la misma razón, para que me conozcas a través de estas palabras. Para que cuando me veas, yo tampoco sea para ti como una extraterrestre, mamá. Porque eso me partiría el alma, incluso si lo escribo.

Te quiero con todo mi corazón y con mi *heart* también,

Mari

Queridísima mamá,

Te escribo para decirte que llegamos bien. Espero que para ahora ya hayas regresado a Carolina del Norte y que encuentres esta carta, así como la primera, esperándote.

Todavía no conseguimos nuestro propio número telefónico, pero tienes el número del patrón que te dejamos y te lo voy a escribir aquí también: 802-555-2789.

Nuestro viaje a Vermont no fue tan largo como nuestra travesía a este país. Al principio, el plan era comprar un coche usado y que tío Armando nos llevara, un viaje de unos tres días. Pero papá temía que nos pudiera parar la policía y darse cuenta de que cuatro de nosotros no teníamos papeles, incluso un conductor sin licencia y dos americanitas a quienes obviamente habíamos secuestrado.

Estaba el problema adicional de que tío Felipe creía que la policía pudiera estar buscándolo. No, mamá, no hizo nada malo. Pero la viejita para la que trabajaba tenía dos perritos y parte del trabajo de tío Felipe era darles de comer y sacarlos a pasear. Tío Felipe decía que esos animales comían mejor que la mayoría de la gente en Las Margaritas. Hace varias semanas, uno de esos perritos

25

desapareció y la señora estaba segura de que tío Felipe lo había vendido, ya que esos perritos son muy valiosos. Pero como dijo tío Felipe cuando nos contó la historia: "Entonces, ¿por qué no vendí los dos?".

Pero tío Felipe no podía defenderse porque no sabe suficiente inglés. Lo que sí entendió fue cuando esa señora dijo la palabra *police*. De modo que, después de que ella se volvió a meter a su casa, tío Felipe salió corriendo de allí y llegó a casa a media mañana. Mis hermanas y yo no esperábamos a nadie hasta el final del día. Nos emocionamos tanto cuando escuchamos una llave en el cerrojo, pensando que eras tú, mamá, de vuelta a casa. Tratamos de no mostrar nuestra desilusión cuando sólo se trataba de nuestro tío.

Después de eso, tío Felipe tenía miedo de salir a la calle y de que lo pescaran por un robo que no había cometido.

Ofrecí llamar a la señora, ya que ahora hablo inglés casi a la perfección. Podría explicarle cómo jamás nuestro tío saca siquiera algo del refrigerador que no haya comprado él mismo sin pedir permiso primero.

Pero tío Felipe negó con la cabeza. Esa viejita no iba a creerle a una mexicana. No fue la intención de mi tío herir mis sentimientos, pero me hizo sentir tan fuera de lugar, como cuando los niños de la escuela me ponen apodos feos.

—Yo la llamo —ofreció Ofi—. Yo soy americana.

—Yo también soy americana —dijo Luby—. Puedo dejar que ella juegue con mi perrito, tío Fipe. —Luby nos mostró su perrito de peluche que nuestro tío le había comprado en Wal-Mart.

Incluso tío Felipe sonrió, aunque sus ojos se veían tristes.

> *(Más tarde ese mismo día, ya que tuve*
> *que hacer una pausa.*
> *A veces me pongo tan triste, incluso si*
> *escribo las cosas.)*

Papá y mis tíos decidieron que sería mejor que viajáramos en autobús, como lo hicimos durante aquel primer viaje cuando vinimos de México. Yo tenía apenas cuatro años. Así que no sé si realmente lo recuerdo, mamá, o si tus historias se han convertido en parte de mis recuerdos.

Lo que sí recuerdo es lo mucho que lloraste cuando nos fuimos de Las Margaritas. —Lloré tanto que durante años no me quedaron lágrimas —me contaste años después. No comprendo cómo es posible eso, mamá. Desde que te fuiste, he llorado y llorado sobre mi almohada para no inquietar a papá o a mis hermanas en cuanto a tu ausencia y cada noche hay lágrimas nuevas.

Esos últimos momentos en Las Margaritas, me

dijiste que te aferraste de abuelita y que tus hermanas y hermanos menores se aferraban de ti, y abuelito bajó la vista a la tierra que ya no era capaz de alimentar a su familia. —Mija —dijo él al despedirse—, si no nos vemos otra vez en este mundo, nos encontraremos en el más allá. —Eso sólo te hizo llorar con más ganas.

Me dijiste, o tal vez recuerdo, ese largo recorrido en autobús durante días y días hasta que llegamos a la frontera con los Estados Unidos. No sabías que nuestro México era tan vasto y hermoso. El año pasado, en la clase de geografía, encontré Las Margaritas en el mapa en la mera puntita de México al sur y tracé con el dedo la ruta que hicimos a la frontera norte al otro extremo. ¡Qué recorrido tan largo a un lugar que no nos da la bienvenida y que en lugar de eso nos quiere echar de aquí!

Oprimías la cara contra la ventanilla de ese autobús, me dijiste, y yo también. A veces, cuando pasábamos por un pueblo y veíamos a un niño o a un anciano, les hacíamos adiós con la mano y ellos nos contestaban el saludo. A veces eso te entristecía, te hacía pensar en tu madre y tu padre y los seres queridos que habías dejado atrás.

Aquellas veces en que la tristeza hacía que quisieras regresarte, papá te recordaba que estabas a punto de comenzar una vida nueva con nuestra familia. Alcanzaríamos a tío Armando, que ya estaba en Carolina del Norte y había enviado dinero para nuestro pasaje. Tío Felipe nos acompañó y, a veces, a pesar de lo triste que estabas, él podía hacerte sonreír con sus alardes: —¡Voy a regresar muy rico, con un carrazo, y voy a dar una fiesta con piñatas rellenas de dólares! —Pensar que él sólo tenía catorce años y ya comenzaba su vida como hombre, abandonando los estudios y su hogar para ayudar a mantener a su familia.

Llegamos al pueblo fronterizo y encontramos a los hombres que mi tío Armando nos había recomendado. —Pero, ¿dónde están los coyotes? —yo seguía preguntando. Papá había dicho que unos coyotes nos iban a ayudar a cruzar al otro lado, a este país, ¡así que yo había esperado ver unos animales vestidos con ropa hablando español!

Pero resultaron ser unos hombres, no muy amables por cierto, siempre regañándonos como si *nosotros* fuéramos unos animales. Sólo teníamos permitido llevar una bolsa pequeña que no nos fuera a detener mucho o que no ocupara mucho espacio en la camioneta que nos esperaría al otro lado. Recuerdo que les regalaste todo a los pobres limosneros que estaban afuera de la catedral donde paramos a rezar antes de seguir adelante. Luego los coyotes nos metieron en un cuartito con docenas de otras personas, aguardando la oscuridad, para llevarnos en grupos pequeños por el desierto.

Estaba muy oscuro. A veces yo caminaba a tu lado, pero más que nada tú y papá y tío Felipe se turnaban cargándome. Podía escuchar tu corazón latir con tanta fuerza dentro de tu pecho que temía que iba a salirse de allí, así que me aferré aún más, como una venda para que éste no se saliera. Ese viaje parecía seguir y seguir durante días. Recuerdo el miedo a las víboras, a las piedras puntiagudas, a las luces de la migra. Y siempre, la tremenda sed... no estoy segura de que aun este papel pueda aguantar esos recuerdos aterradores.

Pero llegamos bien, mamá, y eso es lo que te deseo ahora después de ocho meses y cinco días de viaje. Sé que papá se echa la culpa por haberte dejado regresar sola a México. Pero el pasaje costaba demasiado como para pensar en que llevaras a cualquiera de nosotras contigo cuando recibimos la llamada diciéndonos que abuelita se estaba muriendo. Mis hermanas y yo ni siquiera supimos esa noche cuando nos acostaste, que a la mañana siguiente ya no estarías aquí. Aún recuerdo cómo, después de que arropaste a mis hermanas, te quedaste un ratito a mi lado. —Prométeme —me dijiste, con tanta urgencia en tu voz que se me quitó el sueño de inmediato—, prométeme que siempre vas a cuidar de tus hermanitas.

—Mamá, ¿qué pasa? —pregunté, incorporándome. Luby ya estaba roncando y Ofi se quejaba de que estábamos haciendo mucho ruido.

—Shhh —me susurraste, señalando a mi hermana malhumorada—. Nada, corazón. Pero nunca me olvidarás, ¿verdad?

Negué con firmeza. ¿Cómo podrías dudar de tal cosa y por qué dudabas ahora?

—Siempre que te sientas triste o sola o confundida, basta con tomar una pluma y escribirme una carta —dijiste, acomodándome el pelo detrás de las orejas.

—Pero, ¿por qué te escribiría una carta si estás aquí, mamá? —Yo había oído mencionar que abuelita estaba enferma, pero ni tú ni papá habían dicho nada sobre tu partida.

Te reíste como hace la gente cuando se sienten avergonzados porque los pescaron cometiendo un error. —Quiero decir... que es bueno escribir cartas. Cuando le comunicas tus pensamientos a alguien más, ya no te sientes tan sola.

Asentí, sintiéndome aliviada por tu explicación. Poco después de que saliste de puntitas de allí, me quedé dormida. Pero esa noche tuve pesadillas. Estábamos cruzando de nuevo el desierto. Una víbora se te enredaba alrededor del cuerpo como una boa constrictora. Luego una pluma enorme empezó a escribir sobre la tierra, dibujando una frontera negra y profunda. Me desperté, asustada. El apartamento estaba tan silencioso. Pensé en levantarme para ir a buscarte a ti y a papá, pero la respiración tranquila de mis hermanas hizo que me adormilara de nuevo.

La mañana siguiente, ¡qué impresión cuando papá nos dio la noticia! Ahora comprendí por qué habías dicho eso, mamá. Mis hermanas lloraron y lloraron, pero yo tuve que ser fuerte por ellas y por papá. De todas formas, me mordí tanto las uñas que me sangraron. Papá seguía tranquilizándonos, diciendo que no habría problema con el viaje, que regresarías a tu tierra natal por avión, no a pie por el desierto.

El peligro estuvo a tu regreso, después de la muerte de abuelita, para volver a reunirte con nosotros. Papá había mandado dinero extra para que pudieras volver a entrar a los Estados Unidos de manera segura, por medio de una reserva indígena, disfrazada de la esposa de un jefe indio, sentada en el asiento delantero de su coche.

¡Nos llamaste antes de salir y estábamos tan emocionados! Durante días después, limpiamos todos los rincones de ese apartamento; incluso Ofi ayudó sin quejarse. Queríamos que todo luciera impecable a tu regreso. Finalmente, todas las superficies brillaban y todos los paquetes y las latas y las cajas de la despensa de la cocina se veían como si los hubiéramos alineado con una regla. Y después, esperamos y esperamos y esperamos...

Papá no podía avisar a la policía porque era ilegal que trataras de entrar sin permiso en primer lugar. Finalmente, decidió dejarnos con nuestros tíos y volver a trazar tus pasos. Tío Felipe trataba de distraernos con sus canciones y sus bromas, pero esta vez no funcionó. Tío Armando aceptaba únicamente trabajos locales para poder volver a casa al final del día.

Todas las noches, papá llamaba. —¿Han sabido algo? —comenzaba siempre, y nosotros le preguntábamos lo mismo. Pero nadie pudo darle razón de tu paradero. Para cuando volvió, papá estaba casi loco de dolor. Por las noches, después de que todos se iban a acostar, me lo encontraba en la cocina, sentado en la oscuridad, con la cabeza entre las manos.

—Papá, ella regresará. —Ahora era yo quien lo tranquilizaba.

—Espero que sí, mija —me decía con voz angustiada.

Al pasar de los meses, se ha calmado bastante, mamá. A veces me escucha decirle a mis hermanas, "Cuando mamá regrese", y un gesto extraño de dolor se refleja en su cara. Como que quiere creerlo a medias, pero aún no puede ilusionarse demasiado. Si mis hermanas insisten, él sólo dice: —Está en manos de Dios.

Pero sé que volverás. Por eso te escribo. Es como la veladora que abuelita prometió mantener prendida en su altar hasta que volvamos. Para alumbrar nuestro camino de regreso a Las Margaritas. O ahora para alumbrar tu camino a Vermont, a la granja de un granjero lisiado y su esposa amable, que parecía estar sorprendida cuando nos recogió en la estación de los autobuses.

—No sabía que traerían a unas niñas —dijo ella en inglés.

—¿Qué dice? —preguntó papá.

—Creí que se trataba únicamente de tres hombres —prosiguió la mujer.

—Son mis tíos y mi padre —le expliqué. Luby se aferraba a su perrito y a Ofi, quien se aferraba a papá, ambas temerosas de que no las dejaran entrar a Vermont, aun si ellas eran americanas.

La mujer debió habernos notado el miedo. Su cara se suavizó, pero todavía parecía indecisa.

—No van a ser ninguna molestia —dijo mi padre.

Cuando lo interpreté, la mujer negó con la cabeza. —¿Molestia? ¿Lo dice en serio? ¡Ustedes nos están salvando la vida! Son unos *angels*, en realidad.

—¿Qué dice? —preguntó papá de nuevo.

—Ella dice que somos unos ángeles —ofreció Ofi, con su voz de sabelotodo.

Por primera vez en mucho tiempo, papá se rió.

—Sí, sí —dijo, asintiendo en dirección a la señora—. ¡Somos unos ángeles mexicanos! ¡Ángeles mexicanos, mamá! ¡Qué tipo de extraterrestres tan especiales! ¿No te parece?

Poco después estábamos apilados dentro de la camioneta de la señora, la cual tenía vidrios polarizados, de modo que no se puede ver dentro, pero una vez adentro, puedes ver hacia fuera. Tío Armando y tío Felipe se sentaron en el asiento de atrás y papá y Luby y Ofi en el asiento del medio. Y, ¿adivina quién se sentó en el asiento delantero junto a la señora? ¡Yo!

Ahora vivimos en una casa que llaman un tráiler junto a la casa del granjero y su esposa y su hijo guapo, que parece como de la misma edad que tío Felipe, y su hija Sara, que se ve muy bonita y simpática. (Ella dice que tienen otro hijo que se está quedando con unos familiares porque no se ha sentido bien últimamente.)

—Éste es su nuevo hogar —dijo la patrona al traernos aquí. Pero un hogar significa que estemos todos juntos, así que hasta que estés de vuelta con nosotros, mamá, nunca nos sentiremos en casa, ni en Carolina del Norte, ni en México, ni aquí.

Poco después de que llegamos, la hija Sara trajo una caja grande con su ropa "usada", que para mí se veía nuevecita. Pero era demasiado grande para nosotras. —Mi abuela puede arreglarles la ropa. Ella cose como un granero en llamas.

¡Santo Dios! Por un instante me pregunté qué tipo de abuela rara cosería de esa forma. Pero Sara explicó que eso quiere decir que su abuela sabe coser cualquier cosa. ¿Por qué sencillamente no dijo eso?

Junto a otras cosas al fondo de la caja había unos broches para el pelo muy lindos y brillo para labios y colorete, que me quedé yo. ¡A veces tiene ciertas ventajas ser la mayor! Eso no significa que papá me deje usar maquillaje. Como te dije antes, se ha vuelto aún más estricto ahora que no estás aquí para protegernos.

Cuando Sara estaba por irse, le pregunté si sabía dónde podría enviar una carta. Tenía la primera que te escribí porque no tenía un timbre ni una manera de enviártela mientras estuvimos de viaje. Y pronto terminaré también ésta. Sara dijo que sólo había que llevársela a su mamá, que ella la pondría en el correo cuando fuera al pueblo.

Así que, mamá, me despido. Como puedes ver, seguí tus consejos y te he escrito no una, sino ¡dos largas cartas! Y tenías razón. Me he sentido menos sola al escribirlas. Creo que seguiré escribiendo cartas todos los días de mi vida.

Con amor y con *love*,
Mari

P.D. Mamá, ¡casi estoy demasiado disgustada como para escribir! No te enviaré estas cartas. En lugar de eso, las guardaré hasta que regreses.

Lo que pasó es que papá me vio escribiendo y me preguntó que a quién le escribía. Cuando le dije que a ti, su cara adquirió de nuevo ese extraño gesto de dolor, pero no dijo nada.

Luego, anoche cuando regresó de ordeñar las vacas y le dije que había encontrado una manera de enviarte estas cartas a nuestra antigua dirección, puso cara de miedo.

—Vamos a conversar, mija —dijo, asintiendo en dirección a la recámara que comparte con mis tíos. Cuando Ofi y Luby se pusieron de pie para acompañarnos (a veces las llamo mi colita) papá negó con la cabeza—. Tenemos que hablar a solas —explicó, cerrando la puerta detrás de nosotros. Se sentó en la cama y dio una palmaditas a su lado.

—Mari, no es buena idea que mandes esas cartas —comenzó. Luego, con mucha delicadeza, me explicó cómo no somos legales en este país. Cómo los mexicanos que reciben correo podrían alertar a la migra para que haga una redada a cierta dirección.

—Pero, papá, ¡muchos americanos tienen nombres hispanos! Mira a Luby. ¡Mira a Ofi!

Papá se limitaba a negar con la cabeza. Creo que vivir secretamente en este país durante años le ha hecho imaginar peligro donde no lo hay. —Puedes guardarlas hasta que veas otra vez a tu mamá —dijo—. Qué maravilloso será para ella sentarse y leerlas y enterarse de todas las cosas que pasaron mientras ella estuvo fuera. —Por primera vez en mucho tiempo, la voz de mi padre era suave y cálida, y le brillaban los ojos. No creo que se de permiso de extrañarte tanto como en realidad lo hace, mamá, o todos estaríamos demasiado tristes como para seguir adelante, sin importar cuántos chistes nos cuente tío Felipe.

—Prométemelo, tesoro mío, por favor —dijo papá, tomando mi cara entre sus manos. ¡Se veía tan preocupado!—. Por la seguridad de todos, no mandes esas cartas.

¿Qué podía hacer, mamá? No podía hacerlo a escondidas y no quería que se molestara si me ponía a alegar con él. —Te lo prometo —le respondí.

Me sonrió agradecido y me besó la frente con ternura. —Agradezco tu comprensión, mija.

Pero no lo comprendo, mamá. Ni en un millón de años comprenderé los miedos de papá.

Más vale que termine o deslavaré las palabras de esta carta con mis lágrimas.

DOS
---
*Two*

# verano a otoño

(2005)

# LA GRANJA SIN NOMBRE

—Creo que sería buena idea que te presentaras con los vecinos —le dice mamá a Tyler a manera de saludo en el desayuno. Es su primera mañana de vuelta en la granja. Tyler
ha extrañado mucho la granja, pero una cosa que no ha extrañado son las grandiosas ideas de mamá.

—Mamá —gruñe Tyler—, ¡pero si ya los conocí! —Esta
mañana temprano antes del desayuno, Tyler fue al establo a
echar un vistazo a Alaska, su vaca favorita digna de concurso. Los tres trabajadores mexicanos nuevos ya estaban
trabajando duro, pero alzaron la vista, curiosos, cuando
Tyler entró. Éste se presentó con ellos, repitiendo su nombre

lentamente, *Tai-ler*, hasta que lo pronunciaran correctamente. Luego se quedó un rato, ayudando a uno de ellos, que no puede ser mucho mayor que Ben, a sujetar la ordeñadora mecánica en la asustadiza Oklahoma.

—Me refería a saludar a las niñas —explica su mamá.

Tyler pone la cabeza entre las manos para no tener que ver nada más que su tazón de cereal. Recuerda demasiado tarde que su mamá le ha dicho que eso es de mala educación. Los caballos llevan anteojeras, no las personas. Pero a veces, Tyler teme informarle, a veces él desearía ver menos, no más, del mundo a su alrededor, un mundo lleno de accidentes, mala suerte y las grandiosas ideas de mamá.

Pero quizá porque apenas regresó ayer, su mamá no le dice nada acerca de las anteojeras. En lugar de eso, comienza con esa cursilería que hace que Tyler siempre ceda ante sus grandiosas ideas. —Parece ser que no tienen mamá y están encerradas en ese tráiler. Sería muy bueno que te presentaras y las hicieras sentir bienvenidas.

¿Qué se supone que debe hacer para que esas tres niñas se sientan bienvenidas? ¡Debió haber pedido prestado un disfraz de payaso de su tía Roxy y su tío Tony! Además, Tyler espera que su mamá no esté sugiriendo que él tiene que hacer amistad con esas tres niñas solamente porque su papá trabaja en la granja.

—Tengo una excelente idea —dice Tyler, incorporándose—. ¿Por qué no voy a ayudar a los muchachos con la ordeña? Uno de ellos ni siquiera sabía cómo ajustar la ordeñadora mecánica cuando se le aflojó a Montana.

Mamá se cruza de brazos y lo mira con esa mirada de problema de matemáticas. —En primer lugar, Tyler Maxwell Roberge, acuérdate que estos hombres provienen de granjas en México donde no hay ese tipo de máquinas, así que les va a tomar unas semanas aprender cómo trabajar con el equipo. En segundo lugar...

—Por eso mismo debería ir a ayudarlos.

Mamá niega con la cabeza. —En segundo lugar, estoy segura de que ellos pueden solos con la ordeña. Han aprendido con rapidez. Y en tercer lugar... —Mamá siempre enumera sus razones cuando quiere convencerte de algo pero, a menudo, como ahora, se le olvida qué es lo que quería probar—. La mayorcita tiene once y va a cursar el mismo grado que tú en la escuela.

—¡Pero creí que dijiste que todo iba a ser un secreto! —dice Tyler impulsivamente. Ha seguido dándole vueltas al asunto de por qué se supone que no debe hablar de que los trabajadores nuevos sean mexicanos.

Su mamá parece indecisa. Obviamente la pescó en una contradicción, lo cual usualmente quiere decir que lo van a regañar y mandarlo a su cuarto en el piso de arriba.

En lugar de eso, su mamá intenta explicarle. —En realidad no es un secreto. Todos los del lugar están contratando a mexicanos, así que estamos en las mismas.

Tyler se queda esperando porque debe haber algo más, pero no. —De modo que, si son mexicanos, ¿cómo es posible que vayan a la escuela? —Después de todo, uno no puede votar aquí si no es ciudadano americano. Tyler no está seguro de cuáles sean las reglas. Ahora quisiera haber pasado más tiempo prestando atención cuando la Srta. Swenson les enseñó sobre la constitución el año pasado.

—Por supuesto que pueden asistir a la escuela. De hecho, ya le pregunté a la Srta. Stevens y dijo que cualquier niño con ganas de aprender es bienvenido en Bridgeport.

—Es por eso que éste es un gran país —continúa mamá. Parece aliviada de hacer a un lado el tema de que los mexicanos sean un secreto—. Porque creemos en la educación pública. Y muchos de nosotros, que aún recordamos lo que significa realmente ser un ciudadano norteamericano, abrimos las puertas a los extranjeros, sobre todo a aquellos que han llegado aquí para ayudarnos.

Menos mal que mamá agregó esa última parte sobre venir a ayudarnos. Aunque no le gusta admitirlo, a partir de los sucesos del 11 de septiembre, Tyler ha sentido un poco de desconfianza ante los extranjeros que puedan estar tramando la destrucción de los Estados Unidos de Norteamérica. Sería peor que perder la granja, ¡perder su país entero! ¿Adónde se irían él y su familia?

—Así que, Tigre, ¿podrías pasar a saludarlas? ¿Quizá podrías llevarles algunos de tus juegos de mesa usados o algo parecido?

Vaya, ahora Tyler no sólo tiene que ser un norteamericano amable, sino también un Santa Claus.

—Sara mencionó que ellas necesitaban enviar unas cartas, de modo que, ¿podrías recogerlas?

Y encima, un cartero...

—Y esas galletas de chocolate y nueces junto a la puerta...

—¡M-a-m-a-a-á! —dice Tyler alargando las letras de su nombre.

—No te preocupes, guardé algunas para nosotros. —Ella sonríe, como si la renuencia de Tyler se debiera a eso—. Recuerda, de no haber sido porque ellos llegaron...

—De acuerdo, de acuerdo —gruñe Tyler. Si se descuida, su mamá comenzará con aquello de que son unos ángeles que Dios les envió. Más vale que Tyler se resigne: va a tener que estarles agradecido por mucho tiempo por el simple hecho de poder quedarse él en la granja.

✳   ✳   ✳

—Knock, knock —dice Tyler, en lugar de golpear a la puerta del tráiler. Ellas ya saben que está ahí. Él vio tres caras asomarse por la ventana.

Parece que transcurre una eternidad antes de que la puerta finalmente se abra. Frente a él, las tres niñas forman una hilera, la más alta justo frente a él. Se parecen bastante entre sí, muy bronceadas, de cabello oscuro y grandes ojos negros, cada una un poco más pequeña que la siguiente, como esas muñecas que tía Roxy le regaló una vez a Sara: una dentro de la otra dentro de la otra.

—Hi —dice Tyler. Sabe a ciencia cierta que su mamá está mirándolos por la ventana de la cocina. Tendrá que pasar por lo menos cinco minutos dándoles la bienvenida o lo

45

mandarán de vuelta por más. Pero estas tres niñas no lo hacen nada fácil. Parece que le tienen miedo. De hecho, la mayor lo mira fijamente como si fuera una criatura del espacio sideral. —*I live here* —lo intenta de nuevo—. *My name is Tyler.* —Cuando ella no le da su nombre, Tyler dice—: ¡Hola! Mi nombre es Tyler. Vivo aquí.

—¿Hablas español? —la niña que está frente a él le pregunta en un inglés bastante decente.

—Yo también hablo español —agrega la menor y de ahí en adelante todos continúan la conversación en inglés—. En español, mi nombre es Lubyneida...

—María Lubyneida —la corrige la segunda—. Yo soy María Ofelia, pero todos me dicen Ofi. Y todos le dicen Luby —agrega, señalando a la menor—. Ella es María Dolores, Mari de cariño —dice, señalando a la más alta, aunque no por mucho.

—Así que todas ustedes son María Algo —observa Tyler con astucia. En la clase de español, la Srta. Ramírez dijo que María era un nombre muy popular en español. Pero esto es el colmo. Hasta las vacas sin nombre llevan sus propios números en su arete. Tyler se alegra de que su mamá no haya insistido en nombrarlo Abelardo como su papá. Siendo el menor ya ha heredado bastantes cosas, como la ropa, como para tener que aguantar también un nombre usado—. Así qué, ¿cómo es México? —no se le ocurre qué más preguntar.

—Yo nunca he estado allí —dice la del medio.

—Yo tampoco —dice la menor—. Sólo Mari.

¿No eran mexicanas?

46

—Venimos de Carolina del Norte —explica la menor.

—Tenemos una vaca que se llama Carolina —ofrece Tyler, para compensar por el hecho de que nunca ha estado en otro lugar fuera de Boston—. De hecho, nombramos las vacas según los estados del país. Bueno, eso hacíamos antes... Cuando la vacada era mucho más pequeña, muchas vacas tenían nombre. Pero ahora, con doscientas cabezas, sólo las vacas que compiten en concursos tienen nombre. El resto sólo lleva un número en su arete.

—¿Por qué hacen eso? —pregunta la del medio.

—¿Ponerles un arete numerado?

—¿Por qué les ponen nombres de estados de los Estados Unidos? —insiste la del medio. Parece ser la bocona de la familia.

Tyler se encoge de hombros. Muchas de las cosas que su familia hace se decidieron mucho antes de que él tuviera voto. —Así ha sido siempre —le responden siempre que pregunta por qué. Pero en este caso, de todas maneras, a Tyler le parece bastante divertido nombrar las vacas según los estados. Compensa por el hecho de que la granja carezca de nombre. Todo el mundo la llama la granja de los Roberge, pero como hay muchos Roberge por aquí, eso puede resultar bastante confuso. Han ensayado un montón de nombres —Happy Valley Farm, Sunset View Farm, Windy Acres Farm— pero cada vez que papá ha estado a punto de mandar a hacer el letrero, todos se han hartado del nombre que habían elegido juntos. Sólo una de las sugerencias de Tyler llegó hasta la ronda final: Milky Way Farm, o la granja de la Vía Láctea, pero Sara lo vetó porque alegaba que se parecía demasiado al nombre de esa marca de chocolates, una que a ella no le gustaba mucho que digamos.

De repente, la mayor, al parecer la más tímida, le pregunta a Tyler: —¿Cómo te sientes?

—Bien. —¿Quizá los mexicanos acostumbran preguntar por la salud de uno? La Srta. Ramírez ha dicho que son muy corteses.

—Así que, ¿tienes dos vacas llamadas Carolina, una para el Norte y otra para el Sur? —pregunta la del medio. Se ve que está destinada a formar parte del cuadro de honor de la escuela Bridgeport, para Tyler eso es evidente. Pero acto seguido, ella estalla en risitas. ¿Acaso es una broma?

—En español, no se dice *North Carolina* sino Carolina del Norte —la menor le explica en parte a Tyler, en parte a un perrito de peluche desaliñado que lleva bajo un brazo. Es como si se acabara de dar cuenta de que hay dos idiomas y tuviera que hacerlos coincidir.

—Nosotras nacimos aquí —Ofi, la del medio, agrega, señalando a su hermana menor y a sí misma—. Mari nació... —antes de que pueda terminar, la mayor le ha tapado la boca. Fin de esa conversación.

—¡No iba a decir nada! —dice Ofi, quitándose la mano de su hermana mayor.

—Sí, sí ibas —agrega la pequeña Luby. Y antes de que alguien pueda impedirlo, dice—: Ibas a decir que Mari nació en México.

—¡Vaya, pues muchas gracias, hermana! —grita Mari. Se da media vuelta y sale corriendo por el pasillo del tráiler. Un momento después se azota una puerta.

—¿Qué pasó? —pregunta Luby, el labio inferior temblándole.

Ofi se encoge de hombros. —Es muy sensible. ¿Gustas pasar? —le pregunta a Tyler, haciéndose a un lado de la puerta.

Tyler no está seguro de querer entrar a una casa donde tres niñas se pelean por una bobería como el lugar donde nacieron. —Será mejor que me vaya —dice—. Tengo que ayudar a ordeñar las vacas.

—¿A cuál? —la pequeña Luby desea saber.

A Tyler le lleva un momento comprender a qué se refiere la niña. —Boston —dice él. Es el primer nombre que se le ocurre, quizá porque acaba de estar allí. Sólo de camino de vuelta a su casa, con los juegos de Life y Candy Land todavía bajo el brazo, recuerda que Boston en realidad no es un estado. Pero para el caso, no recuerda haber nombrado nunca una vaca Massachusetts.

※　　　※　　　※

—¿Cómo estuvo la visita? —le pregunta su mamá a Tyler a la hora de la cena. Sara todavía está en Boston hasta el fin de semana, cuando el tío Tony y la tía Roxy la traerán de vuelta. Se supone que Ben va a comenzar las clases en la Universidad de Vermont el próximo lunes, así que le quedan unos cuantos días en casa. Después del accidente de papá, luego de la muerte del abuelo, el hermano mayor de Tyler consideró aplazar su ingreso a la universidad por un año, pero mamá insistió en que siguiera adelante con sus planes.

49

Los trabajadores mexicanos los están ayudando a posponer la decisión de vender la granja, mientras averiguan si papá va a recuperarse lo suficiente como para arreglárselas por sí solo, aun si no hace todo el trabajo. Mientras tanto, mamá ya comenzó con los preparativos para el inicio de clases en la escuela secundaria donde trabaja. Ella es maestra de matemáticas.

—Son buenas chicas, ¿no crees? —A su mamá obviamente no le basta que Tyler se encoja de hombros como descripción suficiente de cómo estuvo la visita.

—Supongo que sí —dice Tyler. Si las hace sonar demasiado maravillosas, su mamá lo enviará allí a menudo. Pero si se queja, ella pensará que trabar amistad con ellas podría ser algo que lo ayude a forjar el carácter. Quizá, ojalá que muy pronto, ahora que Tyler está a punto de ingresar al sexto grado, su mamá se de cuenta de que ya no es un chiquillo a quien ella deba seguir mejorando constantemente o a quien le deba ocultar cosas.

—En unos cuantos años, hermanito Tyler, te alegrarás si mamá te lanza hacia tres chicas bonitas. —Ben alarga la mano para despeinar a Tyler. Tyler le quita la mano. Le molestaría aún más el comentario de mal gusto de Ben, a no ser porque su hermano mayor se va a mudar al dormitorio estudiantil en unos cuantos días. Ben todavía piensa venir a casa los fines de semana para ayudar en la granja, pero ya no será igual. Flota en el ambiente cierto aire de despedida. Las golondrinas del establo aún no se han ido, pero Tyler sabe que de un día para otro entrará al establo y notará un silencio extraño e inquietante que le dolerá en el alma.

—Estaba pensando... —suspira mamá. Tyler se prepara. Se da cuenta cuando su mamá está a punto de tener una buena idea, así como se da cuenta cuando una gallina está a punto de poner un huevo—. Tal vez, qué te parecería —la pregunta se dirige al cuarto en general, pero Tyler sabe que él va a tener que lidiar con las consecuencias de las ideas de su mamá—, estaba pensando que, ¿quizá podríamos invitar a las niñas los sábados para que me ayuden en casa y así darles un poco de dinero para sus gastos personales?

—¿Sabes qué sería genial? —agrega Ben—. Si pudieran ir a visitar a la abuela. Está tan sola. —Casi todas las noches, cuando no está en casa del tío Larry o la tía Jeanne en el pueblo, la abuela viene a cenar o por lo menos a comer postre y a visitarlos un rato. Cualquier recuerdo la hace llorar.

Tyler baja la vista a su plato, sin dar su opinión. Está pensando que con Ben en la universidad y papá a menudo dormido en el sillón bajo los efectos del analgésico, eso quiere decir que serán únicamente él, Tyler, el único varón, y las tres niñas, además de mamá y Sara y a menudo también la abuela. Se va a sentir completamente rodeado de mujeres.

—Ellas tuvieron un pleito —dice Tyler. No iba a mencionarlo hasta ahora, cuando su mamá pudiera equilibrar su grandiosa idea sobre estas visitas contra la posibilidad de que haya revuelo en casa.

—¿Un pleito o una discusión? —Su mamá haría esa distinción.

—La mayor salió corriendo, llorando, y se encerró en su cuarto.

Eso despertó la curiosidad de mamá. —¿Por qué razón? Y ahora la curiosidad se apodera de Tyler. ¿Por qué se enojó tanto Mari? Le explica que las dos hermanas menores estaban diciendo que ellas habían nacido en Carolina del Norte y luego cuando dijeron que la mayor había nacido en México, ella comenzó a llorar. —Todas se llaman María —no sabe por qué se le ocurrió agregar eso. Por primera vez en su vida, ha conocido a gente realmente distinta a él. En realidad no le molesta tanto, sino más bien hace que se de cuenta de que él es sólo una persona entre millones. Es como cuando te enteras por el catecismo de que Dios ama a todos por igual, mientras que Tyler tenía la esperanza de que Dios tuviera reservado un lugar en su corazón únicamente para Tyler—. Así es —le dijo la Sra. Hollister, la esposa del ministro, a Amanda Davis durante la escuela dominical cuando ella preguntó la mismísima cosa que Tyler había estado pensando—. El corazón de Dios es lo suficientemente vasto como para que todos tengamos un lugar especial en él.

—Creo que lo comprendo —dice mamá. Intercambia miradas con papá y con Ben.

—¿Qué? —Tyler quiere enterarse. Le choca esa sensación de que los adultos le estén ocultando algo. En dos semanas va a comenzar el sexto grado, ¡por Dios!— ¿Qué tiene de malo haber nacido en México? —Pero mamá de pronto está ocupada recogiendo los platos de la mesa.

Ben se apiada de él. —No tiene nada de malo que haya nacido en México, hermanito. Lo más seguro es que ella no quería que te enteraras de que no es ciudadana americana.

—Ben, creo que sería mejor que lo discutiéramos más

tarde —dice mamá con esa voz que adopta cuando hay visitas, lo cual es un malgasto de buenos modales pues no hay ninguna visita en casa—. Tyler y María van a estar en el mismo salón de clases, sabías. —En otras palabras, hay ciertas cuestiones privadas que Tyler no debe saber de su compañera de clase, en caso de que se le salga decirlo frente a los demás.

Ben le alza las cejas a Tyler como para decir, Ella manda.

Tyler voltea a mirar a papá, esperando a que salga a la defensa de los desvalidos, como suele hacerlo. Pero papá intenta todavía terminar su plato medio lleno. Ahora que su mano derecha está fuera de servicio, tiene que alimentarse con la izquierda, lo que significa que se tarda más del doble de tiempo en cenar.

Mamá coloca el platón con galletas de chocolate y nueces sobre la mesa y asiente en dirección al plato de papá. —¿Ya terminaste? —le pregunta, toda eficiencia.

Papá deja su tenedor sobre la mesa. —Ya terminé —dice con un tono de voz resignado, como si abandonara mucho más que su *chop suey* de pollo.

✳   ✳   ✳

Esa noche, Tyler carga su telescopio al establo. Siempre que se siente inquieto, lo reconforta mirar al cielo, hacia lo que el abuelo solía llamar una visión más amplia de las cosas. En el pajar, lejos de las luces de la casa, Tyler puede ver el cielo con mayor claridad. Y lejos de sus padres y el sonido de su conversación y las llamadas telefónicas y los programas de televisión, también puede pensar con mayor claridad.

No alcanza a comprender por qué su mamá de pronto está tan cautelosa. ¿Podría ser la misma razón por la cual lo mandó a Boston a visitar a tía Roxy y tío Tony? ¿De verdad cree que Tyler no está bien de la cabeza y que no se le puede confiar la verdad acerca de nada?

Sube al pajar, su linterna arroja haces de luz sesgados aquí y allá mientras trata de sujetar ésta y el telescopio, a la vez que mantiene el equilibrio en la escalera.

—¿Te ayudo? —la voz de una niña lo llama desde lo alto. Es la mayor de las niñas mexicanas. Lo ha precedido a su lugar secreto en el pajar, algo que a Tyler no le cae nada en gracia—. Pásamelo —le ofrece ella, agarrando el telescopio justo a tiempo.

—Puedes dejarlo allí —dice él, sacudiéndose los pantalones vaqueros. Detesta admitir que casi se le fue de las manos. No quiere ni pensar en lo que le ocasionaría una caída del pajar hasta el suelo del establo al lente del telescopio.

Ella lo coloca cuidadosamente entre ellos. —¿Qué es? —le pregunta, acuclillándose para inspeccionarlo más de cerca.

—Es un telescopio —explica él, alumbrándolo con la linterna.

—¿Para qué sirve?

Tyler no puede creer que alguien de su edad no sepa para qué sirve un telescopio. Quizá tenga que ver con que ella es de México, un tema que no piensa sacar a relucir. Lo que menos desea es que una niña se ponga a llorar en su escondite secreto. Ya bastante malo es que se haya metido. —Es para ver los confines del universo —dice. Bueno, no alcanza a ver tan lejos, pero a Tyler le encanta hacer de cuenta que se trata de un telescopio muy poderoso, tan poderoso como el del Museo de Ciencias. Quizá alguna noche él descubrirá un grupo de estrellas nuevo o verá una nave espacial disparándose por las estrellas.

—Me lo regaló mi abuelo la Navidad pasada —explica mientras lo instala en la puerta abierta del pajar. La media luna emite una luz débil adentro. Sin que Tyler tenga que pedírselo, Mari toma la linterna y alumbra dondequiera que las manos de él atornillan las distintas partes.

—¿Ves aquella estrella, aquella brillante? —Él toma la linterna y la usa como un señalador—. Mira ahora —la invita a arrodillarse y a escudriñar por el telescopio. Una manera de agradecerle, aunque él realmente no le pidió que lo ayudara.

—¡Maravilloso! —dice ella con voz entrecortada.

Tyler siente su corazón ensancharse como si hubiera armado este increíble espectáculo nocturno él mismo. Y el suyo es un telescopio insignificante. ¡Deja que mire a través del que está en el Museo de Ciencias! —Ésa es la Estrella Polar. Siempre señala al norte. Así fue como cuando existía la esclavitud, la gente se fugaba y seguía esa estrella hasta alcanzar su libertad en el Canadá.

—Como los Tres Reyes Magos —dice ella con una voz llena de admiración—. ¿Y qué hay de aquellas que parecen un cucharón?

—Ésa es la Osa Mayor. Y aquellas que son como una casita de cabeza se llaman Cepheus. Y luego, ¿ves esa cruz en lo alto? Es la Cruz del Norte.

Tyler le enseña las constelaciones más prominentes, señalándolas primero, luego haciendo que las vea por el telescopio. Es sorprendente lo lista que es, para ser niña.

—¿Tu abuelo te enseñó? —le pregunta ella cuando terminan.

Tyler asiente. No confía en su voz para explicar que sí, que el abuelo le enseñó las cosas más importantes. De hecho, el abuelo hubiera estado aquí viendo las estrellas junto con Tyler esta noche si aún viviera. —Mi abuelo murió en junio —se oye decir, aunque no había pensado mencionarlo ni siquiera entre sus amigos de la escuela. Hablando de asuntos confidenciales.

—Lo siento —dice ella sencillamente, lo cual a Tyler le parece como lo más apropiado. Nada de consolaciones torpes, nada de pedir los detalles siniestros. Luego ella le cuenta que su propia abuela murió el diciembre pasado.

—¿Y tu mamá?

—¡Mi mamá está viva! —dice ella, tan rápida y repentinamente que Tyler se sorprende un poco—. Está de viaje. Pronto regresará.

¿No había dicho mamá que a las niñas les hacía falta su madre? Tyler de pronto recuerda las cartas que se suponía que Mari le iba a dar. Mari probablemente le estaba escribiendo a su mamá. —¿Mi mamá me dijo que recogiera unas cartas tuyas?

Le toca a ella quedarse callada. —Mi padre... se hizo cargo de ellas.

Tyler sigue la mirada de ella de la puerta del pajar hacia el pequeño tráiler iluminado. En el silencio, puede escuchar el gorjeo de las golondrinas posadas sobre las vigas en lo alto. Se pone a pensar en que el pajar de un establo no es lugar en donde usualmente se encuentre a una niña, incluso una niña que aprende bastante rápido las constelaciones. —Oye, ¿por qué subiste aquí?

—Los pájaros —le dice ella—. Vengo a visitarlos. Los miro volar todo el día, entrar y salir, entrar y salir. —Ondula las manos en el aire—. Como una danza.

—Son *swallows* —le dice él.

—¡Golondrinas! —Mari parece estar encantada—. Tenemos una canción sobre las golondrinas en español. Golondrinas es *swallows* en español. —Ahora le toca a Mari enseñarle algo a Tyler.

—Tomé clases de español —le dice a ella. Pero entre las palabras que la Srta. Ramírez enseñó a la clase del quinto grado, Tyler no recuerda la palabra golondrinas. —Se irán de un día para otro y no volverán hasta la próxima primavera.

—¿Adónde irán? —ella quiere saber.

—A México —dice antes de pensar siquiera que es el mismo lugar de donde es Mari, el lugar que se supone que no debe mencionar o ella podría soltarse llorando.

Pero en vez de eso ella parece encantada. —¿Vuelan hasta México? —Cuando Tyler asiente, ella agrega—: Igual que las mariposas.

—¿Mariposas? —Tyler tiene un vago recuerdo de haber aprendido esa palabra en la clase de español.

—*Butterflies* —explica ella—. Son esas pequeñas mariposas anaranjadas y negras que van a México durante el invierno. Lo vi por la televisión. Tienen otro nombre.

—¿Quieres decir, las monarcas? —propone Tyler.

—¡Sí! —la cara de Mari se ilumina de nuevo.

A Tyler le encanta cómo cada palabra que sale de su boca parece sorprenderla. Es maravilloso poder ser maestro de vez en cuando. Y también está aprendiendo unas palabras en español de ella, lo que seguramente impresionará a la Srta. Ramírez este otoño. —Mariposas, pájaros —los enumera—. Supongo que todo el mundo quiere ir a México.

Mari sonríe orgullosa. Mira desde la puerta del establo como si buscara algo. —¿En qué dirección está México? —desea saber.

—Hacia allá —dice Tyler, señalando hacia el suroeste—. No que pueda verse desde aquí —bromea él, porque ella se recarga hacia fuera de la ventana como si pudiera vislumbrarlo.

Ella retrocede. —Ya lo sé —dice ella, con cierta vergüenza.

—¡Mari! ¡Mari! —la voz preocupada de un hombre la llama de pronto.

—¡Mi papá! —dice Mari, apresurándose hacia la escalera—. ¡Por favor no le vayas a decir nada a nadie! —grita mientras baja por la escalera y desaparece de vista. Un minuto después, Tyler la ve correr por el jardín trasero hacia una figura oscura junto a la puerta iluminada del tráiler.

❈ ❈ ❈

Al regresar del establo, Tyler se sorprende al encontrar a sus padres todavía sentados a la mesa de la cocina, conversando seriamente.

—Tyler, hijo mío —lo saluda su padre—. Siéntate, por favor.

Oh, oh... y ahora, ¿qué? se pregunta Tyler. Tiene permiso de dejar el telescopio en el pajar del establo, siempre y cuando no estorbe. Puso la linterna en su lugar en el pequeño armario junto a la puerta. Es como si él siempre se estuviera revisando de pe a pa para asegurarse de no traer nada comprometedor en su persona. Todos estos secretos que la gente le está pidiendo que guarde lo hacen sentir como si viviera en un universo temible.

—Hijo, me imagino que te estarás preguntando por qué te pedimos que no le contaras a nadie sobre los mexicanos que trabajan para nosotros.

Tyler toma asiento, sintiéndose aliviado. Finalmente le explicarán el gran misterio.

Pero su madre le lanza una mirada a su padre. —Aún no hemos decidido cómo vamos a manejar esta situación —le recuerda ella.

—Creo que el niño debe estar enterado. ¿Qué tal si hay una redada o algo por el estilo?

¿Una redada?

—¿Estamos haciendo algo prohibido? —Tyler está horrorizado. Toda la vida sus padres le han enseñado a obedecer las leyes y a respetar a los Estados Unidos de Norteamérica. De hecho, uno de los nombres que se sugirió entre broma y broma para la granja fue la Granja Patriota, otro nombre que Sara vetó pues dijo que sonaba demasiado como un campo de entrenamiento para el fútbol americano. Da igual que no tenga nombre. De esa forma no aparecerá a

59

todo lo ancho de la primera plana: REDADA EN LA GRANJA PATRIOTA POR VIOLAR LA LEY.

—No está prohibido ante los ojos de Dios —explica su papá. A veces un país tiene leyes que no tienen nada que ver con lo que es correcto o lo que es mejor para la mayor parte de las personas involucradas. Resulta que los mexicanos necesitan cierto documento para trabajar en este país. Todos dicen que lo tienen y eso es lo único que uno necesita saber, legalmente —agrega su papá—. Estos tres mexicanos nos enseñaron a tu mamá y a mí sus tarjetas con sus números de Seguro Social. De modo que tu amiguita...

Pero si apenas es su amiga. Pero Tyler ha de admitir, la lección de esta noche se pasó volando. No se había divertido tanto mirando las estrellas desde que murió el abuelo. Incluso mirar por el telescopio grande de Boston fue una experiencia algo solitaria, sin nadie más con quien compartir su entusiasmo. Tía Roxy y tío Tony tomaban vino en el restaurante-bar del piso de abajo, mientras que Tyler esperaba en fila en el piso de arriba.

—Su reacción de esta tarde, acerca de haber nacido en México, bueno, eso me dice que, no, tal vez no sean legales —continúa papá.

—Así que, ¿qué vamos a hacer? —pregunta Tyler. Esto lo perturba. Unos ilegales viviendo en su granja—. ¿Deberíamos llamar a la policía?

Papá usa la mano izquierda para sostener su brazo derecho sin fuerzas. —¿Qué tantos deseos tienes de quedarte en la granja, hijo? —Su voz suena amargada. Su cara de pronto se ve tan anciana como la del abuelo. Se retira de la mesa y sale cojeando del cuarto.

Tyler pone la cabeza entre las manos. Pero es inútil. La imagen del paso adolorido de su padre persiste en su mente. Nunca le ha gustado ser el pequeño de la familia. Y sin embargo, si ser adulto es algo tan confuso, desea poder volver al estado más placentero de la niñez. Pero es un poco triste cómo, al momento en que te das cuenta de que has dejado la niñez atrás, ya no puedes volver.

*Dear Mr. President,*

Me llamo María Dolores, pero no puedo darle mi apellido, ni el apellido de nadie más, ni el lugar donde vivimos, porque se supone que no debemos estar en su maravilloso país. Le pido disculpas por estar aquí sin permiso, pero creo que se lo puedo explicar. El maestro de mi nueva escuela, el Sr. B., dijo que para nuestro primer gran proyecto de escritura podíamos escribir lo que quisiéramos. Por eso decidí escribirle, porque tengo entendido que usted está a cargo de los Estados Unidos.

La mayoría de mis compañeros de clase están escribiendo historias acerca de lo que hicieron en el verano. Mi nuevo amigo Tyler está escribiendo acerca de las estrellas que vio a través de un telescopio muy poderoso en un museo de Boston. Otro niño de la clase llamado Kyle dijo que estaba haciendo una lista ¡con todas las cosas que quiere que sus padres le compren! El Sr. B. le dijo que estaba bien, siempre y cuando Kyle contara una historia acerca de la importancia de cada artículo en la lista. Es imposible engañar al Sr. B., aunque este niño Kyle siempre trata.

No se me ocurría qué escribir acerca de cómo pasé las vacaciones de verano y la lista de las cosas que quiero es tan larga, ¡que llegaría hasta México! El Sr. B. andaba por allí, revisando los párrafos iniciales de todos. Cuando vio mi papel en blanco, sugirió que escribiera sobre mi familia y nuestra cultura.

Pero me da demasiado miedo llamar la atención al hecho de que nuestra familia es de México, porque mis compañeros de clases podrían delatarnos. Y tampoco es tan sencillo como regresar a nuestra tierra, ya que hay una división justo en medio de nuestra familia. Mis padres y yo somos mexicanos y mis dos hermanas menores, Ofi y Luby, son americanas. Es como lo que aprendí sobre la guerra en contra de la esclavitud en este país. El Sr. B. nos explicó cómo a veces en una familia un hijo luchaba con un bando, mientras otro hijo luchaba con el bando contrario. Me encanta lo que uno de los presidentes anteriores a usted, el Sr. Abraham Lincoln, dijo: "Unidos sobrevivimos, divididos caemos".

El Sr. B. nos explicó que esta declaración ahora es verdadera para el mundo entero. Siempre nos está enseñando acerca de cómo salvar el planeta. Todos estamos interconectados, dice, como en una intrincada telaraña. Si ensuciamos el aire aquí en los Estados Unidos, probablemente soplará hasta Canadá y quizá mate a mucha gente allá. Si una fábrica envenena un río en México, éste fluirá hasta Texas y la gente morirá allá.

¡Hasta pensé en mi propio ejemplo! Aquellas golondrinas que Tyler dice que vuelan a México en el otoño y el invierno. Hace apenas una semana, se fueron todas. De pronto el jardín trasero estaba tan silencioso. Las extraño tanto y me preocupa que algo pueda pasarles de camino a México.

—La Tierra ya está en aprietos —nos dice el Sr. B. Algo más por lo que me siento preocupada. ¿Qué pasaría si las cosas se pusieran tan mal que todos en la Tierra fuéramos como los mexicanos, tratando de entrar a otro planeta sin que nos dejaran pasar? Pero el Sr. B. dice que ningún otro planeta en nuestro sistema solar tiene el agua y el aire que necesitamos—. Nosotros los terrícolas tenemos que componer las cosas, pero pronto. —Me guiña el ojo cuando dice esa última palabra en español.

Tyler dice que por eso se alegra de vivir en una granja, cuyo nombre no puedo darle aún si pudiera dárselo ya que la familia todavía no ha decidido qué nombre ponerle. A veces todos se sientan alrededor de la mesa y tratan de ponerse de acuerdo en un nombre. Así funciona una democracia, cada persona tiene un voto. Mi hermana Ofi, que siempre hace preguntas, le preguntó a Tyler qué pasa en una democracia cuando nadie se pone de acuerdo. Tyler dijo:

—Entonces tratas de conseguir una mayoría.

Yo lo he visto a usted por la televisión, Sr. Presidente, cuando dice que quiere que haya democracia en todo el mundo. Sinceramente espero que se le conceda su deseo. Pero eso querría decir que si todos en el mundo tuvieran un voto, la mayoría no serían norteamericanos. Serían personas como yo de otros países que viven hacinados y pobres. Votaríamos a favor de lo que queremos y necesitamos. Así que esta carta proviene de una votante en ese futuro cuando usted querría que lo trataran tan justamente como le estoy pidiendo que me trate.

Le ruego, Sr. Presidente, que permita que mi papá y mis tíos se queden aquí para ayudar a esta familia que es tan buena gente y para ayudar a nuestra familia, allá en nuestra tierra, a comprar las cosas que necesitan. Todas las semanas, mi papá y sus hermanos contribuyen cuarenta dólares cada quien para enviárselos a nuestra familia en México. Esa suma es más de lo que su padre solía ganar en todo un mes. Él era campesino, trabajaba de sol a sol. Pero ahora es un señor de edad, Sr. Presidente, de la misma edad que usted, aunque parece mucho mayor. Pero las compañías que compran el maíz y el café no le pagan lo suficiente como para comprar siquiera lo necesario para la siguiente siembra.

Sé que quizá esto le parezca una falsedad, ya que el café cuesta tanto en este país. El otro día la mamá de Tyler nos llevó a Burlington y, después de comprarnos helados, pasó por una tienda donde lo único que venden son distintas clases de café. ¡Una taza grande costaba casi dos dólares! Sr. Presidente, créame por favor cuando le digo que esos dos dólares no llegan hasta donde está mi familia. En realidad, como dice mi tío Armando, tenemos que venir al norte a recolectar lo que nos deben por nuestro duro trabajo allá en nuestra tierra.

Ojalá fuera tan audaz como para pensar que tengo derecho a estar aquí. La mayor parte del tiempo, simplemente le tengo miedo a la migra, como le llamamos a la policía de inmigración, Sr. Presidente. ¿Qué tal si me hallan y me separan de mi familia?

También me daría mucha pena causarle cualquier problema a esta familia tan amable que nos trata como si fuéramos sus familiares. Casi todos los días, cuando papá comienza con las labores de la tarde, Luby, mi hermana menor, que sólo va a la escuela medio día, luego va a casa de la abuela y, cuando Ofi y yo volvemos a casa, la pasamos a recoger.

Esta abuela vive sola en una casa bien grande porque el abuelo murió hace poco. Cada vez que lo recuerda, llora, y los ojos se me llenan de lágrimas, recordando a mi propia abuela, que ya murió, y a mi mamá, que ha estado ausente nueve meses y un día. Cuando ella ve mis lágrimas, esta abuela me echa los brazos al cuello y me dice: —Eres un alma sensible, María. —Ofi se burla de mí y dice que lloro tanto porque me llamo María Dolores. Pero la Sra. S., la directora de nuestra escuela, nos dijo que el nombre de Ofi viene de una señora que se llamaba Ofelia, que enloqueció y se ahogó en un río porque su novio también enloqueció. Más vale que mi hermana no escupa al cielo porque, como dice papá, ¡le caerá en su propia cara!

Esa idea del novio enloquecido me hace pensar en Tyler. No, no es mi novio, ya que en mi casa no me dan permiso hasta que sea mucho mayor. Pero Tyler es un amigo varón. Lo he observado detenidamente desde que su hermana mayor me informó que su hermano no ha estado bien. En varias ocasiones, hasta le llegué a preguntar que cómo se sentía y él parecía molesto de que yo pensara que le pasaba algo. En realidad, la única vez que se ve preocupado es cuando el Sr. B. comienza a hablar del futuro del planeta, lo cual basta y sobra para preocupar a cualquiera.

El otro día en clase aprendimos sobre cómo se están derritiendo las capas de hielo y los pobres pingüinos y los osos polares no tienen adónde ir. De vuelta a casa en el autobús, me asomé por la ventana y vi todos los árboles con hojas rojas que se ven como si tuvieran calentura. —¿Estás seguro de que se encuentran bien? —le pregunté a Tyler, quien nada más suspiró, porque no era la primera vez que se lo preguntaba.

—Mari, eso sucede todos los años. En Carolina del Norte, donde vivíamos antes, los árboles cambiaban de color en el otoño y se les caían las hojas, pero aquí dondequiera que uno mire los árboles parecen estar en llamas.

—Tyler —bajé la voz. No quería que los demás niños me escucharan. Puede que Tyler se impaciente conmigo, pero sigue siendo mi amigo—. ¿Crees que sea cierto lo que el Sr. B. dice que va a pasar con el mundo?

—Claro que sí, sólo que cien veces peor. —Por la manera en que lo dijo parecía como si anticipara la oportunidad de ser valeroso—. Pero no hasta que seamos muy viejos.

—¿Qué tan viejos?

—No sé, quizá como la abuela. —Entonces abrió el cierre de su mochila y me enseñó un cuaderno con su plan. Según Tyler, si el planeta está en aprietos, las granjas serán el lugar más seguro. En realidad, ¡los granjeros serán las personas más importantes del mundo porque estarán a cargo de la comida! Pero ya que en esta granja sólo veo vacas, creo que nos vamos a hartar de tomar leche para el desayuno, comida y cena. Pero Tyler dice que de la leche podemos hacer queso y las vacas muertas serán la carne y de la huerta obtendremos verduras. En cuanto al postre, sacaremos miel de un árbol llamado arce. Me siento aún más afortunada de haber venido a dar a la granja de esta familia.

También en su cuaderno había una lista de toda la gente que sería admitida a la granja en caso de emergencia. Los nombres de mi familia se encontraban allí, pero también los nombres de algunos compañeros de clase que no son tan amables, como Clayton y Ronny. —¿Por qué los invitarías? —le pregunté—. Invitaría a todos los de mi clase —explicó Tyler. Después, me horrorizó pensar en que yo misma había querido excluir a esos dos niños... igual como se me excluye a mí de este país.

Pero, Sr. Presidente, yo no le pediría a usted que dejara entrar a ningún criminal y estos niños son como unos criminales. Buscan pleitos y dicen cosas hirientes. Se comportan bien en clase, pero en cuanto salimos al recreo se vuelven crueles. He intentado pedirle al Sr. B. que me deje quedarme dentro cuando los demás salen, pero cuando me pregunta si estoy enferma y le digo que no, me dice que el aire fresco es muy importante para el cuerpo humano. Estos niños dicen las mismas cosas que decían los niños de Carolina del Norte acerca de que yo era una *illegal alien* o una ilegal que debía regresarse al lugar de donde vino.

Por lo general, uno de los hermanos mayores recoge a esos niños al final del día. Pero ayer, por alguna razón, se fueron a casa en el autobús escolar. Yo estaba sentada junto a Tyler, quien dibujaba el cielo nocturno y me mostraba dónde iban a estar las distintas constelaciones en las próximas noches.

—¡Hola, buenos días! —llamó una voz en español. Supe que se trataba de Clayton sin levantar la vista. Pero Tyler estaba tan absorto en su lección que tardó un momento en darse cuenta de que Clayton se dirigía a nosotros.

—Te conseguiste a una noviecita mexicana.

—Clayton y Ronny se habían pasado varios asientos a escondidas y se habían metido donde estaban Rachel y Ashley enfrente de nosotros. Las dos niñas se reían bobamente tapándose la boca como si estos niños peleoneros fueran tan graciosos. Mientras tanto, el Sr. R., que conduce nuestro autobús, es tan duro de oído que, a menos que los sorprenda por el espejo retrovisor, éstos pueden salirse con la suya haciendo muy infeliz a cualquiera.

—*Stop it!* —dijo Tyler, pero en lugar de continuar con la lección, guardó su cuaderno en la mochila.

—*Stop it!* —lo imitó Ronny con la voz chillona de una niña—. Oye, María, ¿cómo se dice *stop it* en español?

Si Luby hubiera estado allí, ella se habría acordado. Pero yo estaba demasiado asustada como para pensar en cualquier cosa, excepto cómo escaparme de esos dos niños sin romper la regla de permanecer sentado en tu asiento mientras el autobús está en movimiento. Al otro lado del pasillo, varias filas más adelante, Ofi se volvió y tenía los ojos tan grandes como los ojos que dan vueltas del perrito de Luby. Sólo deseé que se callara la boca y no le dijera a todo el camión que estos bravucones no deberían hacerme burla tan sólo porque soy mexicana.

—¿No sabes cómo decir *stop it* en español? —Ronny puso cara de horror como si no creyera que alguien pudiera ser tan estúpido—. Oye, Clay, esta niña no sólo es ilegal, ¡también es tonta!

A Clayton debe haberle parecido muy gracioso, porque los dos niños se revolcaban de la risa. Hicieron tanto escándalo que el Sr. R. echó un vistazo por el espejo retrovisor. —¡Cálmense allá atrás! —gritó.

Clayton se inclinó de modo que su cara estaba muy cerca de la de Tyler. Su voz era un feo susurro. —¡Tu papá está violando la ley! ¡Deberían echarlos a todos ustedes junto con ellos!

71

Esta vez Tyler no dijo ni una sola palabra. Sólo se le puso colorada la cara como le sucede a la cara de la gente blanca cuando se disgusta.

Mientras tanto, mi hermana Ofi estaba rompiendo las reglas al caminar con paso decidido hacia el frente donde se encontraba el Sr. R., pero lejos de enfadarse con ella, el Sr. R. detuvo el autobús y dio unas zancadas hasta la parte trasera del mismo. Al instante en que vio a cuatro niños amontonados en un asiento para dos, supo quiénes eran los buscapleitos. —¡Tú y tú! —señaló a Clayton y a Ronny—. Los quiero en la parte de enfrente del autobús. ¡Ahora mismo! —Nadie alega con el Sr. R., que bien podría ser duro de oído pero también es muy estricto con los niños que causan problemas. Tyler dice que solía ser el entrenador de lucha grecorromana de la escuela secundaria.

El resto del camino estuvo tan silencioso que se podía escuchar cada cambio de velocidades que hacía el Sr. R. Todo el rato, yo aguardaba a que Tyler alzara la vista y quizá me sonriera para mostrarme lo mucho que sentía que esos niños se hubieran portado tan mal. Pero en lugar de eso me ignoró como si quisiera que yo desapareciera. Finalmente, cuando el Sr. R. nos dejó en nuestra parada, en lugar de caminar con Ofi y conmigo por el camino de entrada como de costumbre,

Tyler corrió por delante de nosotras sin decir siquiera adiós.

—A lo mejor tiene muchas ganas de ir al baño —dijo Ofi. Siempre se le ocurre algo ingenioso que decir.

Por supuesto, ambas sabíamos por qué estaba molesto Tyler. Yo también estaba molesta.

—¡Hubiera sido mejor que te quedaras callada! —le grité a Ofi—. ¡Empeoraste todo!

Mi hermana se detuvo y se me paró enfrente, con las manos a las caderas. —Mari, esos niños eran unos peleoneros y Tyler debió haberles dicho ¡que los dejaran en paz! —Ambas sabíamos que ella tenía la razón, pero era más fácil estar molesta con ella que con Tyler.

Más tarde, cuando regresábamos con Luby de casa de la abuela, vi a Tyler a la distancia salir del establo. Lo saludé con la mano. Al principio fingió no verme. Pero lo llamé y me apresuré a su lado. Por supuesto, mi colita me siguió. Me volví y les dije a mis hermanas que por favor me esperaran en el tráiler. —Es un asunto privado.

—Tenemos que protegerte —dijo Ofi.

—El gua-guá también —agregó Luby, alzando su perrito.

—Por favor, *please* —les rogué. Siempre lo decimos dos veces cuando pedimos un favor para ser más amables de la cuenta—. Están pasando

73

Dora la Exploradora por la televisión en este momento. Anden, apúrense, no sea que se pierdan el comienzo. Ahorita las alcanzo. —Sabía que esto era un soborno, pero quería urgentemente hablar a solas con Tyler. A mis hermanas les encantan las caricaturas, sobre todo la de la niñita que habla español pero que es americana como ellas. El televisor fue un regalo de la abuela, que ya no necesita dos. Supongo que cuando su esposo vivía, él siempre quería ver los deportes mientras la abuela prefería otros programas, como aquel donde la señora negra habla con la gente acerca de temas que los hacen llorar como lo hace nuestra Cristina. Cuando nos contó acerca de los dos televisores, la abuela misma comenzó a llorar.

Una vez que se hubieron ido mis hermanas, caminé hasta donde estaba Tyler, que sólo se me quedó mirando, sin una sonrisa, ni un saludo. Su cara me recordaba aquellos agujeros negros del espacio sideral que, según él me ha dicho, se tragan cosas. Aminoré el paso al acercarme a él, temerosa de desaparecer por siempre dentro de su ceño fruncido. Me pregunté si Tyler estaría enfermándose de nuevo de aquel malestar que su hermana mencionó como la razón por la cual lo habían mandado fuera este verano.

—Tyler, ¿podríamos tener una lección acerca de las estrellas después de la cena? —Durante varias noches habíamos visto las estrellas a través de su telescopio en el ático del establo.

—No, esta noche no. Va a estar nublado —dijo con una voz casi tan de pocos amigos como la primera vez que lo conocí.

Miré por encima de su hombro al cielo nocturno despejado. No me estaba dando la verdadera razón. Pero para el caso, yo tampoco le estaba haciendo la pregunta que en realidad quería hacerle. Me forcé a ser valiente y audaz.

—¿Eres mi amigo? —le pregunté con una voz temblorosa que era lo opuesto a ser audaz y valiente.

Tyler se encogió de hombros, lo cual supe que quería decir que ya no estaba tan seguro. Sentí un agujero negro donde solía estar mi corazón. —Fue por lo que dijeron esos niños en el autobús, ¿verdad? —Yo estaba siendo tan entrometida como mi hermana Ofi.

Le tomó un momento alzar la vista. En sus ojos azules vi pedacitos del hermoso cielo azul de verano que ahora ha desaparecido hasta el próximo año. —Dime sólo una cosa, ¿okay? ¿Tienes los documentos que dijo mi papá que los mexicanos necesitan tener para trabajar aquí?

Sr. Presidente, no sé mentir, al igual que otro de los presidentes anteriores a usted, el Sr. George Washington, después de cortar el cerezo. Le dije a Tyler la verdad. Y luego agregué muchas de las cosas que escribo en esta carta. Que no es mi culpa estar aquí. Que mis padres me trajeron a este país cuando yo tenía cuatro años. Que no tengo voto como ustedes en una democracia.

Él guardó silencio por un rato antes de hablar.

—Ya sé que no es tu culpa, Mari —comenzó—. Sé que si tu papá y tus tíos no hubieran venido, no hubiéramos podido quedarnos en la granja. Pero aún así —la voz de Tyler de pronto sonó como si fuera a llorar—, preferiría perder la granja a no ser leal a mi país.

—Lo siento mucho —agregó, porque se me habían llenado los ojos de lágrimas—. Lo siento porque tu familia me cae muy bien. —Y entonces se alejó.

Hemos tenido muchos momentos tristes en este país, pero ese momento en que un amigo nuevo se alejó de mí fue uno de los más tristes.

Por eso le escribo, Sr. Presidente. No puedo compartir mi tristeza con nadie más, porque si le cuento a papá acerca de los niños en el autobús, estoy casi segura de que nos sacaría de clases.

También comprendo que usted no puede responderme por escrito, ya que no le puedo dar mi nombre ni mi dirección completos. Por favor créame que si pudiera, lo haría. Es sólo que no quiero preocupar a nadie. Por eso no le voy a decir a mi padre que el Sr. B. va a enviar esta carta. El Sr. B. explicó que sin apellidos ni dirección, no pondría a nadie en aprietos. Es él quien dice que usted necesita saber lo que sucede en su país. Cómo incluso los niños que de otra forma serían amigos, tienen que apartarse uno del otro.

Hoy a la media noche, Sr. Presidente, cuando llegue el 16 de septiembre, será como nuestro Cuatro de Julio en México. Es la fecha en que nuestro país se volvió independiente por primera vez. Y, adivine cómo comenzó la la guerra de Independencia. Un cura repicó las campanas para llamar a los ciudadanos a la emancipación. Así que ahora, cada 15 de septiembre a la media noche, el presidente de México sale al balcón con vista al zócalo, repleto de cientos de miles de personas al igual que lo que hemos visto en el Año Nuevo por la televisión en la ciudad de Nueva York. Por todo México, la gente aguarda el sonido de la libertad.

Al dar la media noche, el presidente toca la campana original que ha sido llevada a su balcón para esta noche especial. Luego da gritos de "¡Viva México!". La multitud le responde, "¡Qué viva!". Luego el presidente lo repite una y otra vez, tres veces en total, y la gente le responde, cada vez más fuerte, "¡Que viva!".

Esta noche, Sr. Presidente, me voy a quedar despierta hasta la media noche. Luego voy a atravesar el tráiler de puntitas para salir afuera y alzar los brazos, justo por encima de los hombros, para encontrar la Estrella Polar, como me enseñó a hacerlo Tyler. Me volveré en la dirección opuesta, de cara a mi tierra. "¡Viva México!", gritaré en mi corazón. Tres veces, "¡Viva México!, ¡Viva México!, ¡Viva México!".

Pero ya que, como dice el Sr. B., todos somos ciudadanos de un sólo planeta, indivisible, con libertad y justicia para todos, yo también me volveré hacia donde vive usted en su hermosa casa blanca, Sr. Presidente.

"¡Vivan los Estados Unidos del Mundo!", gritaré en mi interior. "¡Qué vivan!, ¡Qué vivan!, ¡Qué vivan!"

Con todo respeto,
María Dolores

**TRES**

*Three*

otoño

(2005)

# LA GRANJA VIGILADA

A veces, cuando Tyler contempla el cielo nocturno, le parece ver la cara de su abuelo. No siempre sucede, ya que su mente automáticamente quiere conectar los puntos para formar una constelación, pero a veces, si fija la mirada un rato suficiente, una estrella le hará un guiño. O una estrella fugaz pasará veloz. O una lluvia de meteoritos. ¡Abuelo! Tyler siente en su interior una breve sensación cálida al pensar que su abuelo realmente pudiera estar velando por él.

Si le mencionara estas apariciones a mamá, pudiera haber otro viaje a Boston para visitar a la tía Roxy y el tío Tony. De hecho, ya casi es la noche de brujas, que es una de las épocas de más demanda para Perfectas Parrandas. Así que lo más probable es que a Tyler no lo enviarán a ningún lado, más que a visitar a la psicóloga de la escuela Bridgeport. Tyler no quiere ni imaginarse qué harían Ronny y Clayton con ese tipo de información. Tyler Pájaro Loco, puede oírlos canturrear.

Todavía le duele que el abuelo no esté presente. Todo en la granja, desde la ausencia diaria de Ben, al silencio en el pajar ahora que se han ido las golondrinas, a los pastizales ondulados cubiertos de escarcha y neblina por la madrugada, a las estrellas brillantes que parecen brillar con más intensidad cuando arrecia el frío: todo parece dos veces más vacío sin él. Pero nadie, menos la abuela, desea hablar de cómo echan de menos al abuelo. La mejor manera de superar la muerte del abuelo es no pensar demasiado en ello, le ha dicho su madre.

Pero Tyler no quiere superar la muerte del abuelo. Olvidar su muerte significaría también olvidar su vida y entonces el abuelo realmente estaría muerto. Por otro lado, Tyler no quiere inquietar a la abuela, ya que cualquier mención del abuelo hace que ella se derrita en lágrimas. Debe haber una manera menos triste de mantener el contacto con el abuelo. Y para Tyler, las estrellas son lo que más se le parece, aunque estén a millones de años luz de distancia.

Parece como algo razonable que el abuelo deseara comunicarse por medio de las estrellas. Después de todo, el abuelo de Tyler nunca fue un hombre de muchas palabras. Es increíble lo mucho que le enseñó a Tyler sin dar demasiadas explicaciones, cosas sobre la crianza de los animales y la pesca y cómo orientarse al mirar las estrellas. La Navidad pasada, fue el abuelo quien le regaló a Tyler un telescopio. En la etiqueta del regalo él había escrito unas palabras que Tyler atesora ahora: *Siempre que te sientas perdido, mira hacia arriba.* ¡Tantas veces este verano y otoño Tyler ha hecho justamente eso!

En cuanto al telescopio, Tyler lo ha vuelto a poner en su cuarto, ya que hace demasiado frío como para mirar las estrellas desde el pajar del establo. Pero no es ésa la única razón. Haber movido el telescopio de lugar saca de apuros a Tyler. No tiene que sentirse mal al no invitar a Mari a ver las estrellas. De hecho, ella ya nunca le pregunta acerca de la siguiente lección de la observación de los astros. Su papá es súper estricto y, si no está bien que una niña esté con un niño en un establo con doscientas vacas y dos tíos, y además su padre entrando y saliendo, entonces definitivamente no está bien estar a solas con un niño en su cuarto de noche.

Tyler sabe que Mari no tiene la culpa de que sus papás la hayan metido a escondidas en este país. No le gusta tratarla mal, pero tampoco quiere ser amigo de alguien que está violando la ley, aun si esa ley, según su papá, necesita un cambio.

En la escuela no puede evitarla, ya que están en el mismo salón de clases. Pero por la mañana en la granja, cuando se suben juntos al autobús, es más complicado. Varias veces Mari se ha dirigido hacia donde Tyler está sentado, pero luego titubea un poco y va y se sienta con su hermana Ofi y a veces con Meredith y Maya, unas compañeras de clase que han decidido hacer de María una especie de proyecto. Son las mismas niñas que participan más activamente en Terrícolas, el nuevo club que fundó el Sr. Bicknell para salvar el planeta.

Pero Tyler ha de admitir que contemplar las estrellas por sí solo, hace que extrañe aún más al abuelo. Sobre todo ahora que Tyler se siente tan confundido acerca de cómo sus papás quizá estén violando la ley. No puede hablar con su mamá, quien sólo le daría un sermón sobre la justicia y la libertad para todos y papá se sentiría mal de no poder hacer todo el trabajo por sí mismo y Ben ya nunca está aquí y Sara es una chismosa y la abuela se pondría triste porque el abuelo no puede ser útil porque ya murió. Eso abarca a todos los adultos de la familia y Tyler no se atrevería mencionar qué está sucediendo a nadie que no sea un familiar. Ya de por sí tiene la sensación de que el Departamento de Seguridad Nacional de los Estados Unidos tiene la granja bajo observación. Últimamente, alguien ha estado llamando y luego cuelgan cuando Tyler o Sara o su mamá contestan. Sara está segura de que se trata de su ex novio queriendo averiguar si ella está en casa.

—¡No seas pesado, Jake! —a veces le grita ella por el teléfono y mamá tiene que recordarle sus modales al usar el teléfono.

—Pero él es un grosero.

—Una grosería no arregla otra grosería —dice mamá—. Además, creo que se trata de alguien que está tratando de ponerse en contacto con los Cruz. —Aunque los mexicanos tienen su propio teléfono en el tráiler, el único número que tenían cuando se mudaron de Carolina del Norte era el de los Roberge—. Ojalá que, quienquiera que sea, no colgara para que pudiera darles el número correcto. —Ahora, en muchas ocasiones, mamá deja que la llamada entre directamente a la contestadora, donde se invita cordialmente al que llama a que deje un mensaje y tenga un buen día. A veces, Tyler escucha una y otra vez la pausa en blanco antes de que cuelguen en busca de alguna pista. Pero lo único que alcanza a distinguir en el fondo es un montón de estática y quizá el sonido del tráfico en una autopista. Mientras tanto, su papá está seguro de que las llamadas provienen de los cobradores de facturas que quieren hablar con él. Y como al padre de Tyler nunca se le ocurriría levantar el auricular cuando suena el teléfono si hay alguien más en casa, entonces no hay manera de saber si tiene razón.

Lo que Tyler anhela es que su papá se recupere muy pronto al cien por ciento. Según los doctores, papá es un caso milagroso. Ahora puede mover los dedos de la mano derecha y, aunque aún cojea, camina mucho mejor. Lo mejor de todo es que su sentido del humor está volviendo poco a poco. Si sigue mejorando, papá podrá realizar gran parte del trabajo de la granja por sí mismo, con la ayuda de Corey y otros trabajadores de medio tiempo y Ben algunos fines de semana y Tyler siempre que no tenga que estar en la escuela. Entonces su papá podrá despedir a los mexicanos antes de meterse en aprietos.

Esta noche, una noche despejada, Tyler se pone a estudiar las estrellas y piensa en el abuelo. En ésta época tardía del año se puede ver a Marte, grande y brillante, lo más cercano que ha estado a la Tierra en dos años. Mientras observa, una luz exterior se enciende en el tráiler de al lado. Emerge una figura, demasiado pequeña para ser uno de los hombres y demasiado alta para ser la pequeña Luby. Se trata de Ofi o de Mari, pero algo sobre la manera en que la figura sombría se mueve, sin desenvoltura ni confianza en sí misma, le hace pensar que es Mari. Tyler ha apagado las luces de su cuarto para ver mejor por el telescopio, así que cuando ella mira en dirección a su ventana, está casi seguro de que no puede verlo mirándola. De todas formas, se hace a un lado porque de repente siente deseos de espiarla, en caso de que ella esté tramando hacer algo ilegal.

Mari sube la pequeña cuesta detrás del tráiler al campo donde pastan las vacas. Hay una luna menguante, pero todavía es como una tarta con la mitad de las rebanadas, así que hay suficiente luz como para observarla. Ella se detiene a medio campo y levanta la vista al cielo, virando lentamente hacia el oeste, el sur, el este, el círculo completo. Debe tener frío, porque se sube el gorro de la parka que mamá le consiguió en la tienda de segunda mano, pero se le sigue cayendo al echar la cabeza hacia atrás. Después de varios círculos lentos, se queda muy quieta, mirando algo en el cielo nocturno. Tyler orienta el telescopio hacia arriba, buscando lo que ella pudiera haber visto en lo alto sobre la granja. La Estrella Polar, la Osa Menor, el Dragón, el Cisne. No hay una lluvia de meteoritos. Ni bólidos. Nada fuera de lo común.

Pero entonces, acumulando polvo de estrellas y rayos de luna, comienza a formarse una cara. ¡El abuelo! Sonríe hacia abajo... a la niña en el campo, como si fuera alguien que vela por ella. Obviamente, el abuelo cree que Tyler es quien está detrás de la casa a estas horas de la noche. Tyler siente deseos de gritar: ¡Aquí, abuelo!

Pero mientras Tyler se pregunta cómo llamar la atención del abuelo, la niña en el campo alza las manos como diciendo adiós. Luego regresa al tráiler y la cara del abuelo se desvanece del cielo.

✳       ✳       ✳

El día siguiente, después de que las tres Marías han regresado a su tráiler, Tyler se dirige a casa de la abuela. Quizá ella no sea la persona indicada para hablar acerca de los mexicanos, pero por lo menos está dispuesta a hablar de lo mucho que echa de menos al abuelo. Quizá Tyler pueda preguntarle indirectamente si el abuelo alguna vez violó la ley, además de aquella vez en que le levantaron una multa de cincuenta dólares por conducir de noche el vagón del heno sin un reflector. El abuelo podría haber ido al juzgado y alegado que esa cochinada debió habérsele desprendido cuando volvía a casa del campo del vecino. Pero no podía posponer la ordeña de las vacas para ir al pueblo y jurar sobre una Biblia que no había hecho nada malo.

Tyler entra sin tocar por la puerta trasera. —¡Abuela! —la llama.

—Estoy acá arriba, cariño. —Su voz proviene de uno de los cuartitos que son como una madriguera en la planta alta de la casa, mismos que rara vez usa. Debido a la artritis, ya casi no puede subir las escaleras. De hecho, la abuela ha cambiado su dormitorio a la planta baja, a lo que solía ser el cuarto de la costura, de modo que resulta sorprendente que se haya aventurado al piso de arriba. Pero, en realidad, a la abuela le encanta decorar para los días festivos. Probablemente subió al ático para bajar la linterna de calabaza hecha de plástico, la cual querrá conectar para que los niños sepan que pueden pasar para que les dé galletas hechas en casa y caramelos en forma de maíz de Wal-Mart.

Tyler aún recuerda el día en que la abuela trajo la linterna de calabaza a casa. El único comentario del abuelo fue: —Tenemos todo un sembradío de ellas en la huerta de atrás.

Pero la abuela dijo que, debido a sus manos temblorosas, capaz que se corta un dedo al intentar tallar una sonrisa en una de las calabazas pequeñas. —Además, las estoy guardando para hacer tartas. —Eso hizo que el abuelo se quedara callado, pues le encantan todas las tartas que hace la abuela, pero en especial su tarta de calabaza.

Arriba, en el antiguo dormitorio de sus abuelos, Tyler encuentra a la abuela en una mecedora, frente a un tocador cubierto por un mantel blanco. Encima hay chucherías que Tyler reconoce como pertenecientes al abuelo. Varios de sus anzuelos favoritos alineados junto a sus gorras de la compañía de tractores John Deere, así como sus medallas del ejército y una pipa que había dejado de fumar pero que se ponía en la boca de vez en cuando. También hay un platito con pistachos, que al abuelo tanto le gustaban, además de un plato con una rebanada de tarta de calabaza. En medio de este despliegue, situado sobre la gran Biblia familiar, se encuentra el retrato del abuelo de hace apenas un año, cuando cumplió setenta y seis años.

Además de la Biblia, hay un sobre con algo escrito. Toda esta cuestión le recuerda a Tyler el altar de una iglesia, sólo que repleto de todas las cosas favoritas del abuelo. A Tyler le preocupa que su familia esté olvidando al abuelo, pero esto es lo más extraño que haya visto jamás.

—¿Verdad que es lindo? La abuela sonríe con cariño hacia la foto del abuelo. Tyler no está seguro a qué se refiere la abuela, pero asiente con la cabeza. Lo lindo es que la abuela pueda hablar del abuelo sin llorar.

—Sabía que lo comprenderías, querido. —La abuela se mece contenta, como complacida de haber estado en lo cierto—. Decidimos ponerlo acá arriba porque, bueno, quizá los demás no lo comprenderían.

Tyler tampoco está seguro de poder comprender, sobre todo cuando la abuela dice ese "decidimos". ¿A quiénes se refiere? Tyler teme preguntárselo y darse cuenta de que la abuela ha enloquecido de dolor y habla con el abuelo como lo hace la gente en las películas. Pero, para el caso, Tyler mismo ha visto cómo el abuelo vela por ellos desde el cielo nocturno. Y le consta que no está loco.

—Ahora, siempre que lo echo de menos, vengo aquí y me pongo a hablar con él por un rato —continúa la abuela, meciéndose alegremente. Justo anoche, mamá mencionó que la abuela parecía estar mucho mejor. Pero la mamá de Tyler pensó que se debía al alivio que sentía la abuela al ver la recuperación de su hijo—. Si quieres agregar algo —la abuela asiente en dirección al altar—, creo que al abuelo le agradaría.

La primera cosa que se le ocurre a Tyler es el telescopio que le regaló el abuelo. Pero si lo trae aquí, no podrá observar las estrellas desde su cuarto o espiar a los mexicanos.

—Arrima una de esas sillas —le dice la abuela. Por alguna razón, ver las tres sillas alineadas contra la pared lo hace pensar en las tres Marías. ¿Saben que la abuela está loca como una cabra? De ser así, han sido muy consideradas al no decirle a nadie ni burlarse, por el contrario, la visitan a diario. Tyler siente un arrebato de gratitud pero también vergüenza, al pensar en su propio comportamiento hacia ellas.

—Nuestras vecinitas me dijeron de todo esto —le explica la abuela como si pudiera leerle el pensamiento—. ¿Sabías que en México no celebran la noche de brujas como lo hacemos aquí?

Tyler asiente. Ya está enterado de todo eso. La Srta. Ramírez les ha estado enseñando una unidad sobre el Día de los Muertos. Es una gran celebración en México y no sólo es una noche sino tres días, comenzando con la noche de brujas o Halloween. Familias enteras van al cementerio y hacen un picnic con sus parientes muertos. Algo muy tétrico.

—Siempre tenemos presentes a nuestros muertos —la Srta. Ramírez dijo a la clase—. Les llevamos su comida favorita, les cantamos sus canciones favoritas. Hasta les escribimos cartas, contándoles de lo que se perdieron el año pasado. —Nos mostró fotos de unas calaveritas de azúcar con los nombres de todos en la familia, incluso los vivos.

Mientras la Srta. Ramírez hablaba, la mirada de Tyler

buscó la cara de Mari, que de pronto pareció encenderse por adentro como una linterna de calabaza. Algún recuerdo la hacía ver radiante. Tyler se dio cuenta de que él la estaba mirando fijamente y cuando ella volvió la vista hacia él, no pudo evitarlo, le sonrió. Pero en lugar de que ella también le sonriera, su cara se ensombreció como si la luz adentro se hubiera extinguido. Cuando se vino a dar cuenta, la Srta. Ramírez le estaba pidiendo a Mari que les contara un poco más a sus compañeros acerca del Día de los Muertos en su país natal.

Mari bajó la vista, negando con la cabeza, avergonzada. Pero más tarde, cuando la Srta. Ramírez le pidió a la clase que cada quien le escribiera una carta a un ser querido que había muerto, Tyler notó que Mari comenzó a escribir de inmediato. La mayoría de la clase se quejaba de no conocer a ningún muerto. Clayton de plano se negó, debido a que su familia no cree en hechicerías. —Somos cristianos —se jactó. Entonces la Srta. Ramírez se lanzó a dar una larga explicación acerca de cómo los mexicanos son cristianos y el Día de los Muertos es en realidad un ejemplo de cómo la Iglesia Católica adoptó las creencias indígenas y les dio un giro cristiano. Pero Tyler pudo darse cuenta de que Clayton no se lo creyó.

—Las niñas me contaron de cómo hacen unos altares a los familiares que han muerto, sobre todo a los que murieron el año pasado —explica la abuela—. Así que les pedí que me ayudaran a hacerle uno al abuelo. No lo llamo un altar —agrega rápidamente la abuela, como si pudiera meterse en problemas con el reverendo Hollister de la iglesia. La abuela de Tyler es la persona más asidua a la iglesia que él conoce. Sus padres asisten a la iglesia —aunque su papá a menudo falta debido a alguna emergencia en la granja— y ellos insisten en que sus hijos también asistan, mientras aún vivan en la casa paterna. Pero la verdad es que la abuela de Tyler asiste a la iglesia toda la semana, ya que forma parte de todos los comités imaginables que tengan que ver con la cocina o las flores, lo que abarca a casi todos.

—La llamo la mesa de los recuerdos —prosigue la abuela—. Ha sido tan agradable hacer esto y hablar con las niñas acerca del abuelo, ¿sabes?

Tyler siente un nudo en la garganta. Por supuesto que lo sabe.

—María me contó que su abuela murió el diciembre pasado. Su mamá hizo el viaje de regreso a México y pudo verla antes de que muriera. Está en camino de vuelta acá, la mamá de las niñas, quiero decir —agrega la abuela, dejando escapar un suspiro.

Tyler vuelve a sentirse mal otra vez, ya que no pudo pasar las últimas horas del abuelo a su lado, en la huerta. El abuelo murió justo antes de las vacaciones de verano, el último día de clases de Tyler. El abuelo había salido a media mañana para echar un vistazo a sus pimientos y sus tomates y, para cuando la abuela lo llamó a almorzar, ya no hubo manera de salvarle la vida. La abuela lo encontró tendido sobre el camino, como si hubiera esperado a tener el ataque al corazón hasta después de haberse recostado cuidadosamente, para no caer sobre sus frágiles retoños. Tyler volvió a casa ese día de junio para encontrar a su mamá junto al buzón del correo, esperándolo con la noticia. Además del día del accidente de papá, el día en que murió el abuelo ha sido el peor día de la vida de Tyler hasta el momento.

A veces, Tyler se sorprende pensando, "¿Y si... ?" ¿Y si hubiera sucedido un día después y yo ya hubiera salido de clases? ¿Y si él le hubiera estado ayudando a sembrar la huerta cuando al abuelo le dio un ataque al corazón? Tyler quizá podría haber pedido auxilio a tiempo para salvar al abuelo, al igual que Tyler había ayudado a salvarle la vida a papá después de su accidente. Este tipo de cavilaciones hace que mamá diga que Tyler no debería pensar demasiado en la muerte del abuelo. Es mejor tratar de seguir adelante.

—Bueno, de todos modos, cariño, que bueno que pasaste a verme para que pudiera enseñártelo antes de que lo quitemos en unos días. —La abuela de pronto parece afligida, como si fuera a perder de nuevo al abuelo—. No sé... —titubea y echa una mirada al retrato de su marido, tratando de decidir algo—. Tal vez sólo quite lo que se pueda echar a perder, como la tarta, y también debido a las hormigas. Pero voy a dejar este lugarcito para que podamos recordarlo. —La abuela parece aliviada—. Siempre que lo extrañes, querido Tyler, sólo tienes que venir acá.

Tyler no puede evitar sentir un remordimiento. Ha estado evitando ir a la casa de la abuela para no toparse con las mexicanas. Pero eso no quiere decir que no haya estado sintiendo un agujero negro muy grande al centro de su vida.

—He echado mucho de menos al abuelo —admite y, luego, como si al admitir eso se destaponaran el resto de sus sentimientos, le cuenta a la abuela cómo el abuelo lo ha estado observando. Cómo a veces las estrellas parecen adquirir la forma de la cara del abuelo. Otras veces, Tyler ve una estrella fugaz justo cuando está pensando, abuelo, ¿estás allí? Mientras habla, su abuela continúa sonriendo y asintiendo, lo que anima a Tyler, así que menciona las llamadas telefónicas y todas las cosas que no iba a mencionarle. Como lo de los mexicanos.

—El abuelo no habría permitido que papá violara la ley, ¿verdad? —Tyler mira la foto del abuelo sobre la mesa. Es como si Tyler deseara que el abuelo diera la última palabra.

—En realidad, querido mío, tu tío Larry había contratado a unos mexicanos por una época —explica la abuela—. Tu papá no quería ni que se lo mencionaran, hasta que, desde luego, el accidente lo hizo recapacitar. Pero cuando tu tío Larry nos lo contó, ¿sabes qué dijo el abuelo? Dijo, "Los Roberge llegamos aquí de Canadá en los años 1800. Nadie, pero nadie, llegó a los Estados Unidos —menos los indígenas— sin que alguien les diera una oportunidad". Eso fue lo que dijo. Claro que él hubiera preferido que el tío Larry se esperara hasta que todo eso fuera legal. Pero las vacas no pueden esperar a que las ordeñen hasta que los políticos cambien las leyes. Todavía estarían esperando.

Tyler no puede creer que su propio abuelo pudiera haber sido una especie de ¡revolucionario! Como ese cura del que habló Mari en clase para el Día de la Independencia de México. Cómo él repicó las campanas de la iglesia, despertando a todo el pueblo soñoliento para que luchara por su libertad.

—Así que, cariño, creo que el abuelo lo comprendería

—dice la abuela. Y esa misma sonrisa de ternura que tenía mientras contemplaba la foto del abuelo, la tiene ahora mientras contempla a Tyler.

✳ ✳ ✳

Antes de que Tyler vuelva a casa ese día, la abuela lo invita a cenar el próximo miércoles 2 de noviembre, el verdadero Día de los Muertos, según le dijeron las tres Marías.

—Vamos a hacerle una pequeña cena —le dice a Tyler misteriosamente—. Es sólo para recordar a *Gramps*, es todo, cariño —agrega, con mayor naturalidad.

—¿Quieres que traiga mi telescopio? —Quizá después de la cena puedan mirar las estrellas como solía hacerlo con el abuelo. También es la época del año en que aparece la lluvia de meteoritos de las Táuridas.

—Qué idea maravillosa —dice la abuela— podríamos instalarlo en la huerta... —No tiene que mencionar lo que Tyler también está pensando: en el mismísimo lugar donde murió el abuelo. Suena como una locura, pero hablar del abuelo en realidad hace que Tyler sienta que el abuelo, si no exactamente vivo, por lo menos forma aún parte de su vida.

Así que el miércoles después de clases, Tyler carga su telescopio por el campo y lo instala en la huerta del abuelo. Esa noche, cuando la abuela lo deja entrar por la puerta trasera, Tyler se da cuenta de que no es el único invitado. Tal como lo sospechó, las tres Marías también han sido invitadas a esta cena especial. Están ayudando a decorar la mesa, pero al entrar él, ellas se detienen. Parecen desconcertadas, quizá incluso un poco asustadas, como aquel primer día en la puerta del tráiler.

—Ésta es María Guadalupe —dice la abuela, levantando un retrato que le estaba haciendo compañía al retrato del abuelo en el centro de la mesa. Al principio, Tyler cree que pueda tratarse de la mamá de las niñas. Pero la foto muestra a una señora mayor, como de la edad de la abuela, en un vestido andrajoso, frente a una casucha en ruinas que se ve como si estuviera hecha de cartón. Es increíble que, a pesar de ser tan pobre, sonría de oreja a oreja, dejando entrever varios huecos.

—Es nuestra *grandmother* —explica Ofi—. Ya murió.

—Abuelita —dice Luby, pero cuando Tyler la mira, ésta se esconde detrás de su hermana mayor.

—Trajimos unas velas y unas tapas donde ponerlas, *Grandma* —dice Ofi, sacando unas velitas así como un montón de tapas de frascos de una bolsa de papel.

A Tyler le sorprende que las niñas llamen *Grandma* a su abuela, como si fuera de la familia. En realidad, el que se siente como un extraño en este grupito es él. Pero, para el caso, él las ha rehuido durante semanas, aunque ha espiado a su familia todas las noches. Si el Departamento de Seguridad Nacional de los Estados Unidos también hubiera estado vigilando, debían estar muy aburridos con lo poco que hay que reportar. Sonidos del televisor, algunas noches alguien toca la guitarra y todos cantan, otras noches una niña sale al campo de atrás y se queda un rato mirando las estrellas.

—Traje mi telescopio —ofrece él, sintiendo como si llegara con las manos vacías, deseoso de contribuir con algo—. Después de la cena, todos vamos a ir a ver las estrellas. —Se los dice a todas pero, por supuesto, lo dice con la intención de que lo escuche Mari. Finalmente, armándose de todo el valor que había estado guardando para cuando el planeta esté en apuros, Tyler se vuelve hacia Mari y, en esta ocasión, obtiene su recompensa. Ella le devuelve la sonrisa que él le ofreció en el salón de clases hace una semana.

❋　　❋　　❋

La cena está deliciosa: todas las cosas favoritas del abuelo, así como Coca-Colas porque la Coca, según recuerda Mari, era uno de los gustos que su abuelita se daba. Abuelita era demasiado pobre como para comprar Coca, excepto el día de su santo, dice Mari que le dijo su mamá. A su abuelita también le encantaba el mole, una salsa hecha con chocolate, así que las niñas han traído unas barritas de chocolate Hershey que la mamá de Tyler les regaló para la noche de brujas. Las han apilado en un pequeño plato junto a la foto de su abuelita.

Después de la cena, todos se ponen los abrigos y salen a la huerta. Tyler va a la cabeza, guiando al grupo con una linterna. La abuela les dice a las niñas cuánto amaba su esposo esta huerta, cómo él tenía un *green thumb* y cuando las niñas dan un grito ahogado, la abuela se ríe y les explica que "tener un pulgar verde" es una expresión en inglés que significa que alguien tiene buena mano con las plantas.

Están de pie respirando el gélido aire mientras Tyler les señala las estrellas que son visibles a simple vista: la Osa

Mayor y la Osa Menor; Draco, el dragón; Casiopea, que parece una *W* o una *M* ladeada; Pegaso, el caballo alado. Luego se turnan para mirar por el telescopio.

—¡No veo nada! —Luby sigue diciendo hasta que descubren que está cerrando los ojos en lugar de escudriñar por el ocular—. ¡Veo montones y montones de estrellas! —por fin exclama—. ¡Veo a una hermosa dama!

—¿De veras? —la voz de Mari delata cierta emoción que Tyler nunca antes le había escuchado.

—¡Déjame ver! ¡Déjame ver! —Ofi hace a un lado a su hermana menor. Pero después de mirar por un rato, Ofi se da por vencida—. ¡Estás diciendo mentiras! —acusa a su hermana menor—. No me parece nada gracioso.

—No es cierto —dice la pequeña Luby, moqueando—. Yo la vi. De verdad que la vi. ¡Me guiñaba un ojo!

—Mentirosa... —comienza Ofi.

—¡Silencio! ¡Escuchen! —susurra Mari. Del tráiler sale el sonido de alguien que toca la guitarra y canta la canción más triste que Tyler haya escuchado jamás. Siente añoranza por su hogar, a pesar de encontrarse en él.

—Son "Las golondrinas" —le explica Mari—. La canción de la que te hablé —le recuerda a Tyler—. Uno la canta cuando está lejos de su tierra y de sus seres queridos. —Y entonces ella comienza a cantar y sus hermanas la acompañan. Tyler no comprende todas las palabras en español, algo sobre una golondrina en busca de algo. Pero, en esta ocasión, desconocer las palabras no tiene importancia. El sólo hecho de escuchar esa solitaria melodía encapsula lo que siente Tyler cuando echa de menos al abuelo o a Ben.

De modo que eso es lo que sienten las tres Marías, ¡al estar tan lejos de su tierra! Y pensar que Tyler las ha hecho sentir todavía más solitarias con su actitud de pocos amigos y también al estar espiándolas. Desearía tener palabras para decirles que lo siente mucho, que ellas sí cuentan con un lugar aquí. Menos mal que la abuela rompe el silencio. —Sé que ésta no es su tierra, pero están aquí con gente que las aprecia y las quiere.

Eso es demasiado cursi como para que Tyler se atreviera a decirlo alguna vez. Al igual que el abuelo, le resulta más fácil hablar por medio de las estrellas. ¡Y vaya noche para conversaciones estelares! En lo alto, una estrella se dispara en el cielo, luego otra y otra. —¡Miren! —grita Tyler, señalando hacia arriba. Una lluvia de meteoritos. Mari los ve de inmediato, pero hay que dirigir a las dos hermanas menores en la dirección correcta.

—¡Los veo! ¡Los veo! —grita la pequeña Luby con regocijo.

—¡Yo también! —agrega Ofi.

Se quedan un rato bajo esa noche fría y despejada, mirando cómo los ausentes dispersan su anhelada luz como lluvia.

Querida abuelita,

La carta que te comencé a escribir en la clase de la señorita Ramírez la tuve que entregar, así que te escribo otra que puede ser tan confidencial como yo quiera.

Antes que nada, mil gracias, abuelita, de todo corazón por mandarnos tantos besos de luz, ¡la noche del Día de los Muertos! Algunas noches cuando mi tío Felipe toca su guitarra, "Wilmita", y canta esas canciones tan lindas que hacen que se me ensanche el corazón, te he sentido muy de cerca. Pero, después de esa lluvia de luz, estoy segura de que nunca nos abandonarás, aunque hemos peregrinado tan lejos a una tierra extraña como la golondrina de la canción.

Tyler, el hijo del patrón que ahora otra vez es nuestro amigo, dice que lo que vimos fue la lluvia de meteoritos de las Taúridas, que aparecen a principios de noviembre. No sé si sea cierto. Pero en las noches despejadas sigo saliendo afuera y, aunque las estrellas fugaces han disminuido, siempre nos mandas una o dos para decirnos que aún velas por nosotros.

Hemos desmontado el altar que te hicimos en el tráiler, rociando tu Coca-Cola en la tierra.

(Luby y Ofi se comieron tus chocolates. "Siempre nos estás diciendo que no desperdiciemos", fue su excusa.) Cuando termine esta carta, la pondré detrás de tu retrato dentro de su marco. Algún día espero poder enterrarla junto a tu tumba, como dice la señorita Ramírez que hacía su familia en México con sus cartas.

Llevamos tu retrato a la cena en tu honor en casa de nuestra abuela americana. Perdió a su esposo o *Gramps* hace apenas cinco meses, así que la cena también fue en su honor. Cuando estábamos a la mesa y luego en la huerta, la abuela nos contó tantas anécdotas sobre él, que sentí como si lo conociera. "¡Ustedes le hubieran causado un verdadero cosquilleo!", repitió una y otra vez.

No quise corregirla, pero, ¡nunca le faltaríamos el respeto a una persona mayor haciéndole cosquillas! Según me explicó, la expresión *tickled by you*, en inglés quiere decir que le hubiéramos causado gracia. A menudo, cuando le corrijo algo que ella dice, se ríe y nos explica qué quería decir. Entonces di lo que quieres decir, me dan ganas de decirle. Pero no quiero ofenderla, ya que es tan buena y nos ha hecho sentir que tenemos familia en este país. Nos ha pedido que la llamemos *Grandma*, que quiere decir abuela en inglés.

Así que ahora tenemos a tres abuelas, pero

sólo tú estás en el cielo, desde donde velas por nosotros. Abuelita, por favor pídele a Dios que siga siendo así. La mamá de papá, abuelota, no ha estado bien, lo que nos preocupa a él, a mis tíos y a mí. Le ha subido la presión y los doctores le han recetado una medicina que cuesta mucho dinero. Mis tíos y mi papá le mandan ahora sesenta dólares a la semana cada uno, pero ni eso alcanza para cubrir el gasto adicional.

Espero de todo corazón que ella mejore de salud... porque si le llegara a pasar algo, mis tíos y mi papá querrán volver como hizo mamá para estar contigo durante tus últimos días. Esta vez, papá tendría que llevarnos con él y, abuelita, no creo que mis dos hermanas se acostumbrarían a vivir en Las Margaritas. Son como unas niñas americanas, prefieren hablar en inglés y no pensar en lo que cuestan las cosas, como si fuéramos ricos como los Roberge.

Mañana, tarde y noche ellas toman sus Coca-Colas ¡y no les importa dejar un poco en el vaso! "Ya me llené", responden si les digo que no malgasten. Pongo lo que sobró en el refrigerador para más tarde y cuando se los sirvo a la siguiente comida, se quejan, "ya no tiene gas". Sé que ahora con la ayuda de papá y de mis tíos, nuestra familia ha construido una casa de concreto con agua corriente y electricidad en Las Margaritas. Pero eso no sería suficiente para mis hermanas. Ellas querrían tener su propia televisión y muchos juegos y juguetes para escoger con cuál jugar. Querrían ir a la escuela en autobús, en lugar de tener que caminar los cinco kilómetros de ida y vuelta. Y si cualquiera de los mayores les dijera qué hacer, mis hermanas le responderían que no tienen que hacerlo si no quieren.

A Ofi, en particular, le encanta alegar. Ha llegado al punto en que no me obedece, aunque papá le ha dicho que tiene que hacerme caso ahora que mamá no está. "¡Tú no eres mi mamá!", me contesta con las manos sobre la cadera. Una vez que decide algo, no hay manera de hacerla razonar.

Como lo que sucedió cuando hacíamos los preparativos para el Día de los Muertos. Papá había vuelto de hacer la ordeña de la noche y estábamos los cuatro armándote el altar. De pronto, Ofi se desapareció al cuarto que compartimos mis hermanas y yo, y trajo el retrato de mamá de cuando estábamos en Carolina del Norte que tenemos sobre el tocador. Sin más, lo puso en el altar junto al tuyo. No pude creer que papá no dijera nada. Yo lo quité de inmediato. —No se ha muerto —le dije—. ¡No puedes ponerla ahí!

—¡Sí puedo! —Ofi me empujó hacia un lado y volvió a poner el retrato en el altar. Por lo general, dejo que se salga con la suya con tal de evitar un pleito, pues sé lo cansado que llega papá de la ordeña. Pero esta vez tuve que impedírselo. No se trataba solamente de salirme con la mía, abuelita, era el miedo que sentía de que si el retrato de mamá estuviera en el altar de los muertos, seguramente moriría. Dondequiera que estuviera en ese momento, tratando de hallarnos, tendría un accidente horrible o la atropellaría un coche o la mordería una víbora o se moriría de sed en el desierto.

Así que quité el retrato del altar y, para cuando me di cuenta, Ofi lo había agarrado de un extremo y nos lo arrebatábamos de acá para allá. Cada una gritándole a la otra que lo soltara. Finalmente, papá metió mano y nos quitó el retrato a las dos.

—¡Papá! ¡Devuélvemelo, es mío! —En parte Ofi tenía razón. Era el marco que ella había comprado por un dólar en una venta de beneficencia de su iglesia a la que nos llevó nuestra abuela americana. Muy bonito, con conchitas en todo el borde. Pero la foto en sí era de todos. No sólo eso, yo había sugerido que usáramos ese marco para la foto de mamá. Ofi había querido poner una foto de la nueva muñeca American Girl del catálogo que encontramos en la basura de los patrones.

—Voy a quedarme con el retrato por ahora — explicó papá, llevándose una mano a los labios para acallar la protesta de Ofi—. Vamos a sentarnos como gente civilizada y decidir si debe o no estar en el altar junto a tu abuelita.

Sé que ésta debe ser la influencia que ha tenido la democracia en nuestro papá, así como la familia Roberge decide cosas por medio de la discusión y el voto. Pero me pareció increíble que papá permitiera siquiera que hubiera un voto sobre una cuestión de vida o muerte.

Nos sentamos alrededor de la mesa de la cena, de hecho sólo nosotros cuatro, ya que tío Armando y tío Felipe, siendo familia política, no tendrían voz ni voto en este asunto. Pero, por respeto, le habían bajado el volumen al televisor, donde estaban dando una lucha libre muy sangrienta, tal como la pelea de Ofi y mía. Papá comenzó diciendo que ya había pasado un año.

—¡No es cierto! —protesté—. Sólo han pasado diez meses, dos semanas y dos días.

Papá hizo una mueca de dolor, como si le doliera el que yo llevara la cuenta exacta. —No ha sido un año entero, pero sí ha pasado mucho tiempo. —Prosiguió a explicar que el cruce era muy peligroso, que el desierto tenía muchos peligros.

—¿Le pasó algo a mamá? —dije con el aliento entrecortado. Quizá ésta era la manera bondadosa en que papá iba a darnos una noticia horrible.

—No, no estoy diciendo eso. —Me acarició el

cabello para consolarme. Pero no sentí ningún consuelo cuando continuó—. Sólo estoy sugiriendo que después de tanto tiempo —arrimó a Luby a su lado como para proteger a su hijita menor de lo que estaba a punto de decir—, después de tantos meses, tu madre probablemente esté mirándonos desde el otro mundo.

Ofi entrecerró los ojos al mirarme como diciendo, ¡Ves, yo tenía la razón! ¿Cómo podía ella ser tan insensible? De hecho, no creo que ni ella ni Luby comprendieran realmente que si mamá estaba en el otro mundo, eso quería decir que había muerto. —Así que podemos poner su retrato en el altar, ¿verdad, papá?

—Bueno, mijita —dijo papá, echando una mirada hacia donde yo estaba, como temeroso de ya haber dicho demasiado—. Me parece que debemos esperar hasta el año que entra. —Me di cuenta de que lo decía más por mi beneficio que porque estuviera convencido de que mamá estaba viva. Y para entonces, ya no importaba si el retrato de mamá estuviera o no en el altar de muertos. Toda su familia la había abandonado, excepto yo. Era como si realmente se hubiera muerto.

Comencé a sollozar. No me pude contener. Papá parecía confundido, ya que había resuelto el caso a mi favor. En cuanto a Ofi, a pesar de ser tan voluntariosa, tiene buen corazón. Cuando me vio tan conmocionada, fue a mi lado y me echó los brazos encima como si fuera mi pequeña mamá.

—No llores, Mari. No pondremos a mamá en el altar. Ni siquiera el año que entra —me prometió. Pero su repentina bondad me hizo llorar aún con más ganas. Ella miró a papá, llena de impotencia, luego alargó el brazo para tomar el retrato de mamá y me lo dio para que lo sujetara.

—También puedes quedarte con el marco —agregó. Y luego ella también comenzó a llorar y eso hizo que Luby llorara y papá y muy pronto, abuelita, todos sollozábamos democráticamente alrededor de la mesa.

### (Más tarde ese mismo día)

Abuelita, quería compartir contigo otra inquietud.

Sabes que cuando salimos de Carolina del Norte, otros recién llegados de Las Margaritas se quedaron con nuestro apartamento. El arreglo era que les avisaríamos si pensábamos regresar. El lunes antes del Día de los Muertos, a papá le sobraban unos minutos de su tarjeta telefónica después de llamar a abuelote y abuelota en Las Margaritas, así que decidió llamar a nuestros conocidos en el apartamento de Carolina del

Norte e informarles que ya estábamos felizmente instalados en nuestro nuevo hogar en Vermont, que el trabajo iba bien y los patrones eran buena gente.

Imagínate su sorpresa cuando le contestó una grabación, diciéndole que el teléfono había sido desconectado. Marcó de nuevo y me puso a la bocina para asegurarse de haber comprendido el inglés. Había escuchado correctamente. El número había sido desconectado y no había más información.

—¡Esa viejita! —exclamó tío Felipe. Estaba seguro de que aquella viejita de los dos perritos había mandado a la policía al apartamento y había detenido a nuestros conocidos de Las Margaritas—. ¡Debí haberles advertido!

—Esa patrona no sabía dónde vivías —le recordó papá.

—Pero quizá ella le dio algo a oler al otro perrito que tío Felipe hubiera tocado y el perro le siguió la pista al olor —ofreció Ofi. Todos habíamos visto un programa por la televisión en el que la policía rastreaba el paradero de una niña extraviada, al dar a un perro algunas de sus prendas para que las oliera.

Al principio, sólo me preocupaban nuestros conocidos del apartamento, pero luego comencé a pensar en mamá. Les habíamos dejado instrucciones, así como el número telefónico de los Roberge. Pero si la migra había detenido a nuestros conocidos, ¿cómo sabría mamá dónde encontrarnos en este enorme país?

Quizá él sintió la misma preocupación porque papá llamó a un amigo de Las Margaritas que también trabajaba en Carolina del Norte. Esta vez contestó el amigo. Sí, le dijo a papá, habían detenido a nuestros conocidos en el trabajo y los habían deportado. Otros mexicanos se habían quedado con el apartamento, pero no venían de nuestro pueblo. No eran ningunos conocidos nuestros.

Todos estábamos congregados alrededor de papá, tratando de reconstruir las noticias de las expresiones de su cara. —Ya veo. Ya veo —seguía repitiendo. Yo estaba desesperada por saber qué era lo que veía. Finalmente, cuando papá se estaba despidiendo, alargué la mano para tomar el teléfono. Mi papá parecía desconcertado, pero me lo pasó. —Por favor —le pedí al amigo de papá—, ¿podría hacernos un favor? —Y luego le rogué que fuera a nuestro antiguo apartamento y dejara allí el nuevo número telefónico de aquí de Vermont en caso de que mi mamá, María Antonia Santos, fuera a buscarnos.

El amigo de papá lo dudó, pero debí haber sido tan insistente como Ofi porque finalmente me dijo que sí. Repitió nuestro número nuevo antes de que se terminara el tiempo de la tarjeta y se cortara la comunicación.

Después de esa llamada, nos sentimos muy nerviosos como siempre que nos enteramos de que la migra pescó a alguien. Es como si una nube flotara sobre nuestra familia y oscureciera nuestro mundo. Lo opuesto, completamente, abuelita, de tu lluvia de luz. Así que cuando sonó el timbre, todos pegamos un brinco. Antes que nada, en los cuatro meses en que habíamos estado viviendo allí, nunca había sonado el timbre. Todo el mundo usa la puerta trasera. Al principio, ninguno de nosotros sabía ni qué era. Un timbrazo y luego otro y otro. Me recordó al cura repicando la campana de la independencia en México, despertando a la gente para que saliera en busca de su libertad. Pero como temíamos que fuera la migra, ese repiqueteo parecía más bien como el sonido del fin de la libertad de nuestra familia.

¡Se nos hizo interminable! En cada instancia era como si una aguja me traspasara el corazón. Papá levantó la mano y se llevó un dedo a los labios, tal como lo había hecho la noche anterior cuando Ofi y yo nos habíamos estado peleando acerca del retrato de mamá en el altar. Muy, muy lentamente, como si un movimiento rápido pudiera hacer ruido, se acercó sigilosamente al interruptor de luz y lo apagó. Escuché un grito ahogado que creí que era de Luby. Pero un momento después, una mano helada agarró la mía, demasiado grande como para ser de Luby, que pertenecía a mi valerosa y atrevida hermana, ¡Ofi!

La misma Luby había comenzado a llorar.

—Shhh, tranquilita, tranquilita —la aquietó papá con un susurro casi inaudible. Nuestros visitantes habían optado por dejar de tocar el timbre y ahora aporreaban la puerta y gritaban. Quizá debido a que ya estábamos tan asustados por las malas noticias sobre nuestros amigos y la migra, ninguno de nosotros recordó que era la noche de brujas. Sabíamos de haber vivido en Carolina del Norte que los niños se disfrazan y van de casa en casa pidiendo caramelos. Papá y mamá siempre cerraban la puerta con llave y se negaban a abrírsela a ninguno. —Nunca se sabe si pudiera ser la migra disfrazada —nos advertía mamá. En cuanto a nosotras, sin importar cuánto les explicáramos esta tradición americana, mis hermanas y yo no teníamos permiso de ir a pedir caramelos. —Es una falta de respeto —explicó mamá—. ¡Con tantos limosneros que en verdad necesitan una limosna! —A veces, aun si yo había nacido en México, sentía un desierto enorme estrecharse entre mis padres y la persona en quien me estaba convirtiendo.

Finalmente, cesaron los timbrazos y los aporreos y los gritos. Para entonces, Luby sollozaba desconsolada, así que tío Felipe la llevó cargada a nuestro cuarto de atrás, donde no pudieran escucharla. Después de una pausa, escuchamos unos ruidos sordos como si arrojaran algo blando a las ventanas. Luego un silencio, y el sonido de risas, gritos y alaridos. Finalmente, un azotar de puertas y un ruido de coches que se iban de aquí.

Nos quedamos en la oscuridad por lo que pareció ser horas, pero probablemente sólo fueron minutos. —¿Podemos encender las luces? —Ofi seguía preguntando. Pero papá no estaba seguro de si todavía nos estarían vigilando. Por fin, papá prendió la luz y, tan pronto como lo hizo, volvió a sonar el teléfono, como si una cosa estuviera conectada con la otra. —Son ellos —susurró papá desesperadamente, apagando de nuevo la luz. Tenía toda la razón en sospechar, ya que casi nadie nos llama, excepto a veces los Roberge o algunos de mis tíos de California o un número equivocado. Y el teléfono seguía sonando y sonando, por más tiempo incluso que aquellos intrusos habían tocado el timbre. Finalmente eso también se acabó y pudimos respirar, aunque papá todavía no nos permitía prender las luces.

Un poco después, alguien tocó a la puerta, esta vez a la puerta trasera. —¡Hello! ¡Hola! —

llamó una voz—. Sólo soy yo, Connie. —Nos sentimos tan aliviados de escuchar la voz de la patrona. Papá se apresuró a la puerta y la abrió.

La Sra. Roberge vestía pantalón vaquero y una sudadera con las iniciales UVM, de la universidad de su hijo mayor. Llevaba una linterna y una cubeta llena de caramelos. Explicó que había escuchado un azotar de puertas y había visto a unos jóvenes tocar a nuestra puerta y luego lanzarnos huevos y fruta podrida en las ventanas y adivinó qué había sucedido. Los jóvenes no habían recibido sus golosinas, así que les habían hecho una jugarreta, como es la tradición del *trick-or-treat*. Pero para el caso, también se dio cuenta de que quizá no lo comprenderíamos. Se hubiera apresurado a venir a nuestro lado, pero quería estar en casa por si esos jóvenes acudían a su puerta. A su vez, Sara y Tyler andaban pidiendo *caramelos* con sus amigos y el Sr. Roberge no estaba en condiciones de levantarse y abrir la puerta debido a sus lesiones. Así que ella había tratado de llamarnos para explicarnos qué sucedía y le preocupó que nadie contestara el teléfono.

—Ya sabíamos que era Halloween —dijo Ofi, luciéndose. ¿Conque sí? Yo tenía quizá varias fracturas en la mano izquierda para probar lo contrario.

—¡Por supuesto! —la Sra. Roberge se rió de sí

misma—. ¿En qué estaba pensando? Ya sabrían de esa tradición de cuando vivieron en Carolina del Norte. —De cualquier forma, nos había traído unos caramelos que le habían sobrado para nosotras y para repartir. Incluso Ofi no se atrevió a decirle que no nos permitían dar limosna a mendigos de mentiras.

—Muy amable de su parte venir y explicárnoslo —le agradeció papá. Quiso acompañar a la patrona de regreso a su casa, pero la Sra. Roberge dijo que de ninguna manera.

Para entonces, tío Felipe ya nos había alcanzado en la puerta trasera, con Luby todavía moqueando en sus brazos. Al caminar al cuarto de atrás en la oscuridad, Luby había dejado caer su perrito de peluche en algún lugar. Así que, además de estar asustada, no tenía a su fiel perrito que la protegiera.

Abuelita, aun después de que nos dimos cuenta de que no habíamos corrido ningún peligro, había una sensación de inquietud en la familia. Esos diez minutos de terror habían sido como una especie de recordatorio de que vivíamos gracias a una bondad y una suerte prestadas. Más que nada pensé en mamá, quizá esta misma noche tocando el timbre de nuestro antiguo apartamento en Carolina del Norte. Quizá así como nosotros nunca le habíamos abierto la puerta a gente extraña, los nuevos

114

inquilinos no le abrirían la puerta a ella. Lo único que pude desear fue que cuando ella volviera a salir a la calle, la migra no estuviera segura de si la mujer con trenzas largas y piel morena fuera una mexicana de verdad o sólo alguien que fingía serlo. Así como los niños que mendigaban caramelos realmente no eran mendigos.

Abuelita, antes de finalizar y poner mi carta detrás de tu foto en el marco, quiero pedirte un favor. Así como nos mandaste esa lluvia de luz para decirnos que velas por nosotros, por favor cuida a mamá. Guía sus pasos al apartamento, después de que el amigo de papá de Las Margaritas haya entregado el nuevo número telefónico. Pon unos dólares en sus manos para que pueda comprar una tarjeta telefónica. Déjala llamar cuando uno de nosotros esté en casa para contestarle. Porque si ella no llega para el año que entra, seré yo quien vaya a nuestro cuarto a tomar mi marco nuevo del tocador para poner a mamá a tu lado en el altar para el Día de los Muertos, incluso si Ofi me ruega que *please*, por favor, no lo haga.

*Your blessing*, abuelita, la bendición,
Mari

# fines del otoño

(2005)

# LA GRANJA DE LAS INTRIGAS

—Y gracias te damos, amado Señor, por todas tus bendiciones —reza la abuela antes de la cena del Día de Acción de Gracias. Luego le pide a cada quien que mencione una cosa por la que se siente especialmente agradecido antes de que todos empiecen a comer.

Tyler ve varias miradas intercambiarse alrededor de la mesa. Sin lugar a dudas, todos están pensando que la comida ya no va a estar caliente después de tantos agradecimientos.

La abuela comienza diciendo que tiene tanto por lo cual estar agradecida. Todos sus hijos y sus nietos se han reunido: el tío Larry y la tía Vicky y sus tres hijos, Larry hijo, Vic y

Josh; la tía Jeanne y su esposo, el tío Byron, que da clases en una universidad cercana, y sus dos gemelas: Emma y Eloísa; así como toda la familia de Tyler. Y —a instancias de la abuela— las tres Marías y su padre y sus dos tíos.

—Yo no sé —tío Larry le dijo confidencialmente al papá de Tyler cuando se enteró de quiénes estaban a la puerta trasera. Él no había invitado a sus trabajadores mexicanos. Pero nadie quería hacer aspavientos frente a la abuela. Éste iba a ser el primer Día de Acción de Gracias sin el abuelo, así que todos estaban preparados para que hubiera muchas lágrimas.

Pero todos están gratamente sorprendidos de ver lo optimista que parece la abuela. Aunque menciona al abuelo con frecuencia, no ha llorado ni una vez. La teoría de mamá es que las tres niñas mexicanas han llenado la vida de su suegra de personas que le hacen compañía y de quienes ella puede cuidar. —De otra manera, no está contenta —ha dicho mamá, refutando la teoría de tía Jeanne de que la abuela "está perdiendo el contacto con la realidad".

Hace algunas semanas, tía Jeanne cayó de visita inesperadamente y encontró a la abuela sola en la huerta, ¡en plena conversación con el abuelo! Cuando tía Jeanne se lo echó en cara, la abuela le dio una excusa poco convincente de cómo sólo estaba rezando en voz alta. Tía Jeanne le siguió la corriente, pero la semilla de la duda ya había sido sembrada en su interior. Luego, los accidentes automovilísticos. Golpecitos en el parachoques, pero de todas formas, la abuela ya no debería conducir. Ya no debería vivir sola.

La semana anterior al Día de Acción de Gracias, han circulado muchas llamadas telefónicas. Intrigas y planes de acá para allá. Según tía Jeanne, la familia debería intervenir e insistir en que la abuela se vaya a vivir con alguno de ellos o que la admitan a un asilo de ancianos. Tío Larry opina que su mamá está muy bien, gracias. La cosa con tía Jeanne es más complicada. Desde que estudió psicología en la universidad, tía Jeanne siempre está buscando problemas que resolver. Papá está indeciso, le preocupa su madre pero tiende a estar de acuerdo con su hermano, en el sentido de que no hay que buscarle mangas al chaleco. —O peor aún — dice tío Larry para rematar—, ¡ponerle mangas para luego quitárselas!

Toda la semana Tyler ha estado escuchando a sus padres discutir "el problema con la abuela", sin que ellos lo noten. ¿Qué tal si tía Jeanne tuviera razón y le pasara algo a la abuela? ¿Quizá podrían convencerla de irse a vivir con alguno de sus hijos?

Tyler finalmente la defiende. —La abuela dice que antes muerta. —Ambos padres se sorprenden al encontrarlo de pie junto a la entrada. Mamá pasa de la sorpresa a la irritación ante su "mala costumbre de escuchar conversaciones ajenas". Pero no es como si en esta casa hubiera letreros de ¡PROHIBIDO ESCUCHAR! Tyler está seguro de una cosa: si abandonar la granja familiar hubiera matado a papá, sacar a la abuela de su querida casa y de sus tierras la mataría aún más rápido, con lo triste y vieja que está.

Pero ahora que están sentados todos juntos a la mesa grande, "el problema con la abuela" parece haber caído en el olvido. Todo el mundo ha contribuido uno o dos platones, incluso el pavo de treinta libras que la mamá de Tyler horneó en casa y que luego trajo aquí en auto, pues le preocupaba que se derramara el jugo. La abuela ha horneado todas las tartas y los mexicanos trajeron frijoles refritos y tortillas. Por supuesto, tía Jeanne y tío Byron hicieron su entrada con unos quesos finos que huelen tan mal que Tyler no puede ni acercárseles, mucho menos ponérselos en la boca.

Van alrededor de la mesa dando sus agradecimientos, animando a las tortugas por medio de una tos para que no se tarden tanto. Cuando llega el turno de Tyler, todos están demasiado hambrientos como para escuchar un agradecimiento más. Tyler no tiene mucho que decir, algo más por lo cual estar agradecidos. —Doy gracias de que mi papá sanó. —A un lado, su mamá le da un apretón en la mano en señal de agradecimiento.

Las tres Marías y su padre y sus tíos son demasiado tímidos como para decir algo. Pero después de que Mari interpreta qué se ha pedido a los invitados, su padre les da las gracias a los Roberge por hacerlos sentir como parte de la familia. Sus dos hermanos se le unen y dicen "gracias".

—En inglés este día se conoce como *Thanksgiving* —les dice Ofi a su papá y a sus tíos.

—O el día de dar gracias —traduce Luby.

—Bueno, pues *thank you* y gracias a todos y cada uno de los presentes —la abuela finalmente termina la ronda.

Antes de que alguien pueda añadir algo más, tío Larry está rebanando el pavo y pidiendo a todos que le pasen sus platos antes de que sea Navidad.

Ya es tarde para cuando acaba la comida y los trabajadores mexicanos se dirigen a hacer la ordeña vespertina. Mamá convence al padre de las tres Marías que las deje quedarse un ratito más. Las dos menores parecen haber congeniado particularmente bien con las gemelas de nueve años de edad, quienes tratan a Luby y a Ofi como si fueran muñecas de verdad, vistiéndolas con la ropa que les van a heredar, que trajeron en una bolsa. Mientras tanto, Mari está ocupada ayudando a la abuela a lavar los platos. —¡Qué encanto! — tía Vicki le susurra a la mamá de Tyler, quien coincide—: Sí, todas lo son.

Tyler se dirige a la sala de enfrente, donde Ben y su papá y su tío y sus primos varones están viendo el partido de fútbol americano. Durante una pausa, tío Larry comienza a contarle a papá lo que le dijo un amigo que tiene en el departamento del *sheriff*, el otro día que pasó por su casa para avisarle que la cosa está que arde para los mexicanos del área. Detuvieron a tres de ellos apenas la semana pasada mientras caminaban por la carretera a un establo de ordeña. Se llevaron a dos más después de que un patrullero los detuviera por ir con exceso de velocidad y el conductor no tenía licencia, ni la matrícula al día del auto usado, ya que se lo había comprado a otro trabajador que se había regresado a México.

Tyler había dejado de preocuparse por los mexicanos que trabajan en la granja pero, al escuchar a su tío Larry, comienza a preocuparse de nuevo. Excepto que, en realidad, ahora no quiere que Mari y su familia se vayan. Quiere que haya cambios en la ley para que puedan quedarse, ayudando a su familia como a sí mismos.

—Le digo a Vicky, no te encariñes demasiado —dice tío Larry—. Es sólo cuestión de tiempo.

—¿Escuché que mi nombre se pronunció en vano? —tía Vicky ha llegado de la cocina, donde la limpieza está llegando a su fin.

—No es nada, querida. —Tío Larry señala hacia el televisor, donde un pase peliagudo está en curso. Su equipo la riega y él dirige de nuevo su atención a su esposa—. Sólo hablábamos de la visita de nuestro amigo del departamento del *sheriff*.

Tía Vicky se deja caer sobre el brazo del sillón donde está su esposo con un suspiro. —No sé cómo se supone que vamos a sobrevivir.

La mamá de Tyler se ha incorporado a ellos en la sala de enfrente. —¿Dónde está Jeanne? —pregunta. Todos saben que el tío Byron está en el estudio de enfrente leyendo el *New York Times*, que lee todos los días para estar informado de lo que ocurre en el mundo—. Tú y Larry son como dos gotas de agua —le gusta decir a tía Vicky. Resulta que tío Larry lee el semanario *Valley Voice*, incluso hasta los anuncios clasificados. Cada vez que tía Vicky lo dice, las cejas distinguidas de profesor del tío Byron se arquean un poco ante la comparación.

—Creo que subió a la planta alta para ver cómo estaban las niñas —tía Vicky le responde a mamá—. Están en el ático jugando al desfile de modas. ¿Viste sus caritas cuando vieron esa bolsa de ropa?

Mamá asiente, riendo. —Sí, me fijé. Creen que somos ricos porque tenemos para regalar. Y sí, en comparación somos ricos. No sabes, tener a estos mexicanos aquí nos ha hecho mirar las cosas desde otro punto de vista, ¿no te parece, cariño? —mamá le sonríe con alegría a papá, quien parece incomodarse pero asiente para denotar que está de acuerdo.

—Disfrútenlo mientras les dure, señoras —dice tío Larry en tono grave—. Cualquier día de estos, el Departamento de Seguridad Nacional nos hará una visita. Los creo muy capaces de invadir nuestra propiedad y llevárselos.

A Tyler le asusta pensar que su tío, un adulto razonable, lo crea posible. Pero si él está asustado, eso no es nada en comparación con Mari, que acaba de aparecer a la puerta, la limpieza terminada.

—Atención —les advierte la mamá de Tyler. Pero ya es demasiado tarde. La cara de Mari se ha tensado de preocupación y de miedo, de la misma manera en que le sucede al Sr. Bicknell cuando comienza a hablar del futuro del planeta—. Cariño, tío Larry estaba exagerando —explica su mamá—. ¿Verdad que sí, Larry?

El tío de Tyler parece indeciso, pero luego echa una mirada hacia la puerta, donde la abuela acompaña ahora a Mari, sus manos llenas de manchas sobre los hombros de la jovencita. —Claro que sí —dice—. Ya me conocen —agrega de manera poco convincente—, soy de los que les gusta exagerar que pescaron un pez enorme.

—Ya lo creo —agrega tía Vicky, y tío Larry también finge creer que se trata de algo gracioso, al momento en que todos —excepto Mari— se echan a reír.

Cuando la abuela sube a ver cómo están las niñas, tía Jeanne, que se ha incorporado al grupo, cierra la puerta.

—Larry, apaga esa cosa por favor.

—¡Por Dios! —refunfuña tío Larry entre dientes. Es el menor de los tres hermanos—. Te comprendo, oye —le ha dicho a Tyler—. Somos los que menos importamos aquí. —Pero Tyler no se había dado cuenta. En realidad, tío Larry es el más mandón de todos sus familiares. Bueno, a veces tía Jeanne no se queda atrás.

—Necesitamos ponernos de acuerdo sobre mamá —comienza tía Jeanne.

—¿Y ahora qué? —dice tío Larry como si no creyera que hubiera un problema.

Tía Jeanne se cruza de brazos. —Quizá deberías darte una vuelta por la planta alta.

—¿Quizá los niños deberían dejarnos a solas? —agrega la mamá de Tyler. Pero los hijos de tío Larry protestan. Quieren seguir viendo el partido y no, no pueden ir a ver la otra TV, ya que la abuela se las regaló a los mexicanos.

Tía Jeanne asiente mirando a su alrededor, como si ésta fuera una prueba más de lo que ella les ha estado diciendo.

—A la cocina, entonces —los dirige. Los adultos se despabilan y se levantan de sus sillas y salen en fila para la reunión cumbre. La TV sigue a todo volumen.

Tyler trata de ver el partido, pero está distraído. Por un lado, puede sentir el desasosiego de Mari mientras ella se sienta sobre sus manos en una silla, sintiendo que tiene que ser amable, pero sin comprender en absoluto de qué se trata el fútbol americano. Cuando Sara anuncia que se va, Mari también declara que es hora de regresar a casa. Sube las escaleras a la planta alta en busca de sus hermanas.

Tyler se une a Sara en el pasillo. No quiere estar cerca en caso de que se arme un escándalo con la abuela. Desde la cocina, pueden escuchar la voz de tía Jeanne, sólo unas palabras aquí y allá: —Como un altar de vudú... Tres accidentes automovilísticos... No debería vivir sola... —Tyler quisiera poder defender a su abuela, pero entonces lo acusarían de nuevo de estar escuchando conversaciones ajenas.

Poco después, Ofi y Luby bajan las escaleras dando pisotones, molestas por tener que regresar a casa. Mari va a la zaga, seguida de la abuela y las gemelas. La fiesta está llegando a su fin. —¡Adiós, abuela, muchas gracias! —dice Tyler en voz alta para alertar a los que están reunidos en la cocina a puerta cerrada. Espera que si han emitido un voto, los dos hijos y las nueras prevalezcan sobre tía Jeanne. En cuanto al tío Byron, todavía está en el estudio de enfrente, leyendo el *New York Times*, al tanto del mundo mientras que una pequeña revolución estalla aquí mismo en casa de su suegra.

✳    ✳    ✳

Tyler invita a las tres Marías a ver las estrellas a través de su telescopio. El papá y los tíos de ellas no terminarán de ordeñar y dar de comer y hacer la limpieza hasta dentro de un par de horas. Y el que estén las tres niñas juntas debe hacerlo permisible que estén en el cuarto de un niño, aún si es de noche.

—¿Crees que sea cierto lo que tu tío estaba diciendo sobre la migra? —pregunta Mari mientras todos caminan hacia la casa de Tyler. Tiene que explicarle que "la migra" es cómo los mexicanos se refieren a los agentes del Departamento de Seguridad Nacional que tratan de pescarlos.

Tyler francamente no puede afirmar si el Departamento de Seguridad Nacional hará o no una redada a las granjas de la familia. Pero al igual que con los posibles peligros planetarios que se avecinan, por lo menos deberían tener un plan.

—¿Qué tipo de plan? —Luby quiere saber.

—Ya sabes —ofrece Tyler—, como un simulacro de incendio en la escuela.

—¿Salimos corriendo de la casa? —pregunta Luby.

—No se debe correr. —Ofi es buena para recordar las reglas—. Salimos en fila y... ¿Luego qué? —Mira hacia donde está Tyler.

—Nos escondemos, ¿verdad? —Luby cree que, después de todo, éste podría ser un juego divertido.

—Hay todo tipo de escondites —coincide Tyler. No da crédito que él sea el mismo niño que hace varios meses quiso que deportaran a esta familia. Ahora está tramando cómo evitar ser capturados. Pero quizá sea como con el Ferrocarril Clandestino que ayudaba a los esclavos a alcanzar la libertad. Además, dos de estas niñas son ciudadanas americanas.

—El abuelo me enseñó dónde hay una cueva —explica Tyler—. Podemos ir a explorarla mañana cuando sea de día.

Para entonces están a la puerta trasera y Sara se prepara a llamar a su novio nuevo, Hal, cuando suena el teléfono. Ella lo deja sonar tres veces antes de contestar. —*Hello* —dice con indiferencia—. *¿Hello? ¡¿HELLLOOOOO?!* ¡Ya basta, Jake! ¡Te voy a acusar con la policía!

Cuelga el auricular de golpe. Las tres Marías se sorprenden ante su arrebato. De modo que Tyler les explica sobre esa persona tan pesada que llama y luego cuelga cuando ellos contestan.

Parece como si Mari hubiera visto el segundo fantasma de la noche. —Creo que quizá se trate de nuestra mamá —dice titubeando. Fue apenas hace poco que le dio su nuevo número telefónico al amigo de su papá para que lo llevara a su antiguo apartamento. Pero podría ser que su mamá pasó por allí antes de que deportaran a los inquilinos anteriores y ellos le dieran el número de los Roberge.

Tyler no lo comprende. Si la mamá de las niñas fue de visita a México, ¿acaso su familia no la llamaría para que supiera dónde encontrarlos cuando estuviera lista para regresar? —Quieres decir que, ¿ella no sabe dónde están ustedes?

Antes de que Mari pueda responder, Ofi dice en voz alta. —No sabemos dónde está. —Luego, en un momento poco usual de falta de confianza en sí misma, se dirige a su hermana mayor—. ¿Verdad, Mari?

—Papá dijo que ya se fue al otro mundo —recuerda Luby. Aprieta con tanta fuerza su perrito de peluche que sería un perrito muerto en caso de estar vivo—. ¿Verdad, Mari?

Ahora Tyler está completamente confundido. *El otro mundo* es la manera en que la gente habla de la muerte del abuelo. Pero, ¿cómo puede estar muerta la madre de las niñas y estar de regreso de un viaje a México? —Pero está viva... ¿verdad, Mari?

Todos acuden a Mari como la autoridad. Tyler nota

apenas la más minúscula vacilación, a diferencia de su afirmación instantánea y vehemente en el ático hace unos meses, antes de que ella responda: —Sí, mamá está viva.

Como para darle la razón, el teléfono vuelve a sonar.

Mari se apresura a contestarlo. Tyler y las hermanas y Sara se congregan a su alrededor. —¿Mamá? —comienza.

—¡Mamá! ¡Mamá! —las dos pequeñas Marías dan de brincos, eufóricas.

Mari las hace callar. —¡No me dejan oír! —Luego se vuelve a la persona que llama—. Mamá, ¿eres tú? —Pero no debe ser su mamá porque la emoción abandona su cara—. Lo siento. Sí, aquí está.

Mari trata de pasarle el teléfono a Sara. —Es Jake —explica. Sara niega con la cabeza y dice articulando en silencio, "No estoy en casa".

—Dice que no está en casa —le dice Mari a Jake.

Sara y Tyler botan la carcajada. Pero Mari no comprende qué es tan gracioso, aun después de que Tyler se lo explica. En realidad, las tres Marías tienen la misma expresión afligida en la cara, como si acabaran de oír que su madre se ha esfumado sin dejar rastro.

—Vamos arriba a mirar por el telescopio, ¿les parece? —dice Tyler, esperando cambiar de tema a algo que las contente de nuevo. En lugar de gritos de "¡Sí!", las dos pequeñas Marías miran de nuevo a su hermana mayor.

—Creo que sería mejor que volviéramos a casa ahora —dice Mari, tomando a Luby de la mano. Sin que nadie le diga qué hacer, Ofi toma la otra mano de Mari.

Tyler prende la luz de afuera y él y Sara miran a las tres

niñas caminar por el jardín hacia su tráiler. —Quiero a mi mami —comienza Luby a gemir a medio camino. Ofi se le une. Mari debe decirles algo tranquilizador, porque sus hermanas se apaciguan. Rodeándoles los hombros con sus brazos, Mari las encamina a casa.

—Qué cosa más extraña —dice Sara cuando se cierra la puerta del tráiler tras de ellas.

Por lo general, Tyler no está muy de acuerdo con cualquier cosa que salga de la boca de su hermana, pero en esta ocasión, tiene que coincidir. Es obvio que las niñas no tienen idea de dónde está su mamá. Pero, ¿cómo puede uno perder a su propia mamá, santos cielos?

Es un misterio en el que Tyler podría cavilar toda la noche, pero los problemas muy pronto visitan a su propia familia. Sus padres regresan con caras largas del enfrentamiento en casa de la abuela. La abuela les ha dicho a sus hijos que si tratan de llevársela de casa, ella se fugará, lo cual es un poco gracioso, la abuela huyendo de casa para protestar que la obliguen a irse de casa.

Excepto que no es nada gracioso, piensa Tyler, deseando poder viajar a otra galaxia. Escogería un planeta con muchas granjas y sin fronteras y sin niños bravucones que te estén mangoneando. Su abuela le ha dicho que así es el cielo. Pero Tyler no quiere tener que morirse para llegar allá, aunque sería agradable poder acompañar al abuelo y poder escuchar a escondidas las conversaciones ajenas del resto de la familia con todas sus intrigas y planes allá abajo en la tierra, sin meterse en problemas con mamá.

Adorada Virgen de Guadalupe,

Hoy, en el día de tu santo, te escribo con una petición urgente.

¡Por favor, ayuda a mi tío Felipe! La migra lo detuvo hace más de una semana, pero aún no tenemos noticias de dónde estará y si lo dejarán libre o lo deportarán a México.

El Sr. y la Sra. Roberge han estado llamando a la oficina del *sheriff*, donde trabaja un amigo del hermano del Sr. Roberge. Pero una vez que se involucra el Departamento de Seguridad Nacional, la cuestión queda fuera de las manos del *sheriff*, así que ni él ni nadie más en su oficina tiene más información acerca de mi tío.

—¡Pero la gente no puede simplemente desaparecer! —dice furiosamente la Sra. Roberge por el teléfono. Está muy enojada con su hijo Ben por ser tan descuidado—. A ti te mandan a casa con una advertencia. ¡Ese muchacho está en la cárcel con la vida arruinada!

Ben nada más agacha la cabeza. —De por sí ya me siento bastante mal, mamá.

—Él no es culpable —le dice mi papá a la Sra. Roberge. ¿Quién puede culpar a un muchacho por querer divertirse un poco? Claro, mi tío Felipe no debió haber aceptado la invitación del hijo mayor del patrón, pero, ¿qué tipo de vida lleva, sin salir nunca, trabajando casi todos los días? ¿Para qué? A diferencia de mi tío Armando, que tiene a su esposa e hijos en México, tío Felipe no tiene más que a sus padres, a quienes ha estado ayudando desde que tenía apenas unos años más que yo.

Ben y tío Felipe regresaban de una fiesta universitaria a la que Ben tuvo la gentileza de invitar a tío Felipe. Los pararon por ir con exceso de velocidad y, cuando el agente de policía alumbró con la linterna dentro del coche, sintió curiosidad acerca del muchacho mexicano que iba en el asiento del pasajero. Escuchamos toda la historia de la Sra. Roberge, quien la oyó del ayudante del *sheriff*, quien dijo que él bien pudo simplemente haberle levantado una multa a su hijo por ir a sesenta millas en una zona de cuarenta, pero entonces tío Felipe cometió un grave error. Le entró pánico y abrió la puerta y se echó a correr en la oscuridad. En un abrir y cerrar de ojos, la policía había notificado al Departamento de Seguridad Nacional y, para el amanecer, había vallas bloqueando todos los caminos y un helicóptero peinaba los campos, debido a que tío Felipe se había convertido en un fugitivo.

Mientras tanto, el *sheriff* había escoltado a Ben a su casa y la Sra. Roberge había venido para informarnos qué pasaba.

—¿Vendrán a buscarnos? —papá le preguntó.

—En realidad no lo creo —lo tranquilizó la Sra. Roberge—. Pero será mejor tratar de pasar desapercibidos. Nosotros ordeñaremos hoy las vacas.

Pero papá estaba seguro de que sólo era cuestión de tiempo antes de que la migra viniera por él y tío Armando. Metió su pasaporte mexicano y unas tarjetas telefónicas y dinero en efectivo en sus bolsillos y empacó una bolsa pequeña con poca ropa. Tío Armando hizo lo mismo. Luego papá nos dijo que empacáramos nuestras cosas más importantes en la maleta grande que compramos para venir a Vermont.

Esto no les cayó nada en gracia a mis hermanas, sobre todo después de la desilusión que sufrimos con la llamada telefónica que creímos pudo ser nuestra mamá. Luego la captura de tío Felipe. Desde su arresto, Luby ha tenido que dormir conmigo, lo que quiere decir que su perrito también nos acompaña. Después de que se mete a la cama, la cobija se vuelve a levantar. Esta vez se trata de Ofi, pero no solamente Ofi. ¡Wilmita extraña a tío Felipe! Tres niñas, una guitarra y un perrito de peluche en una camita individual peleándose por la cobija y la almohada. Me reiría si no fuera porque todas estamos tan asustadas y tristes.

—Pero, ¿por qué tenemos que empacar

nuestras cosas? —Ofi le reclamó a papá—.
¿Adónde vamos, de todas formas?

Me di cuenta de que papá no supo qué decir.
Se debatía entre decirles a mis hermanitas la
verdad y no alarmarlas. Sólo conmigo se
desahoga. Porque soy la mayor. Porque, me ha
dicho, tomando mi cara entre sus manos, "Eres
igualita a tu mamá".

—Tenemos que estar preparados —les explicó
a mis hermanas. Para distraerlas, trató de
convertirlo en un juego—. Vamos a ver cuántas
cosas pueden meter en la maleta. Wilmita no cabe
—agregó, porque Ofi alargó la mano hacia la
guitarra solitaria de tío Felipe.

—¿Adónde iríamos? —le pregunté a papá en
voz baja. Por el momento, mis hermanas estaban
entretenidas empacando.

—Le pedirás a la patrona que las mande de
vuelta a México, con abuelota y abuelote. Nos
esperarán allí.

—Yo no quiero ir a México —declaró Ofi.
Nos escuchó sin que nos diéramos cuenta.

La cara de papá adquirió una expresión
extraña, de dolor. Creo que fue la primera vez en
que se dio cuenta de lo que verdaderamente
significa que dos de sus hijas sean americanas. No
se trata únicamente de que ellas estén legalmente
en este país. Son de acá. Se sienten a gusto acá.
Éste es su hogar.

—Tyler nos dijo de un lugar —susurré—. Es una cueva donde podríamos ir a escondernos.

Mi papá se sintió tentado por un momento, pero luego negó con la cabeza. —Tu tío huyó y ahora está en un lío peor. Mejor vamos a tratar de pasar desapercibidos, como dijo la patrona, y esperar. —Y luego quitamos las cobijas de la cama y nos acostamos en ellas sobre el piso en caso de que la migra se asomara por las ventanas.

—¿Por qué estamos acostados, papá? —Luby quiso saber.

—Porque vamos a contar cuentos —dijo tío Armando con voz calmada, como si ésta fuera la cosa más normal del mundo: poner cobijas en el suelo a mediodía y contar cuentos. Él es el más callado de todos nosotros. —Extraña tanto a su familia —me explicó papá en una ocasión. Pero desde la captura de tío Felipe, tío Armando ha tratado de hacer que mis hermanas y yo no nos preocupemos tanto—.¿Quién quiere comenzar? —Me miró a mí, quizá porque soy la que siempre está escribiendo.

—Cuéntanos sobre cómo cruzaste el desierto —a Ofi le encanta esa historia. Sobre todo si yo agrego unas cuantas víboras más y hago como si los "coyotes" fueran unos coyotes de verdad.

—Ahora no —dijo papá severamente, lanzándole una mirada a su hermano. En lugar de eso, alargó el brazo y prendió el televisor, muy bajito, de modo que apenas podía escucharse. Pero gracias al cielo era Dora que iba rumbo a una fiesta con su amiga Boots, un episodio que ya habíamos visto varias veces. De todas formas, mis hermanas estaban acostadas boca abajo frente a la pantalla, absorbiendo ese mundo feliz.

Poco después, hubo un tan-tan-tan en la puerta trasera. Tan-tan-tan. Como si alguien no quisiera que lo escucharan. Estábamos seguros de que se trataba de tío Felipe, que se había regresado a escondidas por los campos. Por supuesto, deseábamos que estuviera a salvo, pero al regresar al tráiler estaba conduciendo a la migra directamente a nuestra puerta y nos pescaría a todos. De todas formas, no podíamos dejarlo afuera en el frío.

Pero cuando nos asomamos por la pequeña ventana de la puerta, imagina nuestra sorpresa: ¡era la abuela y traía una pequeña maleta!

—Les voy a pedir un gran favor —comenzó. Y luego miró por detrás de nuestros hombros y vio las cobijas esparcidas por el piso de la sala—. ¿Qué pasa aquí? ¿Están haciendo una pijamada?

—No, abuela —espetó Ofi—. La policía está buscando a tío Felipe y se supone que tenemos que quedarnos quietos sin hacer ruido para que no nos pesquen.

—Santo Dios. —La abuela puso su pequeña maleta en el suelo—. Y yo que pensé que tenía problemas.

Resulta que no le habían dicho nada acerca de que la policía había detenido a Ben y que tío Felipe se había echado a correr y que lo habían atrapado. —Soy la última en enterarse de nada en esta familia —dijo enojada—. ¡Me tratan como a una completa inválida!

—No quieren preocuparla, señora —dijo mi padre amablemente, después de que lo interpreté—. Por eso no le dijeron. —Le acercó una silla para que se sentara. Pero la abuela hizo un gesto con la mano, más molesta aún de que alguien creyera que tenía necesidad de sentarse. Ahora miraba alrededor del cuarto.

—Necesito un lugar donde esconderme —dijo ella sin rodeos. Ninguno de nosotros estábamos seguro de haberla escuchado bien. ¡Una señora de edad escondiéndose de su familia!

—Pero, ¿por qué? —pregunto Luby finalmente, agarrando su perrito como si éste pudiera decidir también esconderse de ella—. ¿La policía también la busca?

—Ojalá —dijo la abuela y entonces sus ojos se llenaron de lágrimas y comenzó a llorar. Esta vez, cuando mi papá la tomó del brazo y la acompañó a una silla, ella aceptó y se sentó con su pequeña maleta a los pies.

—¿Qué le pasa, señora? —le preguntó papá. Y entonces la abuela nos contó la historia más increíble. De cómo el Sr. y la Sra. Roberge y los demás hijos la querían mandar a un asilo para ancianos, si ella no accedía a abandonar su casa y a irse a vivir con uno de ellos. De cómo le habían quitado las llaves del coche para que no pudiera irse a la casa de su amiga.

Pobre papá estaba horrorizado. Se había dejado engañar completamente por la aparente amabilidad de sus patrones. Si le hacían esto a su propia madre, ¿qué no les harían a ellos? —Nosotros no acostumbramos a tratar así a nuestros mayores —papá le dijo a la abuela—. Puede quedarse aquí el tiempo que desee.

La abuela negaba con la cabeza, como si ella misma no lo creyera. En cuanto a quedarse con nosotros, había llamado a su amiga Martha de la iglesia, quien se había ofrecido a recogerla esta noche. —Bajo el amparo de la oscuridad —explicó la abuela—. Para que aprendan. El hijo de Martha intentó hacerle lo mismo a ella el año pasado. —De sólo pensar en el malvado hijo de su amiga, hizo que se pusiera a llorar de nuevo.

Así fue cómo la abuela pasó todo el día encerrada en el tráiler con nosotros. Ya entrada la tarde, cuando la Sra. Roberge vino a la puerta con la noticia de que a mi tío Felipe lo habían pescado en otro condado —para despistar y alejar a la

migra de nosotros, supuso mi tío Armando—
papá no la invitó a pasar, sino que habló con ella
en la misma puerta. Ella se quedó un rato, como
preocupada por nosotros.

—¿Todo bien? —seguía preguntando—. Es
decir, deben estar preocupadísimos por su
hermano. —La oficina del *sheriff* le había dicho
que un indocumentado por lo general recibía una
audiencia y luego lo deportaban. Pero debido a
que mi tío Felipe había violado la ley, por
desobedecer a un policía, tendría que someterse a
juicio.

—Es ridículo, estoy de acuerdo. —Suspiró la
Sra. Roberge—. Pero de todas formas, pueden
dormir tranquilos, ya que no vendrán a buscarlos
acá ahora que lo han encontrado. Así que
pueden comenzar de nuevo con la ordeña de la
noche. —Prosiguió a mencionar un par de vacas
que pensaba podrían estar en celo y otra cuya
leche no podía enviarse al tanque porque una
tetilla parecía estar infectada.

Mientras hablaba, papá estaba a la puerta, sin
invitarla a pasar para resguardarse del frío y
arriesgarse a que descubriera a la abuela.
Finalmente, la Sra. Roberge se volvió para irse.

—Cualquier cosa que se les ofrezca —lo dijo tan
gentilmente que era realmente difícil creer que
ella forzaría a una anciana a irse de su casa para
encerrarla con unos extraños.

—Muchas gracias —dijo mi padre, la puerta ya a medio cerrar. Luego levantó la cortina para asegurarse de que la Sra. Roberge realmente se hubiera ido.

—Creo que va de camino a visitarla —le dijo por encima del hombro a la abuela. Todos nos apresuramos a la ventana y allá iba la Sra. Roberge, subiendo la cuesta a casa de su suegra. La miramos tocar y tocar a la puerta, luego probó la perilla y entró a la casa. Un poco después, salió con paso apresurado, balanceando los brazos como alguien con un cometido que cumplir. Cuando alcé la vista hacia la abuela, había una pequeña sonrisa de triunfo en su cara.

Para cuando llegó la noche, ya había habido varios viajes a casa de la abuela, el Sr. Roberge con su cojera, y Ben y Sara. No sé dónde estaba Tyler, pero no se les había unido, lo cual era raro, ya que yo sabía que él estaba en casa. Lo había visto ir al establo para ayudar a mi tío y mi papá con la ordeña vespertina.

Mientras tanto, la abuela estaba preocupada de que su amiga se presentara en el tráiler y delatara su escondite. —¡No pensé en eso cuando le dije que me recogiera aquí! —Trató de llamarla pero nadie contestó—. Probablemente Martha ya esté en camino. Maneja como si se estuviera entrenando para trabajar en una funeraria. Yo prefiero un poco de velocidad.

Por primera vez ese día, la abuela se rió. No una sonrisa de venganza, ni el hipo nervioso de una risilla. Se rió. Y por alguna razón, fue tal alivio escucharla reír en ese cuarto que, aunque realmente no sabía de qué me reía y mis hermanas tampoco, simplemente nos reímos con ella, hasta que fue imposible parar. Pero finalmente lo logramos.

—¡Las voy a extrañar tanto! —dijo la abuela fervientemente.

—¿Ya no podemos ir a visitarla? —Luby quiso saber, su labio inferior temblando. Parecía que iba a llorar.

—No veo cómo —dijo la abuela. Y tan repentinamente como había comenzado a reír, la abuela comenzó a llorar. De nuevo, nos contagió su estado de ánimo y muy pronto todas llorábamos a moco tendido. He de admitir que yo también lloraba por mi mamá, cómo pudo habernos estado llamando a la casa de al lado, pero ahora que Sara había mencionado a la policía, mamá nunca más probaría de nuevo ese número. Más que nada, lloraba por mi tío Felipe, imaginándomelo encerrado mirando hacia fuera, agarrando los abarrotes como los prisioneros de la televisión. No podíamos ir a visitarlo o nos pescarían. ¿Le harían daño o lo torturarían? ¿Qué iba a ser de él?

—Quizá debería mudarme a México —estaba

diciendo la abuela—. El único problema es que no sé nada de español.

Al poco tiempo todos habíamos imaginado un plan maravilloso. Virgen de Guadalupe, ¡que se vuelva realidad un día! Nos mudaríamos todos a México y la abuela construiría una casa con alberca y muchos, muchos cuartos y todos viviríamos juntos. —Si quieren que me vaya, ¡pues me iré! Venderé la casa y usaré ese dinero para hacer lo que me plazca.

En la puerta de entrada, sonaba el timbre. Martha, la amiga de la abuela, finalmente había venido a recogerla.

Al día siguiente, papá no quiso que fuéramos a la escuela. Todavía le preocupaba que la migra hiciera una redada en la granja y que cuando llegáramos a casa encontráramos el tráiler vacío. Esa mañana —algo que nunca sucede, ya que Tyler por lo general sale corriendo a última hora con un pan tostado en la mano— pasó a recogernos para que camináramos todos juntos por el caminito para esperar el autobús. Papá y tío Armando ya estaban en el establo, ordeñando. —Hoy no vamos a ir a la escuela —le expliqué a Tyler.

—¿Debido a tu tío? —quiso saber.

Asentí. Mientras menos se diga, mejor. Lo único que podía pensar en ese momento es que éste era un niño que traicionaría a su propia abuela.

Como si pudiera escuchar mis pensamientos, el mismo la mencionó. Bajó la voz. —La abuela ha desaparecido. Tenemos miedo de que se haya echado a caminar y se haya ahogado en el arroyo. —Tyler podía ser tan dramático. Casi se me salió decirle: Ella no haría tal cosa. Luego dijo algo que hizo que me diera cuenta de que él estaba en contra del plan malévolo de sus padres—. Eso les pasa por tratar de forzarla a que se mude. Ojalá ella me lo hubiera dicho —agregó—. Yo me hubiera fugado con ella. Las cosas están muy mal en casa —continuó—. A Ben lo castigaron sin salir durante todas las vacaciones de Navidad y ahora Sara no tiene permiso de ir en auto con su novio nuevo, Hal, porque él podría hacer lo mismo que hizo Ben. Todos están de muy mal humor. Y para rematar, ¡la abuela podría estar muerta!

El autobús había llegado y el Sr. Rawson se apoyaba contra el claxon. —Será mejor que me vaya —Tyler exhaló un suspiro enorme, como si se dirigiera al paredón a que le dispararan por un crimen que no había cometido—. ¡Pasa a saludarnos después de la escuela! —le grité. Cuando se dio la vuelta, parecía como si yo le hubiera otorgado el perdón.

Durante el día miramos por las ventanas mientras distintos miembros de la familia Roberge entraban y salían. Caminaban por aquí y por allá, llamando una y otra vez "¡Ma! ¡Ma!", como hacen los becerritos cuando los separan de su mamá. Eso me hizo sentir triste porque comprendía lo que se siente extrañar a tu mamá. A mediodía, mientras almorzábamos, la hermana del patrón, Jeanne, y su esposo Byron llegaron a nuestra puerta. Resulta que su esposo sabe una especie de español elegante, como tomado de un libro de texto. Primero dijeron que sentían mucho lo del tío Felipe. Luego mencionaron a la abuela y lo preocupados que estaban. ¿Quizá la habíamos visto caminar en alguna dirección?

Virgencita, todos nos miramos los zapatos como si de pronto fueran la cosa más interesante del mundo. Y aunque un segundo después papá negó con la cabeza, la señora se dio cuenta de que sabíamos algo. Tenía los ojos húmedos y llenos de preocupación. —Es mi culpa —explicó—. Verán, yo vivía aterrada por ella y me temo que se me pasó la mano.

El esposo les interpretó a papá y a tío Armando todo lo que la señora dijo en su español elegante, lo que hizo que fuera difícil entenderle.

—Sólo quiero saber si Ma está a salvo —explicó Jeanne, secándose los ojos.

Tío Armando habló.

—Dice que tu mamá está bien —le dijo el Sr. Byron a su esposa—. Te lo dije.

—¡Oh, gracias, gracias! —dijo Jeanne,

sollozando—. He estado preocupadísima. Por favor díganos dónde está. No le haremos daño.

—Debe prometernos no echarla de su casa —continuó mi tío una vez que su esposo lo hubo interpretado—. Sabemos qué se siente —agregó para suavizar el hecho de que le estaba diciendo a la familia del patrón qué debía hacer.

Virgencita, ya terminando esta carta, para cuando Tyler regresó de la escuela, dirigiéndose directamente a nuestro tráiler sin pasar siquiera por su propia casa, nosotros habíamos visto cómo descargaban las cosas de la abuela del coche de su hija hasta su casa. El coche del hermano Larry también estaba allí y los Roberge habían llegado a pie. Tan pronto como le dimos la noticia a Tyler, éste salió volando por la puerta, gritando que lo alcanzáramos. Pero papá y tío Armando estaban en el establo ordeñando y nosotras estábamos bajo órdenes estrictas de no salir a ningún lado. Lo único que pude pensar mientras Tyler corría cuesta arriba fue qué lindo es cuando una familia se reúne y los que andaban extraviados regresan al rebaño.

Lo que me lleva de vuelta a mi petición, Virgencita de Guadalupe, que nos ayudes a que mi tío Felipe salga de la cárcel, incluso si tiene que regresar a México. Quizá porque los ayudamos a encontrar a la abuela, los Roberge nos han prometido que harán todo lo posible por ayudar a nuestro tío.

Tengo una petición más. En dos días habrá sido un año entero desde que mamá se fue. No es que haya dejado de creer que volverá. Pero en aquel momento en la cocina de los patrones cuando la llamada resultó no ser de mamá, comencé a sentir un poquitín de duda. Tengo que seguir creyendo o esa pequeña veladora en la ventana ¡se apagará! Así que, por favor, Virgencita, devuélvenos a mamá y a nuestro tío para que podamos ser una familia unida en los Estados Unidos o en México, no importa, siempre y cuando estemos todos juntos.

Ahora que estoy a punto de concluir, he comenzado a preguntarme cómo te haré llegar esta carta, Virgencita. En México e incluso en Carolina del Norte, en la iglesia donde mamá nos llevaba siempre, había una estatua en tu honor. La gente siempre te dejaba sus ruegos y cartas y fotografías de sus hijos o hijas que estaban enfermos o tristes o en el ejército. Pero aquí, no tenemos una iglesia como ésa. La abuela ha querido llevarnos a su iglesia, pero papá se ha negado. —Son protestantes —explicó—. Ellos no adoran a la Guadalupana. —Me sorprendió escuchar a papá decir eso, ya que, a diferencia de mamá, él nunca va a la iglesia.

Pero luego, justo después del Día de Acción de Gracias, de camino a la escuela en el autobús, me fijé en un nacimiento enorme que habían montado frente a una iglesia muy grande que podría ser católica. Le voy a preguntar al Sr. Rawson que si me puedo bajar corriendo y decir una oración deprisa mientras los niños que viven en el pueblo se bajan y cruzan la calle. Voy a ocultar esta carta bajo el manto de María, ya que mamá dijo que tú eres la misma y única Virgen.

Mientras tanto hoy, por primera vez desde que regresó, fuimos a visitar a la abuela. Nos dio un abrazo y nos dijo que sus hijos le habían prometido que no la sacarán de su casa sino hasta después de muerta. Virgencita, cuando la abuela se preguntó en voz alta cómo fue que su familia se enteró de dónde se estaba escondiendo, le dije que le habíamos hecho prometer a su hija que no la forzarían a mudarse de casa.

—¡Así que se los debo a ustedes! —dijo, sonriendo y abrazándonos.

No, le dije. Se lo debe todo a la Virgen de Guadalupe, que tiene un lugar muy especial en su corazón para las madres y las abuelas; y esperemos que también para nuestro tío.

*Please*, por favor, Virgencita
concédeme mis dos peticiones,
María (¡nombrada en tu honor!)

CINCO

*Five*

# invierno

(2005–2006)

# LA GRANJA DE LAS LÁGRIMAS NAVIDEÑAS

¡Ésta va a ser la peor Navidad de todas! Tyler le tiene pavor a lo que le espera estas dos semanas sin clases.

Un hermano de dieciocho años, castigado sin salir y sin las llaves del auto que él mismo se compró. Una hermana de quince años sin permiso de subirse al auto de su novio. Una tercera parte de tu mano de obra en la cárcel y las otras dos terceras partes hechas un manojo de nervios cada vez que el camión lechero se estaciona junto al establo para recoger la leche del día, pensando que se trata de la policía que viene a llevárselos. Todos los ingredientes para unas vacaciones infernales, sin agregar siquiera el hecho de que será la primera Navidad sin el abuelo.

Por lo menos, la abuela ha regresado. —Me alegra mucho ser el rayito de luz de alguien —dice la abuela cuando Tyler le dice qué contento está de tenerla en la casa de al lado, dado lo deprimente que están las cosas en su casa.

Otra cosa que hace sentir mal a Tyler es que hayan clausurado su granja de arbolitos de Navidad. En realidad no es una granja completa, sólo tres acres que el abuelo había reservado para sembrar árboles siempre verdes en hileras, que llevan ya casi diez años desde que los sembraron, lo que significa que algunos de los árboles son de buen tamaño, candidatos si no para la Casa Blanca, por lo menos para el edificio de la legislatura estatal de Montpelier. Piceas verdiazules, abetos de Navidad y pinos escoceses.

Cada año, la gente ha venido y dejado sus quince dólares en una lata junto al cobertizo, mismo donde han recogido una sierra e ido a cortar su propio árbol. Un año, unos muchachos de una asociación estudiantil masculina de la Universidad de Vermont llegaron un sábado por la tarde cargando una docena de latas de cerveza y, antes de irse, habían talado el preciado alerce del Canadá del abuelo, que no tenía nada que ver con la Navidad. Entonces el abuelo quitó el letrero del camino que decía CORTE SU PROPIO ÁRBOL DE NAVIDAD. Luego sólo se anunciaban de boca en boca entre los vecinos y los amigos, para quienes cortar su árbol de Navidad en la granja de los Roberge se había vuelto parte de la tradición navideña.

Pero este año, no sólo no habrá un letrero en el camino,

tampoco habrá una lata de café sobre la mesa de picnic, ni sierras en el cobertizo. La abuela y los padres de Tyler han decidido que es demasiado riesgoso el que mucha gente venga a la granja y pueda ver a los trabajadores mexicanos entrar o salir del establo. Sobre todo cuando uno de ellos ya está en la cárcel.

Por supuesto, tía Jeanne y tío Larry han venido a recoger sus árboles. A última hora, la abuela decide poner un árbol para las niñas, quienes de otra forma no lo tendrían. A la abuela siempre le ha gustado mucho decorar para los días festivos y tiene cajas enteras de adornos en el ático, así como un archivo lleno de recetas de todos los tipos de galletas de Navidad que te puedas imaginar. La iglesia siempre lleva a cabo una venta de beneficencia navideña, abastecida principalmente por la abuela y sus amigas: repostería y gorros y medias y cosas hechas por ellas. Este año la abuela ha invitado al grupo juvenil de la iglesia a que vengan y corten un montón de arbolitos para vender. Después, el campo se ve tan desamparado, que a Tyler le parece como una versión arbórea de la Revolución Francesa, en la cual, según aprendieron en clase, a los de la nobleza les cortaban la cabeza en la guillotina.

Pero lo más triste de todo es cómo los Cruz están enfermos de preocupación por Felipe, el tío menor, el que a Tyler le cae mejor de los tres hombres. Felipe toca la guitarra y sabe más inglés de lo que aparenta, además le encanta hacer bromas. Como la de que tiene una novia, Wilmita, ¡que resulta ser su guitarra! La mamá de Tyler ha llamado tan seguido a la oficina del *sheriff* que ya nadie está dispuesto a tomar su llamada excepto la operadora, ya que ése es su trabajo. Finalmente, a través del amigo de Larry, se enteran de que Felipe está metido en un berenjenal, como dice la abuela. No sólo va a tener que someterse a un juicio penal debido a que huyó de las autoridades, sino que después de que lo condenen y lo sentencien y cumpla la condena que corresponde a tal delito, también tendrá que asistir a una audiencia de deportación.

—Para cuando salga de allí, ya será un señor maduro —mamá está fuera de sí. Llama a un grupo de abogados en Burlington que ayuda a la gente pobre que se ha metido en problemas por lo que cada quien pueda pagar. Encuentra a uno que está dispuesto a donar sus servicios gratis para ver si logran que deporten a Felipe sin tener que primero convertirlo en un criminal.

Pero incluso con un abogado a bordo, es la época navideña, así que hay un rezago de casos y todo marcha mucho más lentamente que de costumbre. Pero la buena noticia, dentro de todas estas malas noticias, es que a Felipe de hecho lo tienen detenido en la cárcel local del condado, donde los presos pueden recibir visitas los sábados y los domingos de diez a tres, en turnos de una hora, por orden de llegada. Mamá los apunta para el único turno libre, a las diez de la mañana del sábado.

—Pero no podemos ir a verlo —Mari le recuerda a Tyler cuando él le da la noticia. Están en la cocina, ayudando a la abuela a hacer una casita de galletas de jengibre. Ir a la cárcel del condado sin papeles equivaldría en esencia a entregarse.

A Tyler nunca se le ocurrió pensar en eso. De todas formas, alguien va a tener que interpretarles a mamá y el abogado. —¡Ya sé! —dice Tyler—. ¿Qué tal la Srta. Ramírez? —Su maestra de español nació en Texas, pero sus padres son originarios de México. Es una idea brillante, excepto que su número no aparece en la guía telefónica.

—Podríamos ir de casa en casa preguntando por ella — sugiere la abuela mientras coloca otra galleta de barquillo para formar una teja en su casita de jengibre.

Mari cree que la abuela lo dice en serio. —Sería como en las posadas. —Mari prosigue a explicar cómo durante toda una semana antes de Navidad, los niños en México tienen una especie de *trick-or-treat*, como en la noche de brujas, en que van de casa en casa fingiendo ser José y María. En cada casa, preguntan si hay lugar en la posada. Nadie quiere darles alojamiento hasta la última casa de esa noche, donde los dejan entrar y luego hay una fiesta y rompen una piñata con dulces y golosinas para todos los niños. La última noche de las posadas es la Nochebuena y la última casa esa noche da una gran fiesta porque es la noche en que en realidad sucedió esta historia. A la abuela le parece que las posadas son una gran idea, va a sugerirlo en la próxima reunión del comité de la iglesia como algo que el grupo juvenil podría hacer aquí mismo en Vermont.

Aunque la Srta. Ramírez no aparece en la guía telefónica, la Sra. Stevens sí. Mari no quiere que la directora de la escuela se entere de que a su tío lo detuvo la policía. Así que la abuela llama a la Sra. Stevens y le hace un cuento largo acerca de cómo quiere obsequiar unas lecciones de español a su amiga Martha como regalo de Navidad, ya que el grupo juvenil de la iglesia tiene pensado ir a México para su viaje de servicio el próximo verano, de modo que, ¿podría por favor darle el número de la Srta. Ramírez? Para ser una persona tan religiosa, la abuela sí que sabe contar una buena mentira.

Para la próxima noche, todo está listo, la Srta. Ramírez y la mamá de Tyler y el abogado de Burlington van a ir juntos a visitar a Felipe el sábado, que casualmente es el día de Nochebuena. Pero imagínate, las visitas no pueden llevarles ningún paquete, ni regalos, ni ropa, ni comida, ni nada a los presos, ¡aunque sea en vísperas de Navidad!

—Me siento como José y María cuando les niegan la entrada en cada parada de las posadas —dice Mari, dejando asomar unas lágrimas—. No hay lugar para nosotros en este país.

—Pero hay lugar para ustedes aquí en nuestra granja —le dice Tyler. Ellos están afuera, mientras que Ofi y Luby ayudan a la abuela a terminar el jardín de la casita de jengibre. Tyler le está enseñando a Mari las constelaciones de invierno. Orión, el cazador, lleva su cinturón de tres estrellas. Al oeste, un montón de estrellitas brillan como unos diamantes azules diminutos—. Son las Pléyades, las siete hermanas —dice Tyler.

Mari se distrae por un momento. —¿Siete? Yo sólo cuento seis.

—Se supone que uno no puede ver todas las siete —él le explica—. Una de ellas es tan tenue que sólo puede verse con un telescopio. Se supone que está perdida o escondida o algo así.

—¿Por qué? —Mari quiere saber. Tyler lo ha notado antes, cómo Mari siempre está tan intrigada cuando surge el tema de alguien que está extraviado. El día en que la Sra. Stevens y la consejera escolar fueron a su salón de clase a hablar sobre los niños perdidos y cómo comportarse si se te acerca un extraño, Mari, que nunca hace preguntas, quiso saber todo acerca de qué hacer si alguien de tu familia está extraviado. Mari le ha dicho a Tyler que una de las cosas que más le gustan sobre la astronomía es cómo uno puede usar las estrellas para guiarse, para nunca estar perdido—. ¿Cómo es que aquella estrella hermana se separó de las demás?

En realidad, Tyler no lo recuerda. Es un mito griego. Lo tendrá que buscar en su libro sobre las estrellas.

—Ya sé —propone Mari—. Está cruzando el cielo para regresar con sus seis hermanas. Pero cuando llega a la Vía Láctea, no hay un puente. Así que le pregunta a esa constelación del cochero.

—¿Así que cruza al otro lado o no? —ahora Tyler está intrigado. Quizá los astrónomos deberían contratar a Mari para que invente nuevas historias sobre las constelaciones. Las suyas probablemente serían mucho mejores que las de todos esos dioses griegos tontos que se enamoran de los simples mortales. De pronto, Tyler se da cuenta de que Mari ya no está mirando hacia arriba, sino que lo mira directamente.

—¿Puedo decirte algo, Tyler? —Cuando él asiente, Mari continúa—. ¿Te acuerdas que te dije que mi mamá podría llamarnos?

Claro que lo recuerda. Tanto a él como a Sara se les hizo extraño que la mamá de las niñas no supiera dónde estaban.

—Mi mamá... ella fue a México el diciembre pasado —comienza Mari—. Y luego, cuando mi abuelita murió, mi mamá salió de México para volver acá, pero nunca apareció y mi papá... él trató de encontrarla, pero nadie pudo decirle dónde estaba —Mari hace una pausa para recobrar el aliento, como si pudiera ahogarse en el torrente de palabras que brota de su boca.

—Hemos estado esperando y esperando. Ya todo un año. Mi papá, me he dado cuenta, ya no cree que ella vaya a volver. Y mis hermanas tampoco. Pero, ¿cómo puede alguien simplemente desaparecer?

—¿Crees que quizá algo... le pasó a tu mamá? —a Tyler le choca sacar a relucir este tema, pero es obvio que Mari realmente quiere hablar de ello.

En lugar de alterarse como usualmente lo hace cuando Tyler sugiere que quizá su mamá esté muerta, Mari comienza a llorar. Tyler no tiene idea qué hacer cuando una niña llora, excepto tratar de hacer que pare. —Pero quizá sea como con la séptima hermana, Mari. Quizá tu mamá nada más esté perdida, tratando de encontrar el camino que la llevará de vuelta con ustedes. —De sólo decir estas palabras, Tyler mismo cree a medias que éste podría ser el caso.

Y Mari también lo está creyendo. Los sollozos se convierten en un sorbeo de nariz. —¿Tú crees? Bueno, yo también lo creo, pero a veces... a veces nada más me preocupo. Y no puedo hablar de esto con mi padre o mis hermanas, pues los preocuparía más.

Tyler sabe lo difícil que es hablar con los adultos. —El abuelo es el único con el que realmente puedo hablar. Es decir, cuando estaba vivo —se autocorrige—. El abuelo solía decirme que mirara hacia arriba cuando me sintiera decaído. Al mirar hacia arriba junto con ella, a Tyler se le ocurre una idea. Mañana por la noche, traerá el telescopio a casa de la abuela. No puede devolverle a su mamá a Mari, pero al menos puede enseñarle la séptima estrella reunida con sus hermanas.

✳   ✳   ✳

Su mamá, su papá y su abuela están decididos a hacer que las niñas tengan una Navidad agradable. Sobre todo ahora que poco a poco se desmadeja la historia de que su madre en realidad ha estado extraviada por todo un año y probablemente murió en el peligroso cruce de la frontera. Hay una pequeña posibilidad, una posibilidad que Tyler anhela, de que la mamá esté viva y tratando de ponerse en contacto con su familia. Pero las llamadas han cesado. Eso sucede cuando una hermana mayor muy bocona amenaza a la persona que llama con reportarla a la policía.

—¿Y cómo iba yo a saberlo? —Sara se defiende cuando se menciona toda la situación de los Cruz. Todos en la familia sienten la punzada de la culpa: mamá y papá por contratarlos y posibilitar una situación muy triste, Ben por meter a Felipe en un lío, Sara por posiblemente haber asustado a la mamá y hacer que nunca vuelva a llamar, Tyler por rehuirlas en un principio cuando llegaron a la granja.

—¿Qué crees que deberíamos regalarles para Navidad? —se pregunta mamá. Mañana tiene planeado un viaje a las megas tiendas al otro lado del lago. Ya que no hubo venta de árboles de Navidad este año, Tyler no cuenta con la tajada que el abuelo siempre le daba por ayudarlo a llevar el negocio. Así que un regalo de parte de todo el grupo sería ideal, sobre todo cuando hay que comprar cosas para tres niñas y tres hombres. Bueno, en realidad dos hombres. Al tercero no le permiten siquiera una tarjeta telefónica.

—¿Te han mencionado algo las niñas sobre qué les gustaría? —mamá le pregunta a Tyler. Uno creería que él era el experto residente sobre las tres Marías.

Tyler se encoge de hombros. La única vez que les preguntó a las niñas qué les iban a dar de Navidad, le explicaron que este año no habría regalos. Estaban escasos de dinero ahora que sólo había dos hijos trabajando para enviar la misma cantidad a su tierra. Además, su papá no puede arriesgarse a salir de la granja para ir de compras. La mamá de Tyler solía llevarlos a todos una vez a la semana a Wal-Mart, al otro lado del lago. Ahora nada más hacen una lista y mamá les consigue lo que necesiten.

Pero esa misma mañana en el establo lechero, el Sr. Cruz lleva a Tyler hacia un lado. Desdobla unas páginas arrancadas de un folleto y señala un perro de peluche que podría ser el primo rico y lustroso del perrito andrajoso que Luby siempre lleva consigo, una casa de muñecas hecha de cartón con una bolsita de muebles en miniatura y una mochila morada muy bonita con mariposas rosadas. Cuenta cinco billetes de veinte dólares del bolsillo con cierre de su chamarra.

—María, Ofelia, Lubyneida —dice—. Santa.

Tyler comprende. La mochila probablemente es para

Mari, ya que es demasiado mayor como para un animal de peluche o una casa de muñecas. Pero, ¿qué les va a comprar su propia familia a ella y sus hermanas? Tyler pasa a visitarlas al tráiler, esperando sonsacar algo que las niñas deseen.

No es ningún problema hacer que Ofi y Luby le reciten una lista de una milla de largo. Pero Mari niega con la cabeza como si fuera demasiado orgullosa como para pedir algo que sabe que no puede tener. Tyler no dice nada sobre el dinero que trae en el bolsillo. Aunque el Sr. Cruz no lo dijo, Tyler supone que los regalos serán una sorpresa. —Quizá Santa Claus quiera dejarles sus regalos en nuestra casa. Anda, Mari —trata de convencerla—. Debe haber *algo* que deseas.

Mari le lanza una mirada feroz, suavizada por las lágrimas que brillan en sus ojos. —Está bien, voy a decirte qué quiero. Quiero que regrese mi mamá. Quiero que regrese mi tío Felipe.

—Yo también —dice la pequeña Luby—. Yo también quiero eso.

Ofi parece estar indecisa. No quiere renunciar a la casa de muñecas, ni al Salón de Belleza Fruity Strawberry Shortcake, ni a la nueva Barbie con su traje de patinaje. —Ya sé —agrega y se le ilumina la cara—. Podemos pedir a Santa los regalos y luego pedir a los Reyes Magos que nos traigan a mamá y a tío Felipe. —Mira esperanzada a sus hermanas.

—No vamos a recibir nada de nadie —les recuerda Mari con voz de regaño.

—¡No es cierto! —interpone Tyler.

Por un momento, una mirada de añoranza se apodera de la cara de Mari, como un rayito de luz en un día nublado.

Ella titubea. —Quizá... quizá si pudiéramos simplemente saber que mi mamá está bien, que mi tío está bien... —Su voz se desvanece. Agacha la cabeza, tratando de no mostrar sus lágrimas.

¡Si tan sólo esas fueran cosas que Tyler pudiera darle! En lugar de eso, esa tarde, en la tienda abarrotada de gente, Tyler ayuda a su mamá a escoger un estuche de papel carta, ya que Mari siempre está escribiendo cartas, y para Ofi y Luby, un rompecabezas de perritos, unos libros para colorear y unos crayones. Encuentra los regalos que encargó el Sr. Cruz y, de su parte, se decide por un paquete de estrellas fosforescentes que Mari pueda pegar en el techo del tráiler. Eso la hará sonreír. Las lágrimas navideñas son lo peor, a menos que sean del tipo que te brotan de los ojos cuando algo te conmueve tanto, que tu felicidad tiene que pedirle prestado a tu tristeza. Al estar formado en la fila para la caja registradora con su mamá y con Sara, Tyler se sorprende de ver cómo pensar en hacer feliz a Mari ha levantado la nube oscura que se cernía sobre sus vacaciones de Navidad.

✳      ✳      ✳

Temprano por la mañana, el día de Nochebuena, Mari llega con una carta para que la mamá de Tyler se la entregue a su tío. Mamá le echa un largo vistazo, suspira y luego se la devuelve. —Lo siento, cariño, pero no nos permiten llevar nada. Son visitas sin contacto alguno. Pero ya sé —agrega mamá, porque Mari se ve como José y María cada vez que la puerta se les cierra en las narices durante las posadas—. Lo que puedo hacer es decirle lo que tú quieras, ¿de acuerdo?

—Dígale que lo extrañamos —dice Mari con voz temblorosa—. Dígale que lo queremos mucho.

—Se lo diré, te lo prometo. Pero por favor, no te pongas triste —mamá rodea con sus brazos a la niña—. Vamos a hacer todo lo que podamos para traer a tu tío a casa lo más pronto posible, ya sea en México o aquí.

Mari logra una pequeña sonrisa que, Tyler se da cuenta, le cuesta un gran esfuerzo esbozar. Lo hace sentir aún más triste que si ella se soltara llorando. Cuando ella se dirige afuera, él la sigue. —Dame la carta. —Tyler no sabe cómo le va a hacer. Pero también sabe que es lo único que Mari realmente quiere para la Navidad—. Se la llevaré a tu tío, te lo prometo.

Mari titubea. —Pero tu mamá dijo... —comienza. Luego esa mirada llena de esperanza se apodera de nuevo de su cara mientras le entrega las hojas de cuaderno dobladas. A Tyler se le ocurre que es una lástima que Mari no tuviera el estuche de papel carta que los Roberge le van a dar mañana, para escribirle una carta a su tío hoy.

—Tyler —ella lo llama de lejos—. Gracias.

No me lo agradezcas todavía, le dan ganas de decir. Pero, pensándolo bien, tiene hasta mañana para cumplir su promesa de Navidad.

✳    ✳    ✳

Tyler debe haber heredado los genes de cuentista de su abuela, porque le hace un buen cuento a su mamá sobre por qué tiene que ir a visitar a Felipe en la cárcel esta mañana.

—Le prometí a Mari que le daría un informe personal.

—Yo puedo hacerlo —dice la mamá, escudriñándolo—. Además, no estoy segura que dejen entrar a niños.

—Ya no soy un niño —declara Tyler.

—Ya lo sé. —La mamá le sonríe con cariño. Él ya metió la cuña en la puerta—. Pero ellos van a echarle un vistazo a mi hombrecito disfrazado de niño y van a decir que no.

—Anda, mamá. —Tyler se da cuenta de que su mamá está luchando por encontrar razones por las cuales él no puede ir de visita. Antes de que pueda enumerarlas, él continúa—. ¿Te acuerdas que me pediste que averiguara lo que los Cruz querían para la Navidad? Mari me dijo que esto es lo que ella quiere.

Su mamá lo considera, luego suspira, dándose por vencida. —Supongo que no perdemos nada con intentarlo. En el peor de los casos, puedes quedarte esperando en el auto.

La Srta. Ramírez llega con el abogado. Al principio, Tyler cree que el hombre pelirrojo vestido de pantalón vaquero con un arete diminuto en una oreja debe ser el novio de su maestra de español. Pero no, se trata de Caleb Calhoun, el abogado gratuito de Burlington. Cuando mamá le pregunta si estará bien que Tyler los acompañe, el Sr. Calhoun sólo se encoge de hombros. —Depende del ayudante del *sheriff*, según el humor que lleve ese día. —¿Qué tipo de abogado es éste? ¡Con razón es gratis!

Pero hoy, en la cárcel del condado, están de suerte. El

ayudante del *sheriff* que está a cargo hoy es el amigo del tío Larry. Y encima, está de humor festivo. No dice ni pío acerca de que Tyler sea un menor. En cuanto a la regla que dice que a cada preso sólo se le permiten tres visitantes a la vez, el ayudante del *sheriff* no ve nada de malo en que sean cuatro, ya que uno es el abogado y la otra es la intérprete. —Eso hace que sean dos visitas, según mis cálculos.

Los guía subiendo unas escaleras y luego por un pasillo largo hasta el cuarto de las visitas. —Cualquier cosa que traigan en su persona, la tienen que dejar en uno de esos —dice, señalando una hilera de casilleros pequeñitos alineados a un costado del pasillo. Del otro lado, hay unas ventanitas altas con barrotes. Ésa es la primera señal real de que se trata de una cárcel en lugar de un pasillo de la escuela secundaria o el vestuario de los niños en el gimnasio escolar. Para entrar al cuarto, tienen que pasar por el detector de metales. Mamá tiene que dejar las llaves del auto en una canastita, pero al Sr. Calhoun le está permitido entrar con una pluma y un bloc de papel. Gracias al cielo las cartas no hacen sonar ninguna alarma, piensa Tyler mientras pasa por la entrada con la carta doblada de Mari en el bolsillo del pantalón.

El cuarto es pequeño, con una pared de vidrio a un extremo. Frente a ésta hay dos sillas y un mostrador angosto con un teléfono encima. Al otro lado del vidrio, la misma disposición. Resulta que los presos y los visitantes se hablan por teléfono, mirándose a través de ese vidrio grueso, probablemente a prueba de balas. Ahora Tyler comprende qué quiso decir mamá con una visita sin contacto. No va a haber manera de entregarle la carta de Mari.

—Llámenme cuando hayan terminado —dice el ayudante del *sheriff*, señalando con la cabeza un teléfono empotrado en la pared junto a la puerta. Cuando él sale, cerrándoles el cuarto con llave, Tyler siente un sacudón de miedo. Y eso que sólo está de *visita*. Imagínate qué debe estar sintiendo Felipe.

Después de unos minutos, la puerta al otro lado de la división de vidrio se abre. El mismo ayudante del *sheriff* trae a Felipe y le indica con la cabeza dónde debe sentarse. Felipe mira a su alrededor con desconfianza, como si lo hubieran abandonado en un cuarto donde van a torturarlo. Cuando ve a Tyler y a su mamá de pie al otro lado del vidrio, le brota una amplia sonrisa en los labios. Tyler lo saluda agitando la mano y él le contesta el saludo.

Primero, mamá le presenta a la Srta. Ramírez y al Sr. Calhoun. Se sientan en las dos sillas del frente, pasándose el teléfono entre ellos, el Sr. Calhoun explica, la Srta. Ramírez interpreta del inglés al español y viceversa. Le dicen a Felipe qué es lo que le espera. La audiencia penal una vez que pasen las fiestas. La sentencia. La audiencia de deportación. Aunque Tyler no puede escuchar lo que Felipe dice desde su extremo, se da cuenta de que el pobre tipo cada vez está más apesadumbrado con las noticias.

—Por favor asegúrele que voy a tratar de que le retiren los cargos penales. Pregúntele si tiene antecedentes.

Felipe niega con la cabeza cuando la Srta. Ramírez interpreta. Pero luego él titubea y le cuenta una historia rara de un perrito en Carolina del Norte que la patrona para quien trabajaba creía que le había robado. Quizá ella lo denunció con la policía. El Sr. Calhoun toma nota.

Cuando finalmente llega el turno de Tyler, se siente incómodo y tímido, como cuando tiene que hablar por teléfono con tía Roxy y tío Tony. —Hola, ¿cómo estás? —comienza. Detrás de él, puede sentir lo orgullosa que está la Srta. Ramírez con lo bien que Tyler pronuncia ahora el español.

Felipe parece estar realmente contento de que Tyler esté de visita. Dice varias cosas de un tirón en español, pero de vez en cuando cambia al inglés. ¿Cómo están Mari, Ofi y Luby? ¿Mis hermanos? Me los saludas, por favor. ¿Y Sara y el papá de Tyler? ¿Y Ben? Dile a Ben que no se sienta mal. ¿Cómo están Oklahoma, Wyoming, Nevada? ¿Y Wilmita? ¿Está muy triste?

Tyler se ríe. Incluso tras las rejas, al otro lado del vidrio antibalas, Felipe no ha perdido el sentido del humor.

—Te traje una carta —Tyler le dice finalmente, metiendo la mano en su bolsillo. No la puede leer porque, obviamente, está en español. De alguna manera, sabe que el que la Srta. Ramírez se la leyera por teléfono no sería lo mismo a que él la lea por sí solo. Así que desdobla la carta y sujeta una página tras otra página aplanada contra el vidrio, esperando a medias que suene una alarma.

Tyler no sabe qué dice la carta, pero mientras los ojos de tío Felipe se mueven a lo largo de cada página, su cara se suaviza de sentimiento. Cuando termina con la última página, pone la palma sobre el vidrio donde está el papel, luego descansa la cabeza en el dorso de la mano. Tyler trata de sostener firme su propia mano, tratando de no llorar.

Cuando Felipe deja caer la mano, Tyler puede ver que él también trata de contener las lágrimas. En realidad es sólo un muchacho, imposible ocultarlo, con los problemas propios de un hombre.

—*Thank you, my friend* —le dice a Tyler en inglés por el teléfono—. My *Christmas today*.

De eso se trata precisamente la Navidad, piensa Tyler cuando conducen de vuelta a casa. Lo que José y María deben sentir en la última casa cuando se abre la puerta de par en par y hay posada para ellos después de todo. Tyler come ansias de contarle a Mari exactamente cómo le entregó la carta. De hecho, decide escribir todo lo que Felipe ha dicho y ponerlo en una tarjeta y entregársela como regalo mañana a Mari.

De vuelta en casa, él está escribiendo cuando comienza a sonar el teléfono al fondo del pasillo. Probablemente es Mari llamando de parte de los Cruz para ver cómo estuvo la visita. Pero no, al instante en que regresaron, su mamá y la Srta. Ramírez y el Sr. Calhoun se dirigieron al tráiler para dar su informe. Prometieron no decirle nada a Mari sobre la sorpresa que le tiene preparada Tyler.

Al fondo del pasillo, en la cocina, Sara dice en español:
—Un momento, por favor.

Y luego llama a Tyler con su voz emocionada, de casa en llamas. —¡¡¡Tyler!!! ¡¡¡Tyler!!! Ve corriendo al lado y trae a uno de los Cruz. ¡Creo que es la mamá!

Tyler sale disparado de la casa como si estuviera en llamas. Pero lo único que le arde son las lágrimas de felicidad en sus ojos, prestadas de su tristeza. Él mismo no puede creerlo, pero, ¡Feliz Navidad! ¡Quizá a Mari se le concedan todos sus deseos después de todo!

**24 de diciembre de 2005**

Querido tío Felipe,

Hemos estado tan preocupados por ti desde aquella horrible noche hace tres semanas, cuando la patrona llegó con la noticia de que la policía te había detenido.

(Aunque esta carta está en español, no quiero mencionar ningún nombre para no meter a nadie en problemas. Los nombres de mi familia no importan, ya que ninguno de los oficiales de la cárcel nos conoce de todas formas).

Ni papá ni tío Armando se dieron cuenta de que ibas a salir de la granja cuando aceptaste la invitación del hijo del patrón. Supusieron que la fiesta iba a ser en la casa del patrón. Pero dicen que no te culpan. Mereces ir a una fiesta de vez en cuando, dado lo duro que has trabajado para ayudar a toda la familia desde que ¡tenías catorce años y viniste a este país! Y antes de eso, nos ha dicho papá, cuando eras aún más joven que la pequeña Luby, ya ayudabas a abuelote en su granja en Las Margaritas.

Finalmente, gracias a la Virgencita de Guadalupe, a quien le hice una petición especial, averiguamos dónde estás. Nos sentimos mucho más tranquilos al saber que estás cerca, incluso si estás tras las rejas. No creo que ninguno de nosotros en la familia podría soportar que otro ser querido desapareciera, así como mamá ha desaparecido. (Hace diez días marcó un año entero desde la última vez que la vimos. Lloré tanto... Pero no quiero entristecerte más).

Papá y tío Armando quieren que te mande un agradecimiento especial por fugarte lejos de la granja en lugar de venir hacia ella y atraer así a la migra. —¡Ese hermano nuestro es muy valiente! —papá y tío Armando han dicho muchas, muchas veces.

Así que, aunque este país te trata como un criminal, ¡eres nuestro héroe! Hablo a nombre de todos, incluso mis hermanitas. Queremos que sepas qué le pedimos al Santa Claus americano y a los Reyes Magos: que regreses sano y salvo a nuestra familia, ya sea aquí o en México.

Esta mañana temprano, mientras escribía esta carta, Ofi me preguntó qué hacía.

—Le escribo a nuestro tío. Le voy a dar la carta a la patrona para que se la entregue.

—¿Qué le escribes? —ella seguía dando lata. ¡Ya sabes lo metiche que puede ser Ofi!

Quería regañarla para que me dejara en paz, para poder terminar la carta antes de que la patrona saliera a la cárcel. Pero, como estamos en vísperas de Navidad, traté de ser paciente y explicarle que le decía a nuestro tío, que lo que yo quería para Navidad era tener noticias de que estaba bien y que lo iban a dejar libre muy pronto.

Mi hermana se quedó allí un rato como si debatiera algo en su interior. Me di cuenta porque se estaba mordiendo las uñas (las tres lo hacemos cuando estamos nerviosas, aunque papá siempre nos dice que no lo hagamos). Finalmente, ella dijo: —Dile a mi tío que yo también quiero eso para Navidad. Voy a rogarle ahorita a Santa Claus. En cambio, voy a pedir a los Reyes Magos mi casita de muñecas y mi Barbie y mi salón de belleza y mi pomada para los labios.

Pobres Reyes Magos, ¡cargando todos los regalos de mi hermana! Sin duda necesitarán otro camello.

Mientras tanto, querido tío, a ti no te tocará nada, ya que tenemos prohibido enviarte comida, ni tampoco regalos y ni siquiera una tarjeta telefónica. Pero, gracias al cielo, Santa Claus cuenta con todo un equipo de renos para cargar ¡todos los abrazos y los besos que te mandamos!

xoxoxoxoxoxoxxoxoxoxoxxoxoxoxox
Cada (x) es un besito y cada (o) un abrazo,
Mari

Querido tío,

Éste es el último día del año viejo y, como dice papá, ¡ya era hora! ¡Espero que el año nuevo te traiga a casa sano y salvo! Ojalá puedas quedarte en los Estados Unidos porque nuestra familia no es la misma sin ti, tío. Cómo extrañamos lo bonito que tocas la guitarra, tus canciones, tus anécdotas y tus bromas tan divertidas.

Sé que también has de extrañar tu guitarra. El hijo menor del patrón nos dijo que preguntaste si te darían permiso de tener a Wilmita contigo, pero te dijeron que está prohibido. Me hizo pensar en qué sería lo que yo más extrañaría si estuviera encerrada en la cárcel. Además de mi familia, sería escribir cartas (aunque creo que eso sí lo permiten) y luego cosas triviales como atrapar copos de nieve en la lengua o mirar las estrellas en una noche despejada.

¿Quizá te haga extrañar más tu libertad al oírme mencionar esas cosas? Pero a veces, tío, como cuando cantas "Las golondrinas" y uno se siente transportado a México por medio de la canción, me sucede algo similar cuando escribo. Mi mamá me dijo una vez que con sólo escribir una carta a alguien eso me haría sentir menos sola, ¡y tenía razón! Le he escrito a ella e incluso también a abuelita y mientras escribo siento que ellas han vuelto. También cuando te escribo estas cartas, es como si estuviera otra vez hablando contigo en persona. Y no sólo eso, tío, pero puedo decirte cosas que nunca podría decirte en persona.

La patrona nos dijo que estás en la cárcel con otros siete hombres y media docena de carceleros, ninguno de los cuales habla español. Dijo que uno de los ayudantes del *sheriff* le dijo que todos sienten lástima por ti porque no tienes con quién hablar. Por esa razón permitieron que la patrona te llevara la caja de galletas que mis hermanas y yo hicimos con la abuela especialmente para ti. Siento que los pericos hayan salido más bien como calcetines con picos.

También conocimos a tu abogado, que vino con la patrona y la maestra de español después de la primera visita que te hicieron para presentarse con nosotros. No parece un abogado, ¿verdad? Quizá sea su pelo rojo o cómo lleva pantalón vaquero y un aretito en la oreja como si fuera una niña. (Ya sé que los piratas también los usan). Pero es muy listo y me ha dicho un montón de veces que quiere aprender español para defender los derechos de los oprimidos de la América empobrecida. Cuando se pone a hablar así siento vergüenza por tener una mochila nueva y una panza llena de galletas en forma de perico y un cuarto calentito con estrellas en el techo, de las que te contaré más tarde en esta carta.

Antes que nada, te tengo una noticia muy emocionante: ¡creemos que mamá nos llamó! Mientras estábamos reunidos en el tráiler después de esa primera visita, el hijo menor del patrón llegó corriendo para avisarnos que mamá nos estaba llamando a su teléfono. Todos salimos corriendo del tráiler como si estuviera en llamas, atravesando el jardín hasta la casa del patrón. La hermana estaba de pie en la cocina, oprimiendo el teléfono contra su pecho como si temiera que éste se le escapara. Papá agarró el teléfono y gritó: —¿Mi amor? —Cuando repetía las mismas palabras una y otra vez, se me fue el alma a los pies. Supe qué debió haber sucedido. Se había cortado la llamada.

¡No hallábamos qué hacer! Luego la hermana recordó que uno puede oprimir cierto número para devolver la llamada, pero para cuando obtuvo de nuevo el teléfono de manos de papá, que no quería soltarlo, ya era demasiado tarde. El teléfono al otro extremo sólo sonó y sonó.

Después de que regresamos al tráiler, llamamos a abuelota y abuelote para ver si mamá los había llamado. Pero no, abuelota dijo que no habían recibido ninguna llamada. Luego cada uno de nosotros les deseó rápidamente una Feliz

Navidad. Cuando nos estábamos despidiendo, abuelota preguntó: —¿Qué pasó con Felipito? ¿No me lo van a poner al teléfono?

Papá dio como excusa que todavía estabas en el trabajo, ya que no quería preocuparla. Pero todavía no sabe cómo le vamos a hacer mañana para explicar tu ausencia cuando llamemos de nuevo para desearles un feliz y saludable y próspero Año Nuevo.

El abogado va a averiguar si los carceleros te permitirían una tarjeta telefónica. Dijo que a los presos sólo se les permite hacer llamadas por cobrar desde el teléfono de la cárcel, pero le explicamos que abuelota y abuelote no tienen un teléfono propio, y la tienda de comestibles donde reciben las llamadas jamás aceptaría una llamada por cobrar. Pero los carceleros han hecho excepción a muchas reglas, ya que consideran que eres un "caso especial". A la mayoría de los mexicanos los envían directamente a Boston o a Nueva York a los grandes centros de deportación, pero debido a que tienes un cargo penal, te toca quedarte en la cárcel del barrio que es bastante amigable hasta que se resuelva todo eso. Afortunado-desafortunado, como siempre dice papá cuando se habla de ti.

Antes de terminar deseándote todo lo mejor para el próximo año, espero que hayas notado el hermoso papel que usé para escribirte esta carta, un regalo de Navidad de parte de la familia del patrón. Ahora que puedes recibir cartas, ésta estará realmente entre tus manos, no al otro lado del vidrio a prueba de balas, como me lo describió el hijo menor del patrón en una tarjeta que me dio para la Navidad. Y, ¿adivina qué más me regaló? Unas lindas estrellitas que se pegan en el techo y brillan en la oscuridad. Le dije al hijo del patrón que debe haberlas inventado un preso que extrañaba el cielo nocturno.

Voy a meter una de ellas dentro de este sobre. Es como la séptima hermana de las Pléyades que no puede verse a simple vista, como el resto de sus seis hermanas estrellas. ¡Pero el hijo menor del patrón me la enseñó con su telescopio!

Quédate con esta estrella de la buena suerte hasta que puedas ver las verdaderas en el cielo nocturno una vez que salgas libre.

Muchos besitos y abrazos,
Mari

Querido tío,

Ayer fue Día de Reyes y tuvimos una cena especial en casa de la abuela.

Le habíamos contado cómo en el Día de Reyes, los mexicanos hacemos una rosca especial con nueces y fruta, que según ella sonaba como el *fruitcake* de ellos. Lo único es que el *fruitcake* americano no lleva al niño Dios adentro. En México, a quien le toque el niñito Dios en su rebanada tiene que hacer una gran fiesta el día 2 de febrero, que es el Día de la Candelaria, cuando bautizaron al niño Jesús.

—Vaya, ese día es nuestro Groundhog Day o el "Día de la marmota" —dice la abuela, negando con la cabeza. Nos explicó cómo en ese día los norteamericanos esperan a que la marmota les indique si ya se terminó el invierno—. Si sale y no ve su sombra, eso quiere decir que la primavera llegará pronto. Si la ve, eso significa seis semanas más de invierno. Es ridículo —coincide la abuela cuando ve la cara que ponemos—. Saben, creo que debo ser mexicana de corazón. ¡Me gustan mucho más sus festejos que los nuestros!

Así que la abuela decidió invitar a todos a cenar y a celebrar el Día de Reyes al estilo mexicano. Lo único es que en las tiendas de aquí no venden niñitos Dios para poner en la rosca. Pero Ofi le dijo a la abuela que le prestaba al bebito que vino con la familia de su casita de muñecas. ¿Adivina a quién le tocó el niño Dios? ¡A mí!

Pero no daré una fiesta a menos que estés libre, lo cual espero que sea pronto para que podamos celebrar juntos el Día de la Candelaria.

Ahora que estamos de nuevo en clases, me preocupa que esos dos niños malvados de mi salón se enteren de que estás en la cárcel y se burlen de mí. Eso no quiere decir que no esté orgullosa de ti, tío, sólo que no sé cómo defenderme de ellos. Voy a escribir sus nombres completos aquí para que la policía pueda buscarlos, Ronny Pellegrini y Clayton Lacroix.

Mi maestra de español ha prometido no decir nada acerca de tu captura. Dice que es un asunto privado. Para nosotros ella ha sido como una madrina en este país. —Y ustedes son las hijitas que nunca tuve —nos dijo el otro día. No me atreví a preguntarle por qué no había tenido hijos, pero ya conoces a Ofi, lo atrevida que puede ser. Nuestra madrina le contestó que, hasta hace muy poco, no había encontrado al hombre indicado.

—¿Y por qué no tienen uno ahora? —preguntó Ofi. ¿Puedes creer la majadería? Gracias al cielo, papá no estuvo allí para corregirla. Ofi por poco le dice, Ya está muy mayorcita, sabe. La maestra de español tiene más o menos la misma edad que papá, si no es que más.

Ella sólo se rió y le dijo a Ofi: —¡Más vale que se lo menciones a mi gringo! Así le dice a su novio, "mi gringo"... ¡a su cara! Dice que él sólo se ríe y le contesta, "¡¡¡¡mi ricurita!!!!".

El lunes pasado, las oficinas del gobierno volvieron a abrir después de los días festivos, así que la patrona dijo que tu audiencia penal podría suceder tan pronto como la semana entrante. Sabemos que el ayudante del *sheriff* está consiguiendo un permiso para que llames a abuelota con la tarjeta telefónica que te mandamos. Ella todavía cree que conseguiste trabajo en otra granja y que por eso la vas a llamar por tu cuenta. Papá dice que por favor le sigas la corriente. Cuando te pongan en libertad, ya será lo suficientemente pronto como para que ella se entere de lo que pasó.

No hemos vuelto a saber nada de mamá, pero papá llamó a su viejo amigo en Carolina del Norte, el que había prometido darle nuestro número nuevo a la gente que vive ahora en nuestro antiguo apartamento. Dijo que se había demorado con lo prometido, debido a que había estado al sur de la Florida piscando naranjas. Pero tan pronto como regresó hace unas semanas, pasó por ahí, y uno de los hombres que vive allí ahora dijo que antes de que desconectaran el teléfono del apartamento —ellos sólo usan teléfonos celulares— nos habían llamado varias personas y él les había dado el número que habíamos dejado pegado a la pared. El amigo de papá dijo que les dio a los nuevos inquilinos nuestro número correcto con un recado urgente de que si pasaba por ahí una mujer que respondía al nombre de mamá, que por favor le dijeran que nos llamara de inmediato.

Papá nos advierte que no debemos esperanzarnos demasiado pero, como tú mismo lo dijiste, tío, la esperanza es el pan de los pobres, así que comeré tanto como pueda con mantequilla y azúcar y mermelada: mantequilla por tu libertad, azúcar por el regreso de mamá y mermelada por la gran fiesta que voy a dar ¡una vez que estemos todos reunidos de nuevo como familia!

Con esperanza y con *hope*,
Mari

Querido tío,

Ésta es una nota breve porque no pensé que nadie iría a visitarte hoy. El patrón y toda su familia se fueron a Boston para la fiesta de cumpleaños de una tía este fin de semana.

Papá y el tío Armando recién regresaban de la ordeña matutina cuando escuchamos un coche en el camino de entrada. Siempre nos ponemos nerviosos cuando pasa eso, sobre todo cuando el patrón y su familia están fuera, pero era nuestra maestra de español de camino a visitarte. Quería saber si teníamos alguna noticia o algún paquete que mandarte. El *sheriff* ahora te permite recibir libros y ropa, así como cartas. Hay que dejarlas en el escritorio de enfrente para que las revisen primero, para asegurarse de que no haya nada ilegal escondido dentro de un bolsillo o un libro hueco, como lo vimos en una película.

Así que mientras papá y tío Armando preparan rápidamente el paquete que acompaña esta carta, te escribo para decirte que supimos por el abogado que tu audiencia está prevista para el próximo viernes 20 de enero. Quizá salgas a tiempo para el Día de la Candelaria, después de todo, ¡y pueda dar mi fiesta!

Hablando de fiestas: la otra carta que te estoy

enviando es una que trajo el hijo mayor del patrón. Es de una muchacha que conociste esa noche que fuiste a la fiesta con él. Ella se enteró de lo que había pasado y quiso escribirte. El hijo mayor del patrón dijo que esa muchacha también quiere ir a visitarte a la cárcel, si se lo permites.

Cuando escuchó esto, papá sólo se rascó la cabeza y se rió. —¡Ahí tienes otra vez a ese hermano afortunado-desafortunado mío! —Según papá, tú siempre has tenido la peor de las suertes y la mejor de las suertes, a menudo ambas a la vez—. ¡Va a salir de la cárcel con una multota y con novia!

Tengo que acabar, pues mi maestra de español dice que no quiere perder su turno de visita en la cárcel. Cuéntanos por favor si tu gringa te visita. Tío Armando dice que te digamos que espera que, aun si es americana, sea también ¡una ricurita!

xoxoxoxoxxoxoxoxoxoxxoxoxoxoxox
xoxoxoxoxoxoxoxoxxoxoxoxoxo

Mari

Querido tío,

Sufrimos una gran decepción con la noticia que nos dio anoche la patrona. Creíamos que la audiencia de ayer decidiría las cosas de una vez por todas. Pero resulta que era sólo una audiencia que, como el nombre lo indica, era para que el juez escuchara los cargos. El próximo jueves regresarás ante el mismo juez, quien pronunciará la sentencia.

La otra noticia decepcionante es que la sentencia para la infracción que cometiste es de, por lo general, no menos de tres y no más de seis meses, pero apenas has cumplido un poco más de un mes. De todas formas, el abogado dijo que el juez podría decidir dejarte en libertad. Esa sería la parte afortunada. La parte desafortunada sería que entonces irías directamente ¡a las manos de la migra!

Sé que no debería preocuparte, tío, pero si, como dijo el Sr. B. en el salón, la verdad nos hará libres, entonces quizá esta verdad que te digo pudiera sacarte de la cárcel y mandarte a México la semana entrante.

Abuelota y abuelote ya saben que estás en la cárcel. No sabíamos cómo hicieron para averiguarlo. Pero resulta que tío Armando le había contado a su esposa, y papá dice que contarle a ella cualquier cosa es como transmitirlo por la radio. A abuelota le preocupa que te estén torturando y que no te den de comer. Papá le dijo que las cárceles de los Estados Unidos son como un club campestre comparado con las de nuestros países. Pero nunca he ido a un club campestre ¡con barrotes en las ventanas! De hecho, nunca he ido a un club campestre. Sólo he visto unos por la tele. Papá, por supuesto, una vez trabajó en los jardines de uno muy elegante en Carolina del Norte, que dijo que contrataba a muchos mexicanos.

Así que, por favor, si puedes usar la tarjeta telefónica que te ponemos en este sobre, te rogamos que llames a los pobres de abuelota y abuelote que están tan preocupados y les digas lo mucho que estás disfrutando de tu cárcel al estilo club campestre, con su piscina y su comida excelente y ese servicio maravilloso que dan los trabajadores mexicanos.

Con mucho amor y *lots of love*,
Mari

Querido tío,

    ¡Sabemos que tienes dos razones para estar contento! Tu abogado nos informó que la juez en tu audiencia del jueves dijo que ya habías sufrido lo suficiente, sobre todo al estar encerrado durante los días festivos sin que te visitara tu familia. Ella no insistió en que cumplieras otros dos meses de condena.

    Ahora estás en manos del Departamento de Seguridad Nacional y tu audiencia de deportación es la semana próxima. Sé que esta parte no es una noticia muy grata, ya que significa una espera más larga sin saber cuál será tu suerte. Pero por lo menos la juez pidió que el proceso se "agilizara", que quiere decir que se acelerara, para que puedas seguir adelante con tu vida.

    —Joven, ¿es usted casado? —la juez te preguntó—. ¿Tiene hijos?

    No parecías estar seguro de por qué la juez querría saber esos datos tan personales. Pero negaste con la cabeza y le explicaste que habías estado trabajando desde que eras un niño para ayudar a tus padres y a tus seis hermanas y hermanos. No habías tenido tiempo de conseguir novia, mucho menos de casarte y tener hijos.

—Espero que tu tío no les contara de Wilmita —dijo papá. Me encanta que haga bromas. Por lo general, está tan triste que casi no habla—. Quizá ahora en la cárcel, tío Felipe tendrá tiempo libre para enamorar a esa americana —agregó papá. El sábado pasado, el hijo menor del patrón dijo que tuvieron que recortar la visita porque otro visitante se había apuntado para compartir tu hora.

Su mamá y tu abogado y nuestra maestra de español se quedaron todos muy sorprendidos, ya que creían que ellos eran tus únicos conocidos en el área, además de tu familia, que no puede visitarte por razones que no puedo mencionar.

Cuando bajaron las escaleras, encontraron la segunda razón por la que debes estar muy contento. El visitante misterioso que esperaba su turno era una chica americana, como de la edad del hijo mayor, que pasó el verano pasado trabajando en un orfanato en México, así que habla un montón de español.

Le pregunté al hijo menor del patrón cómo era ella. Él se encogió de hombros y dijo:

—Normal.

Eso no me sirvió de nada. Así que tuve que ir parte por parte. ¿De qué color tiene el pelo? ¿Es alta? ¿Bajita? ¿Es delgada?

Pero me era difícil armar todos esos pedacitos de respuestas en una imagen completa.

Finalmente, me di por vencida y sólo le pregunté:
—¿Es bonita?

El hijo se encogió de hombros de nuevo y dijo que ¡no lo sabía!

Pero luego cuando el hijo mayor vino para pasar el fin de semana para recoger su coche, que sus padres por fin le van a permitir que lleve de vuelta a la escuela, pasó a visitarnos. Así que tío Armando le preguntó si esta chica era bonita.

—Muy, muy bonita —dijo el hijo—. *A real knockout.*

*¿Knockout?* Sé por las peleas de lucha libre que ven mis tíos en la tele qué quiere decir un nocaut, pero no parece como algo que uno quisiera que la novia te hiciera.

El hijo se reía. —*Very, very hot!*

¿Muy, muy caliente? ¿Nocaut? ¿Por qué será que este hijo mayor no habla inglés ni español normal? ¿Acaso no está en la universidad? Pero mi tío y mi papá parecían comprenderlo porque no paraban de reírse.

Así que aun si te deportan a México, tío, esta muchacha ya sabe cómo llegar allá y podría visitarte en Las Margaritas. Eso sería mucho más divertido que visitarte en la cárcel.

Buena suerte y *good luck*,
Mari

4 de febrero de 2006

Querido tío,

El Día de la Candelaria vino y se fue, pero no pude dar la fiesta pues todavía no estás libre. Tu audiencia de deportación fue ayer, pero no será hasta la próxima semana que estés de camino a México.

Papá dice que una vez que recibamos la llamada de Las Margaritas de que ya llegaste, debemos invitar a la familia del patrón y a tu abogado y a nuestra maestra de español y a su gringo y a la abuela para hacerles una comida especial como muestra de agradecimiento por todas las maneras en que nos han ayudado durante esta época difícil.

Sé que yo debería estar contenta de que finalmente vas a regresar a tu tierra, pero a mis hermanas y mí no nos agrada mucho la idea.

Sin ti, ¿quién nos hará reír, tío? Y realmente nos podrías ayudar mucho ahora que papá ha hecho una regla nueva: pura televisión en español en esta casa.

Todo comenzó cuando Ofi anunció que ella no iba a mudarse a México. Esto surgió cuando te atraparon y papá nos preparaba para la eventualidad de que nos deportaran a todos.

Papá parecía estar despertando de un largo

sueño que comenzó hace ocho años cuando él y mamá y tú llegaron a este país. Dejó caer los hombros como si llevara a cuestas una carga muy pesada.

La siguiente mañana, Ofi le pidió: —Papá, necesito dinero *for my lunch* porque hoy sirven *grilled cheese* sándwiches.

Papá estaba por salir de casa para iniciar la ordeña. Se paró en seco. —En español —le recordó. Ya sabía que Ofi quería dinero para comprar su almuerzo en lugar de llevar las tortillas y los frijoles que habían sobrado. Pero quería que se lo pidiera en español.

Ofi se cruzó de brazos y se mantuvo firme. —*I'm American. I speak English.*

Papá asintió lentamente con la cabeza varias veces. —Bueno, americanita, tendrás que comprar tu almuerzo con tu propio dinero.

—No es justo —exclamó Ofi—. ¡Por qué he de comprar mi almuerzo con mi propio dinero que además ya me gasté! —¡La americanita había entendido cada palabra de papá en español!

Papá puso la cara de "no comprendo" que siempre pone cuando un americano se le acerca hablando a mil por hora. Terminó de subirse el cierre de la chamarra y se fue. Esa noche, cuando él y tío Armando regresaron de la ordeña vespertina, él prendió la tele a un canal en español. —Se acabó la televisión en inglés

—anunció. Nada de inglés ni *Spanglish* en casa. Teníamos que practicar el español.

¡Cómo protestó Ofi! Luby, que siempre llora cuando alguien más llora, se le unió. Las dos salieron de allí muy enojadas hasta nuestro cuarto. Yo las seguí para aconsejarlas y consolarlas. Supongo que ahora, como papá siempre me está diciendo que soy la pequeña mamá, me he convertido en tal.

—Tengo una idea —propuse—. ¿Por qué no tratamos de hablar sólo en español durante unos días?

—Pero somos americanas —replicó Ofi.

—Nadie puede decirnos qué hacer. —Luby puso su granito de arena.

No era un buen comienzo. —Ustedes *son* americanas —coincidí, cambiando un poco de táctica—. Pero recuerden, América abarca todo el continente, norte y sur. ¡Todos somos americanos! Raíces mexicanas y flores norteamericanas. —Hice de cuenta como si tuviera un ramo de flores. Lo olí y le ofrecí a cada una de ellas un ramillete invisible. Ellas se rieron.

Finalmente, me estaban escuchando. Como solías decir, tío, que yo sería una buena abogada porque sé cómo conmover el corazón por medio de las palabras; si tan sólo fuera más atrevida.

—¿Entonces? —les pregunté.

Luby miró a Ofi, quien asintió de mala gana.

—*Okay* —accedió.

—Tienes que decir "de acuerdo" —le recordó Luby.

—No voy a comenzar hasta esta noche —dijo Ofi con brusquedad. Siempre tiene que tener la última palabra. ¡Quizá *ella* debería ser la abogada!

Así que esa noche tuvimos nuestra primera cena en puro español desde hace mucho tiempo. Sólo una vez Ofi metió la pata. —*Please pass the milk* —le pidió a papá.

Papá levantó la jarrita, pero la sostuvo en el aire, esperando a que Ofi se corrigiera a sí misma.

—*I mean*, por favor, pásame la leche.

Papá se rió y se la pasó. ¡Supongo que decidió permitir a Ofi dos palabras en inglés!

Y, tío, creo que mi plan está funcionando. Papá dice que este fin de semana, Ofi y Luby ya pueden ver las caricaturas en inglés, siempre y cuando le cambien al canal en español durante los comerciales.

Por cierto, mientras cenábamos "en español", sonó el teléfono. Era la visitante que papá y tío Armando ya llaman tu novia. Nos llamaba para decirnos que irá a Chiapas durante las vacaciones de primavera, que si queríamos mandarle cualquier cosa a nuestra familia, que ella podía llevarla. De inmediato le preguntamos si podría llevarse a Wilmita. Ella titubeó hasta que le explicamos que Wilmita era tu guitarra.

—¡En tal caso, claro que sí! —Ella se rió—. Creí que una de ustedes quería que me la llevara de contrabando.

El Día de la Candelaria, le pregunté a la abuela sobre la marmota, si ésta había visto su sombra o no. —Me temo que sí, querida. Como reza el dicho en inglés: *"If Candlemas is bright and clear, there'll be two winters in the year"*. O sea que si para el Día de la Candelaria el cielo está brillante y despejado, habrá dos inviernos al año. Así que todavía nos queda más invierno por delante.

No necesitaba que una marmota me dijera eso. El sólo hecho de que no volverás a nuestra casa, significa que el invierno estará con nosotros durante mucho tiempo.

Esa misma noche prendimos unas veladoras y papá y tío Armando nos dijeron que durante el Día de la Candelaria en Las Margaritas el cura bendecía las semillas que iban a sembrarse en la primavera. —Siempre era época de mirar hacia delante, a la promesa del futuro —nos recordó papá—. Pero ya no es así —murmuró amargamente.

Pero a mí algo me hace ilusión en el futuro: volverte a ver, querido tío. Hasta entonces, seré como esa marmota y me meteré de nuevo en el agujero de mi corazón para dormir durante todo el largo y solitario invierno de tu ausencia.

xoxoxoxoxoxoxoxoxxoxoxoxoxxo
xoxoxoxoxoxoxoxoxoxo,
de Luby
xoxoxoxoxoxoxoxoxxoxoxoxoxoxoxoxxoxoxo
xoxoxoxoxoxoxoxoxoxo,
de Ofi
xoxoxoxxoxoxoxoxoxoxoxxoxoxoxoxoxoxoxoxo
xoxoxoxoxoxoxoxoxoxoxox,
¡míos!

## SEIS
### *Six*

# y más invierno
(2006)

# LA GRANJA DE LOS OBJETOS PERDIDOS

Cuando Tyler le pregunta a los Cruz qué opinan de su primer invierno en Vermont, ellos simplemente niegan con la cabeza como si no existiera una palabra en español para el frío que se siente en Vermont durante el invierno. En el salón de clase, cuando el Sr. Bicknell habla del calentamiento del planeta, las cejas de Mari se disparan hacia arriba.

—¿María? —el Sr. Bicknell se dirige a ella, adivinando que tiene una pregunta.

Pero Mari sólo baja la vista, demasiado tímida como para hablar en voz alta. Más tarde, le pregunta a Tyler cómo puede estar calentándose el planeta cuando hace tanto frío afuera.

—¡No hace tanto frío, Mari! —Tyler le cuenta cómo en algunos años la temperatura ha bajado a treinta bajo cero grados Fahrenheit—. El abuelo tenía que limpiar con un trapo las tetillas de las vacas o si las gotas de leche se congelaban al salir.

Ahora ambos bajan la vista tímidamente. Por alguna razón que Tyler no puede descifrar, de pronto le avergüenza hablar de ciertas partes del cuerpo con una niña. Incluso si la parte privada del cuerpo en cuestión pertenece a una vaca.

Quizá se deba a que va a cumplir los doce, lo que según Ben marca el principio de la adolescencia, cuando un niño piensa constantemente en las niñas. El doceavo cumpleaños de Tyler será el ocho de marzo, que según mamá es una fecha muy especial, ya que es el Día Internacional de la Mujer. —El mejor regalo que me pude haber autoregalado: un hombrecito maravilloso y progresista.

Tyler no sabe bien a qué se refiere ella con progresista, pero haber nacido en un día festivo para las niñas no es exactamente algo de lo que va a andar presumiendo en un futuro cercano. Incluso si muy pronto se convertirá en un adolescente con la mente supuestamente empapelada de niñas.

❋　✳　❋

El día antes de su cumpleaños es el día de la reunión municipal la cual, según Tyler ha aprendido en su clase de estudios sociales, es algo particular a Vermont. Una vez al año, en cada pueblo del estado toma lugar una reunión donde se discute y se vota por cosas como el presupuesto escolar y posibles mejoras para el pueblo, tales como pavimentar una calle, poner un letrero, comprar una manguera nueva para el coche de bomberos. En muchos de estos pueblos las reuniones son de noche, para que la gente que trabaja pueda asistir. Este año el Sr. Bicknell asigna a su clase la tarea de asistir a la reunión municipal y escribir un informe al respecto.

Tyler y Mari van en el auto con mamá y papá. La abuela ya se les adelantó, debido a que ella y algunas de sus amigas de la iglesia han hecho un pastel rectangular enorme y unas galletas y ponche para recaudar fondos para el viaje del grupo juvenil de la iglesia este año.

En el asiento de enfrente, sus padres se quejan de un anciano que siempre escribe cartas al periódico. Esta vez la carta trataba de cómo un grupo de la iglesia no debería vender refrigerios en la reunión municipal, ya que este país cree en la separación de la iglesia y el estado. —¡La abuela se las ingenió para burlar esa regla! —dice mamá.

La abuela de Tyler y sus amigas coincidieron en no poner ningún letrero que dijera que ellas venían de parte de la iglesia. Pero en el glaseado del pastel, la abuela hizo el dibujo de una iglesia, luego clavó una banderita estadounidense en la punta del campanario.

—Vamos a comer mucho pastel esta semana —advierte su padre, mirando a Tyler por el espejo retrovisor.

—Es cierto, mi tigre —agrega su mamá—. ¡Has pensado en alguna otra cosa que te gustaría para tu cumpleaños?

Es un poco tarde como para preguntarlo, a Tyler le dan

ganas de decir. Además, su mamá ya lo sabe. Tyler tiene muchas ganas de ir a una excursión a Washington, D.C., que está organizando el club juvenil 4-H al que pertenece, para las vacaciones de primavera. Pero el costo total es de casi quinientos dólares, que es más de lo que Tyler podría acumular de todos los cheques de cumpleaños que espera que le den.

—Sé que tienes ganas de ir a Washington —agrega su mamá cuando Tyler no dice nada—. Pero, cariño, en estos momentos no podemos costear tal cantidad. —No necesita agregar que pagar las cuentas del servicio médico de papá ha significado una presión adicional sobre el presupuesto familiar. Papá de por sí ya se siente bastante mal en cuanto a todo esto—. ¿Quizá podríamos ir más adelante todos juntos, en auto, a acampar... qué te parece?

No, gracias, piensa Tyler. Si quitas todos los elementos de una excursión del club 4-H, ¿qué te queda? Una vacación en familia, amontonados en el asiento trasero, con un hermano mayor que no tiene ganas de estar allí y una hermana que se queja de que cuando viaja en auto se marea.

—Olvídenlo —dice él de mal humor.

—Bueno, si se te ocurre otra cosa —dice su mamá alegremente, como si en verdad no le importara. Lo que Tyler desea para su cumpleaños se reduce a una cosa más que ella pueda eliminar de su lista de pendientes.

—No quiero nada más —refunfuña Tyler.

Mari lo mira preocupada. Ella y sus hermanas han insistido en que tienen que dar a Tyler un regalo para su cumpleaños. No es como si Tyler pudiera pedirles un cheque.

Según mamá, ni siquiera tienen una cuenta bancaria.

—Creí que querías una sudadera de los Red Sox —susurra ella.

—De parte de ustedes, sí —dice Tyler en voz baja.

✳      ✳      ✳

La reunión municipal tomará lugar en la cafetería de la escuela. Resulta tan extraño ver a todos estos adultos en donde por lo general se sientan los niños. Las sillas están alineadas de frente a la tarima, las mesas se han arrimado al otro extremo. En una de esas mesas, la abuela y sus amigas sirven lo que queda de los refrigerios. Ya casi se acabó el pastel, de modo que si aquel anciano llega a pasar por ahí, todo lo que verá será la banderita estadounidense ondeando desamparada sobre los restos de migajas.

Mamá y papá se detienen a cada instante a saludar a sus vecinos, así que Tyler y Mari se dirigen a la sección donde ya están sentados sus compañeros de clase.

Antes de que comience la reunión, el Sr. Bicknell le hace una seña a Tyler para que salga al pasillo. Resulta que el *Boy Scout* que iba a cargar la bandera al comienzo del programa tuvo un repentino dolor de estómago. ¿Podría Tyler tomar su lugar y dirigir a la asamblea en el juramento a la bandera? No es como si Tyler pudiera realmente decirle que no a su maestro, cuando éste le pide algo en un caso de urgencia. Tyler se alegra de que por lo menos se lo haya pedido justo antes de la reunión o él también hubiera tenido un repentino dolor de estómago toda la semana.

De regreso de recoger la bandera de la oficina del

director, Tyler entra al baño. Quiere asegurarse de no traer un mechón de pelo parado en la parte de atrás de la cabeza o la camisa abotonada al revés. Cuando va de salida, ve un fajo doblado, apenas de este lado de uno de los compartimentos. Es un montón de dinero atado con una liga de hule gruesa. ¡Ocho billetes nuevecitos de cien dólares y unos sesenta dólares en billetes más chicos! A excepción de cuando juega Monopoly, nunca antes ha tenido tanto dinero entre las manos. Y estos son billetes de verdad.

Lo primero que se le ocurre es que tendrá que reportar el hallazgo para que el Sr. Bicknell pueda dar el aviso. Nadie en la escuela de Tyler lleva consigo tal cantidad de dinero. Ha de pertenecer a alguien que haya asistido a la reunión municipal. Quizá algún granjero vino al pueblo e hizo varios mandados, entre ellos una parada al cajero automático, antes de dirigirse a la escuela.

Pero Tyler nunca ha conocido a ningún granjero que lleve tanto dinero en el bolsillo. Es como el dinero que llevan los criminales. Probablemente ese fajo pertenezca a un narcotraficante que se aprovecha de niños incautos. Lo que lo vuelve dinero sucio, el cual Tyler haría bien en mantener fuera de circulación.

Además, no hay ninguna cartera, ningún nombre, nada de nada.

Y he ahí el viaje a Washington, D.C., una tentación difícil de resistir.

Tyler se mete el fajo en el bolsillo, diciéndose que mañana, una vez que sea oficialmente un adolescente, podrá distinguir claramente la línea que separa el bien del mal, la cual, por el momento, está completamente borrosa. Después de todo, en unos cuantos minutos, tendrá que marchar frente a un salón lleno de gente, sosteniendo la bandera con mano firme, y dirigirlos en el juramento a la bandera.

Tyler recoge la bandera al salir del baño. Por alguna razón, ésta se siente mucho más pesada que antes, como si tuviera una piedra atada a la parte inferior del mástil.

✳    ✳    ✳

Después de la emoción de encontrarse de pie al centro del escenario, con todas las miradas puestas en él, Tyler desearía que lo excusaran. La reunión se prolonga. ¿Debería el ayuntamiento pintar unos cruceros de peatones nuevos o invertir mucho más dinero al instalar unos cruceros de adoquín más bonitos y duraderos? ¿Deberían los equipos deportivos comprar uniformes nuevos o arreglárselas por otro año con los mismos, a pesar de que el cuerpo estudiantil votó para cambiar el color oficial de la escuela de granate a anaranjado? ¿Quién querría verse como hojas otoñales todo el año?

Las mociones se secundan, se discuten, se someten a voto. Pero lo único en lo que Tyler consigue pensar es el dinero en su bolsillo. ¿Qué debería hacer?

A su lado, Mari toma apuntes a toda velocidad en su cuaderno. Más vale que Tyler preste atención. Después de todo, no basta con escribir un informe sobre los dos primeros minutos de la reunión municipal, en los que un joven honrado dirigió a la asamblea en una emotiva versión del juramento a la bandera.

Pero, ¿puede Tyler realmente ser considerado un joven honrado si se queda con el dinero?

Tyler se siente confundido. Es como si estuviera perdido dentro de un bosque oscuro dentro de su propia cabeza. Parece como si últimamente muchas de sus ideas y creencias más preciadas se hubieran ido por la borda. Solía ser que él sabía exactamente qué era lo correcto, qué era lo incorrecto, qué significaba ser un patriota o un héroe o una buena persona. Ahora no está tan seguro. Como por ejemplo papá, que debe ser el estadounidense más patriótico que Tyler haya conocido jamás; pero incluso él ha tenido que emplear a unos mexicanos sin papeles para no perder su granja. El mismo Tyler se ha encariñado tanto con los Cruz que ¡hasta les ofreció un escondite en caso de que el Departamento de Seguridad Nacional viniera a la granja!

Hace apenas unas semanas, Mari le contó cómo su tío Felipe era una especie de héroe para su familia. —Huyó *lejos* de la granja para despistar a la policía y así no vinieran por el resto de nosotros —le explicó. Pero, ¿acaso eso no lo convierte en un fugitivo, no en un héroe? Según Mari, Felipe está de vuelta en Las Margaritas, pero ya tiene planes de volver para seguir ayudando a abuelote y abuelota y a toda la familia. Tyler no puede evitar sentir alegría al pensar que el favorito de sus tres empleados pudiera regresar, aunque sabe de sobra que Felipe no tiene derecho legal a estar en este país.

—¡Traición, eso mismo! —La voz iracunda de un anciano irrumpe en los pensamientos de Tyler—. ¡Y es una desgracia que esté sucediendo aquí, bajo nuestras narices, e incluso la policía se haga de la vista gorda!

El anciano está de pie en la primera fila, agitando su bastón. La gente a ambos lados se hace a un lado. El anciano debería mejor usar el bastón para apoyarse, ya que parece que va a desplomarse de furia.

—¡Siéntese, Sr. Rossetti! —grita alguien—. Su comentario está fuera de lugar.

El Sr. Rossetti ¡es el anciano que quería prohibir al grupo de la abuela que vendiera refrigerios! El mismo tipo que siempre hace que a mamá se le suba la presión cuando una carta suya aparece en el periódico local. Siempre que el Sr. Rossetti escribe al periódico, es para criticar una u otra cosa que los jóvenes le están haciendo a los Estados Unidos. Como parece que tiene unos noventa años, "los jóvenes" debe referirse a la mayoría de la gente que vive en el pueblo, si no es que a los que están sentados en este salón en este preciso momento.

— En este país tenemos leyes y cualquiera que contrate a ilegales debería estar tras las rejas. Y puedo empezar a mencionar nombres, si el *sheriff* está listo para anotarlos.

Tyler siente cómo el sudor le brota por todo el cuerpo. ¿Qué pasaría si el Sr. Rossetti mencionara el nombre de papá? Tyler no sólo se sentirá avergonzado frente a todo el pueblo, sino también frente a sus compañeros de clase. Dondequiera que estén Clayton y Ronny, ¡deben estar sintiendo una oculta satisfacción! Tyler levanta la vista rápidamente, revisando las filas a su alrededor. Pero su atención se posa en Mari. Su cara tiene la misma expresión afligida que aquella vez, en casa de la abuela, cuando escuchó a tío Larry hablar de una redada.

·—De modo que, quiero presentar una moción que diga que se deberá encarcelar a cualquiera que no esté aquí legalmente.

Hay un silencio sepulcral. Sobre la tarima, Roger Charlebois, que conduce la reunión, dice con voz ronca: —¿Alguien quiere secundar esa moción? —Todos saben que Roger tiene a media docena de mexicanos trabajando en su granja lechera.

Una voz sale de algún lugar en medio de la cafetería. —Yo secundo la moción. —Es únicamente cuando la persona debe identificarse, que Tyler hace la conexión: el Sr. Lacroix, el padre de Clayton. Al lado de su padre, Clayton se sienta al borde de la silla como si estuviera dispuesto a terciar la moción, aunque eso sea innecesario.

Se da la palabra a los asistentes para que discutan la moción. Tyler sabe que su padre no es el tipo de persona que guste de hablar frente a un montón de gente. Pero su mamá es otro cantar. Cualquier injusticia o prejuicio, ella pone el grito en el cielo. Por favor, Díos mío, reza Tyler. Está dispuesto a renunciar al viaje a Washington, D.C. Lo único que Tyler quiere para su cumpleaños es que su mamá no se levante y llame la atención al hecho de que los Roberge encubren a unos mexicanos.

Roger señala con su mazo en dirección a Tyler. En un momento de pánico, Tyler cree que se dirige a él. El joven honrado que dirigió a la asamblea en el juramento a la bandera dará su opinión sobre los mexicanos inmigrantes que trabajan en las granjas locales.

—Sí, hay algo que quisiera decir al Sr. Rossetti, así como

un recordatorio para todos nosotros. —Es el Sr. Bicknell, que se ha puesto de pie detrás de Tyler. La voz de su maestro tiene el mismo tono urgente y convincente que cuando habla de salvar el planeta—. Antes que nada, Sr. Rossetti, quisiera preguntarle de dónde le viene el apellido Rossetti.

—De mi padre, ¿de quién más? —el anciano le contesta bruscamente con esa voz de sabelotodo. Unos cuantos sueltan una risilla socarrona, pero hay menos risas en el cuarto de lo que aparentemente esperaba el Sr. Rossetti, porque ahora se pone aún más gruñón y dice—: ¿Qué intentas decir, Bobby?

—¡Cómo se atreve a llamar Bobby al Sr. Bicknell! Tyler se escandaliza, aunque sabe que el nombre de pila de su maestro es Robert y su diminutivo es Bob o Bobby.

—A lo que me refiero, Sr. Rossetti, con el debido respeto, es que Rossetti es un nombre italiano. —El Sr. Bicknell alza ambas manos cuando el Sr. Rossetti comienza a interrumpirlo—. Momento, momento. Ya sé que su familia ha estado aquí desde siempre, a partir de los años 1880, cuando Vermont necesitaba mano de obra barata que trabajara en las canteras de mármol y granito en Proctor y Barre. En 1850 había siete italianos en Vermont, siete, Sr. Rossetti. Para 1910 había cuatro mil quinientos noventa y cuatro. ¿Qué tal si los habitantes de Vermont hubieran protestado diciendo que esos extranjeros ponían en peligro la soberanía de nuestro estado y nuestra nación? Muchos de nosotros no estaríamos aquí. Además, nos hubiéramos perdido de unos excelentes albañiles, de buenos trabajadores, así como de una pizza riquísima.

Ahora sí hay una risa genuina. Algunos hasta aplauden.

Roger Charlebois golpea ligeramente con el mazo, como si lo hiciera únicamente porque se supone que debe hacerlo.

El Sr. Rossetti se ha puesto pálido. Se balancea como atónito ante el torrente de hechos del Sr. Bicknell. Eso hace que Tyler sienta un poco de lástima por el anciano. Ha oído a su madre decir cómo el Sr. Rossetti vive muy solo a orillas del pueblo, en una casita desvencijada con una bandera estadounidense en el porche de enfrente y un letrero que dice RECUPEREMOS VERMONT en su jardín lleno de maleza.

—Y algo más, Sr. Rossetti —continúa el Sr. Bicknell—. No sólo los habitantes de Vermont nos hubiéramos perdido de ese rico legado si hubiéramos echado fuera a todos esos italianos, sino que tampoco lo tendríamos a usted aquí el día de hoy para mantenernos alertas.

Debe estar bromeando, piensa Tyler. Risillas y risotadas irrumpen por todo el salón. Pero el Sr. Bicknell no se queda callado. —Lo digo en serio. El Sr. Rossetti siente una gran pasión por su país. Ya sea o no que estemos de acuerdo con sus ideas, haríamos bien en por lo menos aprender eso de él.

El salón se acalla de nuevo. Es como si a todos se les estuviera recordando algo que es fácil de olvidar: cómo ser una persona decente.

—Pero lo primordial es que este país y, particularmente este estado, fueron construidos por gente que abandonó todo en búsqueda de una vida mejor, no sólo para sí mismos, sino para sus hijos. Su sangre, sudor y lágrimas conforman esta gran nación.

Tyler escucha a alguien sorberse la nariz y voltea a ver a Mari. Ella tiene la cabeza agachada y en su cuaderno hay unas manchas borrosas donde caen sus lágrimas. Él quisiera poder decir algo para consolarla. En lugar de eso escribe en su cuaderno, *Gracias por ayudarnos a salvar nuestra granja*, y se lo pasa a Mari para que lo lea. Siguen apareciendo manchas en la página, demasiado tarde para que las palabras puedan detenerlas.

✳    ✳    ✳

Se rechaza la moción del Sr. Rossetti casi por unanimidad. Por primera vez en la vida, Tyler siente que ha formado parte de la historia viva. No porque le tocó cargar la bandera y dirigir el juramento a la bandera, sino porque ha visto la democracia en acción. Ha visto a la gente expresar su opinión y recordarse unos a otros los principios nobles y generosos que son el fundamento de lo que significa ser un estadounidense, así como buena gente. El Sr. Bicknell lo resumió de la mejor manera: —Todos nacemos como seres humanos. Pero tenemos que ganarnos la terminación de *itarios* al final de *human* para poder realmente afirmar que somos seres humanitarios.

Al salir en fila del salón, la gente pasa a felicitar al Sr. Bicknell. Uno de ellos es la mamá de Tyler, que extiende los brazos alrededor del Sr. Bicknell y le da un fuerte abrazo. Bueno, por lo menos mamá aguardó para avergonzar a Tyler hasta que terminara la reunión.

—Usted cuenta con mi voto —le dice ella efusivamente, como si el Sr. Bicknell se hubiera postulado como candidato de algo—. Lo que dijo dio justo en el blanco.

—Su hijo también hizo muy bien su papel —responde el Sr. Bicknell ante los cumplidos de mamá. Es como si sintiera vergüenza y quisiera desviar un poco de la atención hacia Tyler.

Mamá le sonríe con cariño a Tyler. —¡No le contó a nadie que iba a dirigir el comienzo de la reunión! ¿Sabía usted que mañana cumple años, en el Día Internacional de la Mujer?

—Mamá va a todo lo que da. Qué dicha ha sido tener a Tyler por hijo. Siempre ha sido tan considerado, tan sensible, tan dispuesto a ayudar. (¿De verdad?)

—Tiene toda la razón —el Sr. Bicknell le guiña un ojo a Tyler—. Cuando tuve que escoger quién iba a dirigirnos, no pude pensar en un mejor hombre.

*Un. Mejor. Hombre.* ¡Guau! ¡Vaya que lo está alabando! Pero en lugar de hincharse de orgullo, Tyler siente el gran peso del fajo en su bolsillo. Bien podría tratarse de una piedra que lo hunde hacia un lugar oscuro y perdido. No merece tantas alabanzas de su maestro preferido.

Afuera, en el pasillo, una conmoción ha estallado. Alguien grita: —¡Me han robado! ¡Me han robado! —Al cojear de regreso a la cafetería escolar, el Sr. Rossetti agita su bastón y da gritos. La historia sale a pedacitos. Fue al banco a canjear su cheque del Seguro Social antes de asistir a la reunión. Justo ahora cuando intentó sacar sus llaves, se dio cuenta de que su dinero había desaparecido. Por segunda vez esta noche, se encuentra en tal estado que comienza a tambalearse de rabia. Unos brazos se alargan para agarrarlo mientras cae. La gente grita instrucciones a diestra y siniestra.

—¿Aún está aquí el Dr. Feinberg? —grita alguien. Pero

210

el Dr. Feinberg salió desapercibido del salón hace rato, cuando recibió una llamada de emergencia del hospital—. Que alguien llame al 911. —Varias personas sacan sus celulares.

Tyler se lanza junto al anciano y se arrodilla a su lado. El anciano aprieta los ojos con fuerza y tiene la cara pálida como la muerte. Probablemente así se vio el abuelo justo antes de morir. Quizá por eso, Tyler ni siquiera piensa en esperar hasta mañana, para hacer lo que sabe que debe hacer hoy.

Tyler sacude al anciano por los hombros. —Encontré su dinero, Sr. Rossetti —le susurra, esperando que nadie más pueda oírlo. Todavía no tiene el valor suficiente como para confesar frente a todos, que por poco se queda con el dinero.

Los ojos del anciano se abren de repente. Son de un marrón triste y solitario, como los ojos de Mari cuando habla de México o de su madre.

—¿De verdad? —La cara del anciano se desborda de alivio. Una pequeña sonrisa surca como ondas los músculos de su cara—. Hay una recompensa —le susurra a su vez.

Pero Tyler ya ha recibido su recompensa. Es como si se hubiera librado de esa pesada piedra que tenía atada al corazón. Quizá no sea un héroe, ni un patriota, ni siquiera un joven honrado. Pero Tyler se siente más maduro y sabio, como si hubiera encontrado aquello que se le había perdido, dentro de sí mismo, la noche de la reunión municipal.

18 de marzo de 2006

Para toda mi familia en Las Margaritas,

¡Espero que todos se encuentren bien al recibir esta carta! Abuelota, más que nada, nos alegra saber que te estés sintiendo mucho mejor. Por supuesto, cuando te enteraste de que tío Felipe estaba en la cárcel, te pusiste peor. Por eso en un principio no queríamos decírtelo. ¡Ahora sabemos que había algo que tú no nos habías dicho! Si papá y tío Armando se hubieran enterado de que te habían internado en el hospital después de recibir la noticia, hubieran ido corriendo a verte.

Nunca antes les habíamos mandado una carta porque, según papá, el correo allá no es muy confiable. Las llamadas telefónicas a la tiendita funcionan mucho mejor. Y, por supuesto, enviamos dinero a la oficina del Western Union que abrió en Las Margaritas, ahora que tanta gente del pueblo trabaja por todas partes de Estados Unidos. Pero, de alguna manera, parece como algo muy especial poder mandarles nuestros saludos por escrito y saber que este mismo pedazo de papel que he tocado, muy pronto estará en sus manos.

Les pido disculpas por cualquier error que cometa en español. La única vez que practico su escritura es cuando escribo cartas o en la clase de español, con una maestra maravillosa cuya familia también es de México.

Antes de que se me olvide, tío Felipe, mil gracias por llamar para avisarnos que llegaste bien. ¡No te imaginas el alivio que sentimos! Pero el que más alivio sintió de todos fue el hijo mayor del patrón, Ben. Fue como si una piedra que llevara atada alrededor del cuello durante estos últimos meses se hubiera desatado. Creo que vi lágrimas en sus ojos, pero no estoy segura.

Él vino a la fiesta que hicimos el domingo pasado para agradecer a todos aquellos que nos ayudaron durante estos meses tan duros. Esa fue la segunda reunión en una semana, ya que Tyler tuvo su fiesta de cumpleaños el miércoles. Invitamos a todos a venir temprano por la tarde, para tener tiempo de sobra antes de la ordeña de la noche. Papá y yo hicimos pollo con mole, tu receta, tío Felipe, que no nos quedó ni la mitad de bueno como cuando tú lo haces. Pero todo el mundo dijo que estaba muy rico, sobre todo tu amiga Alyssa, que conociste en aquella fiesta.

Ella vino en el coche con Ben, ya que asisten a la misma universidad. Alyssa volvió a ofrecernos llevar cualquier cosa que les quisiéramos mandar, ya que ella va a ir a Chiapas a trabajar como voluntaria en una clínica durante sus vacaciones de primavera. Mañana pasará a recoger esta carta junto con Wilmita, que está tan sola sin ti, tío Felipe.

La Srta. Ramírez también vino a la fiesta y trajo a su gringo, del que tanto habíamos oído hablar. Barry es una persona gordita y alegre y tiene una gran panza, lo cual hace que siempre consiga trabajo en el centro comercial durante la Navidad como Santa Claus. No habla ni una palabra de español, pero la Srta. Ramírez intenta enseñarle.

Tal vez por eso tiene tanto interés en aprender el significado de las palabras. Quería saber por qué llamamos a nuestros abuelos abuelote y abuelota en lugar de abuelo y abuela que, como nos lo enseñó la Srta. Ramírez, son los nombres para *grandfather* y *grandmother*. Traté de explicarle que usamos abuelita y abuelito para un par de abuelos, que es como decir *little grandmother* y *little grandfather*, y llamamos a nuestro otro par de abuelos...

—Abuelota y abuelote —Ofi metió su cuchara. Invariablemente quiere ser la que cuente el cuento, siempre y cuando no tenga que escribirlo—. ¿Sabes por qué?

Barry parecía lamentar mucho el no saber por qué.

—Porque son gordos —agregó la pequeña Luby.

—¡No! —Ofi la regañó. Estaba molesta con Luby por revelar una de las mejores partes de su cuento. Ahora sabe cómo me siento.

—No comprendo todavía —dijo Barry.

Luby infló las mejillas para mostrar lo que quería decir con gordo.

—¡No están tan gordos! —la contradijo Ofi.

—Sí lo están —insistió Luby.

¡Yo no lo podía creer! Ahí estaban, discutiendo su apariencia, abuelota y abuelote, sin que ninguna de ellas los haya visto jamás. Y, en parte, ambas tenían razón. Yo les había contado que ustedes eran más robustos y más altos que abuelito y abuelita, no que eran gordos.

—Abuel*ote* y abuel*ota* —le expliqué a Barry mientras mis dos hermanas menores seguían alegando—. Ellos, en abundancia, ¿comprendes?

A Barry esto le pareció muy gracioso y dio una carcajada de *jo-jo-jo*, que debe ser otra razón por la que lo contratan de Santa Claus. Luego, se acarició su gran barriga y preguntó si su nombre en español sería Barry*lote*. Antes de que pudiera pensar en lo insolente que era decírselo, le contesté: —No, te llamarían Barrigón.

La Srta. Ramírez se rió con ganas. Papá agrandó los ojos a modo de regaño silencioso. Debe haberle sorprendido. Por lo general, Ofi es la que dice cosas insolentes en nuestra familia.

215

—¿Qué es tan gracioso? —Barry seguía preguntando.

La Srta. Ramírez le explicó que yo estaba haciendo un broma, ya que barrigón quiere decir *fat belly* en inglés. Entonces mi broma ya no me pareció tan chistosa. Pero Barry hizo de nuevo su risa de *jo-jo-jo*. —Pareces muy tímida, pero eres una ricurita, ¿no es cierto? —No sabía si se refería a mi cara colorada o a mi lengua insolente. Me pidió que de ahora en adelante lo llamara Barrigón, pero de ninguna manera seré otra vez tan grosera a propósito.

Abuelito, estos saludos también van para ti. ¡Debes extrañar tanto a abuelita! Sentimos mucho no hablar contigo tan a menudo como con nuestros otros abuelos. Como vives más lejos en el campo, es difícil coordinar cuándo podemos llamar a la tiendita para que estés allí.

Sabemos de ti por medio de nuestros tíos de California, que nos llaman de vez en cuando. Siempre hablamos de mamá. Ellos fueron los últimos en verla, ya que habían viajado juntos al norte antes de separarse. Mis tíos habrían acompañado a mamá hasta su destino, pero ya tenían un trabajo apalabrado en California y mamá iba a regresar a Carolina del Norte. No estoy muy segura de cómo funciona todo eso, ya que a papá realmente no le gusta discutir esas cosas conmigo. Depende de hasta dónde quieras llegar y cuánto quieras pagar, vas a uno u otro pueblo fronterizo a que te cruce un "coyote". El coyote de mamá tenía a un conocido en una reservación indígena, quien la iba a cruzar de una manera extra especialmente segura.

Abuelito, todos los días le rezo a abuelita en el cielo para que cuide a mamá y la traiga de vuelta con nosotros. ¡Y creo que mis oraciones podrían estar funcionando! Ha habido unas llamadas telefónicas misteriosas al número del patrón en la casa de al lado, una mujer que habla español. Apenas ayer hubo otra llamada, pero esta vez era la voz de un hombre. La patrona habla un poquito de español, incluso los números del uno al diez, así que repitió nuestro número telefónico muy lentamente varias veces. Dijo que el tipo se puso muy callado como si estuviera anotando el número.

Me preocupa que quizá esa persona trató de llamarnos y ya nos habíamos ido a la escuela, y papá y tío Armando aún estaban en el establo, ordeñando. La patrona dice que ella misma se hubiera perdido completamente de la llamada, de no haber sido porque olvidó una prueba de matemáticas que iba a dar ese día y tuvo que regresar a casa a recogerla. Sólo anhelo con todo mi corazón que esa persona vuelva a intentarlo, una y otra vez, hasta que se comunique con nosotros.

Trato de no preocuparme demasiado. Ayuda mucho el que hayamos encontrado a unos patrones tan buenos aquí en Vermont. Tío Felipe puede asegurarles que nos tratan como si fuéramos de la familia. De hecho, la abuela insiste en que la llamemos *Grandma,* que quiere decir abuela en inglés. Ofi y Luby en realidad la consideran su única abuela, ya que nunca han conocido a sus abuelas mexicanas. Yo les cuento mucho acerca de ustedes, abuelito y abuelote y abuelota, para que por lo menos los conozcan a través de mis historias. Algo muy amable que hizo Alyssa este domingo pasado fue tomarnos fotos. También nos prometió que nos traería unas fotos de vuelta, para que pudiéramos ver cómo han cambiado todos por allá. Eso resolverá, de una vez por todas, abuelota y abuelote, ¡qué tan gordos están realmente!

Ofi y Luby han hablado con ustedes por teléfono, así que probablemente se hayan dado cuenta de que casi no hablan español. A veces, hasta tengo que interpretar entre ellas y papá, ¡imagínense! Papá se pone muy molesto, pero realmente no puedo culparlas. Lo único que conocen son los Estados Unidos, y pasan los días en la escuela o en casa de la abuela, hablando inglés. Por supuesto, si mamá estuviera aquí, sería distinto. Ella siempre sentía tanto orgullo por México y nos contó muchas historias acerca de su vida allá. Papá trabaja tan duro que, cuando llega a casa, lo único que quiere hacer es echarse en el sofá y ver los canales en español. Le alegra escuchar su propio idioma y ver gente parecida a nosotros, aun si sólo sea por tele. Tío Felipe también puede contarles que el estado de Vermont está lleno de gente blanca, de modo que los mexicanos resaltamos y eso nos vuelve presa fácil para la migra.

Además de la abuela, la patrona y el patrón, la familia incluye a tres hijos: el hijo mayor que mencioné, Ben, que estudia en la universidad; una adolescente bonita, Sara, que siempre está cambiando de novio; y mi amigo especial, Tyler, que está en el mismo salón de clases que yo y era de la misma edad hasta la semana pasada.

Solía sentirme tan sola, ni mexicana ni americana. Pero ahora que tengo a un amigo especial, siento que no tengo que ser ni una cosa ni otra. La amistad es un país al que todos pueden pertenecer, sin importar de dónde vengas.

Eso fue lo que escribí el mes pasado para el Día de San Valentín. Al Sr. Bicknell se le había ocurrido darnos una tarea creativa. En lugar de darnos tarjetitas de San Valentín entre nosotros, nos dijo que escribiéramos una historia de amor de algo que nos hubiera sucedido el año pasado.

Como respuesta, recibió un montón de quejidos. —Momento, muchachos —dijo,

sonriendo—. Les pido que usen su creatividad.
Me refiero al amor en todas sus manifestaciones,
¡no sólo entre un chico y una chica! —Estaba al
pizarrón con un pedazo de gis y tuvimos que
pensar en los varios tipos del amor.

Por alguna razón, las niñas se pusieron súper
risueñas y los niños se alocaron y dieron todo tipo
de sugerencias descabelladas, tales como el amor
por tu mascota víbora o el amor entre vampiros,
en el que quieres ¡chuparle la sangre a alguien!

Decidí escribir sobre cómo habíamos venido a
Vermont para ayudar a la familia Roberge y lo
buenos amigos que habían sido con nosotros.
Cómo Tyler me había enseñado acerca de las
estrellas y la abuela nos había enseñado a hacer
galletas y nos había regalado su televisor extra
para que no nos aburriéramos.

El Día de San Valentín, el Sr. Bicknell nos
pidió que leyéramos nuestras historias de amor en
voz alta. Cuando leí la mía, el Sr. Bicknell
preguntó a la clase qué tipo de amor describía.

—¿Está enamorada de Tyler? —preguntó
Ashley. Las niñas comenzaron de nuevo a reírse
tontamente. Los niños rechiflaron. No me atreví
a mirar a Tyler, pero no pudo haber estado más
mortificado que yo.

Ese día, después de clases, Tyler me dijo que
no debí haberlo hecho.

No estaba segura de qué parte de lo que había hecho, no debí haber hecho, así que se lo pregunté.

—Bueno, por un lado, decirles que ustedes trabajan en nuestra granja. Podría meter a mis padres en aprietos.

—No dije nada acerca de que no tenemos papeles —me defendí. Por alguna razón, ya no quise quedarme callada—. Además, ¿por qué siempre tenemos que ocultar lo duro que trabajamos? ¡No somos ningunos criminales!

Debí haberlo dejado hasta allí, pero, por primera vez, sentí gran satisfacción al expresar mi opinión. —Tú mismo dices que de no haber sido por nuestra ayuda, ustedes hubieran perdido la granja.

Ahora le tocaba a Tyler estar enojado. Siempre puedo darme cuenta porque su cara pálida se le pone colorada. —No es como si no les pagáramos.

Allí estábamos, fulminándonos con la mirada, ambos sintiéndonos enojados y heridos y confundidos. Esto estaba sucediendo frente a la escuela, mientras esperábamos el autobús. Ofi estaba allí cerca, toda oídos, lista para intervenir con su opinión. Pero justo entonces, allí vienen esos dos niños peleoneros de nuestro salón, Ronny y Clayton. Al instante en que nos vieron a

Tyler y a mí juntos, empezaron a canturrear esa pequeña rima:

> *Tyler and María*
> *sitting in a tree*
> *K-I-S-S-I-N-G.*
> O sea:
> Tyler y María
> sentados en un árbol
> B-E-S-Á-N-D-O-S-E.

No creí que Tyler pudiera ponerse más colorado, ¡pero sí! Ahora me daba cuenta de la otra razón por la que Tyler estaba enojado conmigo. Él había sido el único niño de nuestro salón en aparecer en la historia de amor de una niña.

Por lo general, Tyler evita las peleas, pero esta vez se abalanzó sobre los dos niños, dándoles puñetazos. Mientras tanto, el Sr. Rawson, el chófer de nuestro autobús, debió haber visto lo que sucedía, ya que saltó del autobús para separarlos. —Roberge, adentro —le ordenó a Tyler, haciendo un gesto con la cabeza en dirección a nuestro autobús—. Ustedes dos, fuera de aquí si no quieren ir a visitar a la directora Stevens después de clases.

Y eso fue todo. Se hizo respetar la paz, más no dentro de mi corazón.

Tyler y yo pronto hicimos las paces, sobre
todo porque se acercaba su cumpleaños. Pero sus
palabras aún me herían cada vez que las
recordaba. Realmente no valoraba el que mi papá
y mis tíos hubieran ayudado a salvar la granja de
su familia. Era como si lo hubiéramos hecho sólo
por el dinero.

Pero entonces el Sr. Bicknell nos dio otra
de sus tareas creativas. Nuestra clase debía asistir
a la reunión anual del pueblo y escribir un
informe. En esa reunión, el Sr. Bicknell se puso de
pie y dijo unas palabras tan hermosas sobre la
gente que viene a este país por necesidad, cómo
no sólo ayudan a sus familias en su tierra natal,
sino que también ayudan a construir esta gran
nación.

Quizá la ingratitud de Tyler había hecho
mella en mi corazón. Comencé a llorar. Tyler
debió haber notado mis lágrimas, porque me
escribió una notita de agradecimiento que me
animó mucho.

Más vale que me apure y termine esto, ya que
mañana Alyssa sale de vacaciones de primavera.
Nosotros no saldremos de vacaciones hasta la
tercera semana de abril. Tyler tiene tantas ganas
de ir a la capital de la nación con un club al que
pertenece. Pero es muy caro y, aunque a nuestros
ojos ellos parecen ricos, la familia no le puede
costear el viaje. Ese club va a tener una venta de

repostería para recaudar fondos, misma que la abuela está organizando.

Pero el dinero que junten tiene que dividirse en doce partes iguales para todos los miembros. Tyler pensó que podría cubrir la diferencia con el dinero que le dieran de cumpleaños, pero no recibió tanto como esperaba. Su tío y su tía ricos ni siquiera le mandaron una tarjeta.

Pero luego salió un artículo en el periódico sobre el club de Tyler y cómo estaban recaudando fondos para ir de excursión a la capital de la nación. La foto mostraba a todos los miembros y daba sus nombres. ¡Imagínense ser tan famoso a los doce años como para que tu foto salga en el periódico! Inmediatamente después de que se publicó, Tyler recibió una llamada de un anciano del pueblo, ofreciendo pagarle por su trabajo. Tyler tendría que ir después de la escuela un par de veces a la semana y los fines de semana, y ayudaría al anciano a hacer cosas que él ya no puede hacer debido a la edad, como apalear la nieve de la acera o ayudarlo a sacar la basura o a cargar la bolsa del mercado.

Eso era justo lo que Tyler había deseado, ya que su familia no puede pagarle por el trabajo que hace en la granja, que Tyler sigue haciendo, ya que trabaja muy duro. —Casi podrías ser mexicano —papá lo ha alabado más de una vez.

Así que dos veces a la semana, después de

clases, Tyler va en autobús a las afueras del pueblo y se baja en la cuadra donde vive el anciano. Luego, cuando termina, llama a su abuela para que lo recoja, ya que su papá está ocupado haciendo la ordeña de la noche y su mamá está preparando la cena. La abuela finalmente tiene uso de su coche otra vez; en noviembre pasado la familia se lo había quitado después de que ella tuvo muchos accidentes, debido a que estaba tan triste porque su esposo había muerto.

La primera vez que el autobús dejó ahí a Tyler, reconocí al anciano mientras bajaba los escalones de su porche. Era el mismísimo anciano que había dicho unas cosas no muy buenas sobre los mexicanos en la reunión municipal. Tyler lo había ayudado a encontrar un dinero que se le había perdido y el anciano le ofreció una recompensa, pero Tyler se negó. Me imagino que cuando vio ese artículo en el periódico, el anciano decidió ayudarlo. De todas formas, a mí me daría miedo trabajar para él, pero Tyler dice que el anciano no podría ser más amable.

El martes pasado, mis hermanas y yo estábamos en casa de la abuela cuando ésta recibió la llamada de Tyler para que lo recogiera. Así que nos invitó a que la acompañáramos. Me dio un pastel para que lo cargara en las piernas, que había horneado para el anciano. Ofi le preguntó que si era su cumpleaños. —Oh, nada por el estilo —explicó la abuela—. Lo que pasa es que hay que engordarlo. El pobre Joseph está en los huesos. Con razón se ha vuelto tan odioso.

Bueno, Ofi estaba de metiche. Durante todo el trayecto, seguía haciéndole preguntas.

—Grandma, ¿cuántos años crees que tenga el Sr. Rossetti?

—Oh, me imagino que, por cosas que ha dicho, Joseph tendrá unos setenta y seis, setenta y siete. —Había una leve y dulce sonrisa en la cara de la abuela mientras hablaba—. Recuerdo que de joven era muy guapo. No había una chica en los alrededores que no suspirara al verlo. ¿Por qué me lo preguntas? —dijo, mirando a Ofi por el espejo retrovisor.

Ofi respondió a su pregunta con otra pregunta. —¿Y cuántos años tienes tú, Grandma?

—Bueno, cariño, normalmente uno no le pregunta eso a las señoras. Pero soy tu abuela, así que me lo puedes preguntar. Tengo setenta y tres o los tendré en mayo. De pronto sientes mucha curiosidad por los cumpleaños, ¿verdad? —Dio una risita—. ¿Me quieres informar que trama esa cabeza tuya tan inquieta?

—Primero que nada, Grandma, ¿hasta cuantos años vive la gente?

La abuela de pronto se puso muy triste. —Eso sólo Dios lo sabe, cariño. Mira al abuelo. —Se mordió el labio. Volteé hacia atrás y le hice caras a Ofi para que se callara, antes de que hiciera llorar a la abuela.

Pero prohibirle cualquier cosa a Ofi es como darle luz verde. Alzó la barbilla al aire, como segura de lo que hacía. —Pues creo que deberías casarte con el Sr. Rossetti muy pronto, antes de que alguno de ustedes se muera.

La abuela estaba dando vuelta a la entrada de coches del Sr. Rossetti y el anciano había bajado los escalones del porche para saludarnos. Justo a tiempo, la abuela frenó bien duro. Ahora creo lo que dice acerca de los cinturones de seguridad. El pobre pastel no estaba amarrado y se me zafó de las manos y ¡se estrelló contra el tablero y el parabrisas!

Parecía que la abuela se iba a morir. Mientras tanto, el Sr. Rossetti había abierto la puerta del coche y extendido una mano para ayudarla a salir. —¡Excelentes reflejos, Elsie! —la felicitó.

Cuando llegamos a casa, Ofi le dijo a papá ¡que la abuela y el Sr. Rossetti se iban a casar! No puedo creer su imaginación. —Parece ser que este mes hay muchos enamorados —observó papá—. La abuela y su pretendiente, tío Felipe y Alyssa y... —agregó, echándome una mirada pícara— el hijo del patrón peleándose por el honor de cierta muchachita. —¿Cómo diantres se había enterado de la pelea que Tyler tuvo con Clayton y Ronny?

No sé si lo adiviné o si vi la cara de culpa de mi hermana. Pero en ese justo instante me di cuenta de que Ofi había estado dando a papá lo que el Sr. Bicknell llama ¡información equivocada! Con razón se ha puesto aún *más* estricto en cuanto a que vaya a casa de Tyler, incluso acompañada de mis hermanas.

Traté de explicarle lo que escribí como tarea del Día de San Valentín para el Sr. Bicknell. Cómo la amistad es un país que incluye a todos. Lo único que debes hacer para formar parte de él es ser un buen amigo. Pero papá simplemente negó con la cabeza como si supiera por dónde iba la cosa. —Más sabe el diablo por viejo, que por diablo —uno de sus dichos favoritos. No quise faltarle al respeto, así que le pregunté en voz baja—: Papá, ¿y qué saben los angelitos?

De pronto, su cara perdió toda sospecha y ¡me dio la sonrisa más angelical!

Abuelito y abuelote y abuelota y tío Felipe y toda la familia, de verdad espero que papá esté equivocado acerca de que ustedes no permiten que los niños y las niñas sean amigos especiales. Porque de ser así, con todo el dolor de mi corazón, al igual que mi hermana Ofi, preferiría no vivir en México.

Su nieta, sobrina, prima y amiga especial,
Mari

**SIETE**

*Seven*

# casi primavera

(2006)

# LA GRANJA INTERROBANG

Definitivamente, abril ha resultado ser el mes de las sorpresas. Es como si todos los días fuera el Día de los Inocentes, que en Estados Unidos se festeja el 1 de abril. En cualquier instante, Tyler espera que alguien salte y diga, ¡SORPRESA! ¡INOCENTE PALOMITA QUE TE DEJASTE ENGAÑAR...!

Como, por ejemplo, todas las sorpresas que han acompañado su nuevo empleo.

Antes que nada, ¿quién se hubiera imaginado que acabaría trabajando para el Sr. Rossetti? Y luego, ¿quién se hubiera imaginado que, después de todo, el Sr. Rossetti no sería tan gruñón? ¿O que, después de perder al abuelo, Tyler finalmente encontraría a un amigo de la edad de su abuelo?

No es que el Sr. Rossetti pudiera reemplazar jamás al abuelo. Lo que Tyler siente por el abuelo probablemente se asemeja a lo que las tres Marías sienten por su abuela. Ya tienen una abuela de verdad en México, cuya foto Alyssa trajo después de sus vacaciones de primavera. Y, sin embargo, las tres niñas todavía llaman Grandma a la abuela de Tyler y les encanta ir a visitarla. En muchas ocasiones, cuando la abuela recoge a Tyler del trabajo, trae consigo a las niñas. Grandpa, han empezado a llamar al Sr. Rossetti.

Vaya sorpresa: ¡el Sr. Rossetti con nietas mexicanas!

—No son mexicanas. Nacieron aquí, ¡con todas las de la ley! —El Sr. Rossetti corrige a cualquiera que se equivoque. Nadie le ha dicho que no es así. Ofi y Luby están bajo órdenes estrictas de no divulgar que Mari nació en México. Para el caso, se supone que no deben admitir que su padre y su tío no tienen los papeles con el permiso necesario para estar aquí legalmente. —Mientras menos se diga, mejor —la mamá de Tyler ha dado instrucciones tanto a la abuela como a las niñas.

—Tonterías —dice la abuela entre dientes.

Según la abuela, la amistad —y según ella eso es lo que hay entre ella y el Sr. Rossetti— implica que uno ayuda al amigo a mejorarse como persona. —¿De qué otra forma podríamos mejorar? —le explica a Tyler y a las niñas. Lento pero seguro, la abuela se ha dedicado al mejoramiento del Sr. Rossetti, y eso incluye mucha repostería, muchas visitas y llevarlo a la iglesia los domingos.

—No te hará daño, Joseph —dice cuando él se queja. Pero, más que nada, el Sr. Rossetti aprovecha cualquier excusa para ver con mayor frecuencia a la abuela, cuyas rachas de tristeza parecen haber mejorado mucho.

En la escuela, Tyler aprende sobre un nuevo signo de puntuación, lo que el Sr. Bicknell llama un *interrobang*.

—¡Un qué! —dice Tyler en voz alta.

—Acabas de usarlo con la voz —ríe el Sr. Bicknell. Le encanta sorprender a sus estudiantes—. Un *interrobang* es un signo de puntuación doble: una interrogación seguida de una exclamación o al revés. Cuando uno se sorprende, pero no está seguro si se trata de una jugarreta del Día de los Inocentes. Ese "¡un qué!", tal como Tyler lo acaba de usar. ¿Otros ejemplos?

A Tyler se le ocurren montones de ellos. De hecho, el mes de abril se está convirtiendo en un mes repleto de *interrobangs*.

¡El Sr. Rossetti asistiendo a la iglesia! ¡La abuela yendo de nuevo al salón de belleza? ¿Tyler a punto de ir a la capital de la nación después de que sus padres le dijeran que de ninguna manera podían costearlo!

¡La mamá de las niñas, extraviada durante todo un año, reencontrándose con su familia!

✳ ✳ ✳

Esta última sorpresa comienza una noche de primavera cuando el Sr. Cruz y Mari llegan a la puerta trasera de los Roberge. ¿Podría su padre hablar con los patrones?

Tyler los sigue al estudio. Pero antes de entrar, el Sr. Cruz le dice algo a Mari, asintiendo con la cabeza en dirección a Tyler. De pronto, Mari parece incómoda.

—Mi papá dice que es confidencial. —Mari se encoge de hombros, como diciendo que no fue idea suya.

A Tyler no le sorprende. Ha notado cómo recientemente el Sr. Cruz... no es exactamente que no sea amigable, pero parecería que estuviera vigilando a Tyler más de cerca, como si pensara que Tyler va a sorprenderlo de alguna forma en que no quiere que lo sorprendan. Tyler se siente mal de que el padre de Mari no le tenga plena confianza por alguna razón que Tyler no puede imaginar.

Tan pronto como oye que se cierra de golpe la puerta trasera, Tyler se dirige al estudio, donde sus padres están teniendo una discusión seria. —¡En esta ocasión creo que deberíamos llamar al Departamento de Seguridad Nacional! —dice mamá.

—¡Qué! ¡Para que le sigan la pista al esposo de vuelta a la granja?

—Bueno, ¿que propones que hagamos?

—No sé. —Su papá deja escapar un suspiro—. De verdad que no puedo arreglármelas sin él, aunque sea por una semana. ¿Y cómo va a ir hasta allá y luego regresar? Es decir, no es como si pudiera simplemente tomar un avión. Y, como se lo dije, no dispongo de tal cantidad de dinero como para prestárselo así no más.

—¡Tyler Maxwell Roberge! —La voz de su madre sorprende a Tyler. Pero en realidad no puede acusarlo de escuchar a escondidas. Después de todo, Tyler está a la entrada del cuarto con la boca abierta.

—Sólo volví cuando escuché que se habían ido —Tyler se defiende. Pero ambos padres están demasiado alterados como para tener la energía de regañarlo.

Tyler debe parecer preocupado porque su padre dice: —No es ningún problema, hijo mío. Es sólo que tu madre y yo tenemos un asunto privado que decidir.

—A tu cuarto, Tigre —agrega su mamá.

Tyler interpreta esa orden ampliamente, como si su madre sólo quisiera que él desapareciera, así que se encamina a casa de la abuela. Resulta que el Sr. Cruz ya ha pasado por allí para preguntar si la abuela podría hacerse cargo de las niñas, mientras él viaja a Texas. El tío de ellas se quedará en la granja, pero tío Armando tendrá las manos llenas con lo que solía ser un trabajo para tres hombres.

—Pero, ¿por qué va a ir el Sr. Cruz a Texas? —Tyler quiere saber.

La abuela cierra los ojos como si deseara que todo esto fuera una pesadilla que desaparecería en cuanto volviera a abrirlos. —Más vale que lo sepas, ya que María te lo contará de todas maneras. El Sr. Cruz tiene que ir a pagarles a unos sinvergüenzas que tienen secuestrada a su esposa para que se la devuelvan.

—¡Pagarles! —Tyler no lo puede creer. Es el tipo de sorpresa que sucede en las películas violentas que sus padres no le permiten ver.

La abuela asiente con gravedad. —Yo no se los contaría

a tus padres, pues no creo que el Sr. Cruz les haya dado todos los detalles. Teme perder su empleo, pobre hombre. —Desde que los Cruz le dieron posada cuando huyó de casa, la abuela les ha tomado un cariño especial.

—Las dos menores tampoco lo saben —agrega la abuela—. Excepto María, que tiene que interpretarle a su padre. Pobre María —suspira la abuela—. Tremenda carga para una niña tan sensible.

—¿Cuánto les costará comprar a la mamá? —pregunta Tyler.

—Tres mil. Dólares, es decir —la abuela niega con la cabeza como si no pudiera creerlo.

Tyler tampoco. Tres mil dólares es más de los $500 que ha ahorrado para su viaje a Washington, D.C. Más de los $860 y pico que se encontró en el baño de los niños. Ahora se da cuenta de lo que sus padres querían decir con "tal cantidad de dinero". Pero, para el caso, la abuela tampoco dispone de tal cantidad de dinero.

—¿Quizá podríamos hacer algo para recaudar fondos? —Tyler se pregunta en voz alta.

—Eso equivaldría a más ventas de repostería de las que soy capaz a estas alturas, hijito. —La abuela sonríe por primera vez esta noche.

❋    ❋    ❋

Al día siguiente, Mari y sus hermanas no están en la escuela. Mientras está en clase, Tyler se preocupa de que cuando llegue a casa, ellas se habrán ido. El pesar en su corazón lo toma por sorpresa. Es la misma sensación como cuando murió el abuelo, agravada por el hecho de que se trata de una familia entera que no irá al cielo, si es que los deportan.

Después de la escuela, al bajarse del autobús en casa del Sr. Rossetti, Tyler se sorprende de ver el auto de la abuela en la entrada de coches. Al entrar por la puerta trasera, Tyler encuentra al Sr. Rossetti y a la abuela sentados a la mesa de la cocina. La abuela tiene la chequera abierta, como cuando está en casa pagando las cuentas.

El Sr. Rossetti está tan nervioso como lo estuvo la noche de la reunión municipal. Tiene una ondulación en la ceja y el ceño fruncido. —¡Estoy totalmente en desacuerdo, Elsie, y no quiero tener nada que ver con esto!

—¿Quién te pidió tu consentimiento, Joseph? Sólo vas a prestarme el dinero, ¿de acuerdo? Déjame ver... necesitaré...

—Pero sé lo que piensas hacer con él —la voz del Sr. Rossetti suena temblorosa y realmente desgarrada—. Siéntate, hijo —le dice a Tyler—. Tú abuela está siendo poco razonable al momento.

—¿Poco razonable? —La abuela se lleva la mano a la cintura—. ¿No moverías cielo y tierra para rescatar a un ser querido?

—Elsie, ¡no has cambiado nada desde que éramos jóvenes! Siempre has sido una soñadora. —El Sr. Rossetti niega con la cabeza en dirección a ella—. ¡Y yo todavía estoy moviendo cielo y tierra para que te fijes en mí!

La cara de la abuela se suaviza bajo la sorpresa. Pone la

pluma en la mesa y se acomoda un rizo grisáceo detrás de la oreja. —Joseph Rossetti. Jamás me lo imaginé.

—Precisamente —dice él con brusquedad.

Tyler de pronto se siente incómodo, como cuando entra de casualidad al estudio y Sara está "agasajando" a su nuevo novio Hawkeye. Abrazados uno contra el otro, parece como si estuvieran luchando.

La abuela suspira, rompiendo el embrujo. —Entonces, ¿qué vamos a hacer para ayudar a esas pobres niñas y a su papá?

El Sr. Rossetti coincide con mamá. Esos contrabandistas están en Texas. Ese es territorio americano amparado por sus leyes. El Departamento de Seguridad Nacional podría aguardar, en estado de alerta y, justo cuando el Sr. Cruz entrara con el dinero, ¡zas!, les caerían encima. Tal vez, al ver cómo él los ha ayudado a aprehender a unos criminales, el Departamento de Seguridad Nacional recompensaría al Sr. Cruz con una visa.

—¿Y tú dices que yo soy una soñadora! —Ahora le toca a la abuela negar con la cabeza en dirección al Sr. Rossetti.

✳   ✳   ✳

Tyler y su abuela pasan por el tráiler de camino a casa. Tyler le ha dicho que las niñas no asistieron hoy a clases. —Yo tampoco les he visto el pelo en todo el día —observa la abuela—. No sé qué haríamos sin ellos —agrega, haciendo eco a los pensamientos de Tyler—. Me he encariñado tanto con toda la familia.

Los hombres todavía están en la ordeña, pero las niñas están en el tráiler, sentadas frente al televisor. En lugar de las caricaturas bobas de Dora, están viendo un programa especial sobre las manifestaciones a favor de los derechos de los inmigrantes. —Papá quiere que le avisemos en caso de que anuncien algo —explica Ofi.

Mari acompaña a Tyler y a la abuela a la puerta, luego sale sin ser vista detrás de ellos. —No quiero que lo escuchen mis hermanas —susurra. Hay novedades. El Sr. Cruz llamó a los coyotes. Les alegó que no ha podido conseguir tal cantidad de dinero. Según Mari, los coyotes redujeron la cantidad ¡a la mitad! Su padre y su tío Armando han conseguido la mayor parte del dinero. Los tíos de Mari en California pondrán el resto.

—Mi papá cree que tal vez, con todas estas manifestaciones, los coyotes se están poniendo nerviosos y quieren deshacerse de su cargamento —agrega Mari.

¡Su cargamento? ¡Tyler no puede creer que un ser humano pudiera pensar en otro ser humano de esa manera! Pero entiende a qué se refiere Mari con eso de las manifestaciones. Está saliendo en todas las noticias. En ciudades de todo el país han habido grandes marchas de gente a favor de cambiar las leyes para ayudar a los inmigrantes. Únicamente en Los Ángeles, miles y miles de personas salieron a la calle. Luego, una semana antes de que el club 4-H de Tyler supuestamente saliera de viaje, se declara una huelga nacional. Se pide a la gente que apoya a los inmigrantes que se queden en casa y no vayan al trabajo. En Washington, D.C., hay una manifestación enorme. La cámara recorre a la multitud que ondea banderas estadounidenses y mexicanas y grita la consigna "¡Sí, se puede!", la cual Tyler interpreta con orgullo para su familia. *Yes, we can! Yes, we can!*

Y eso pone nerviosa a mucha gente, incluso a los padres de varios de los chicos del club 4-H, que sacan a sus hijos del viaje. ¿Qué tal si hay disturbios? ¿Qué tal si hay una huelga paralizadora y no pueden regresar a Vermont? Cuando cinco chicos cancelan el viaje, éste se pospone hasta que las cosas se tranquilicen.

A Tyler le sorprende no sentirse todavía más decepcionado al ya no tener la oportunidad de ir a Washington. Quizá la energía de aquellos manifestantes en pro de la libertad de la tele sea contagiosa. Como dijo el Sr. Bicknell en clase el otro día, la función de la libertad es liberar a alguien más.

Mientras tanto, el Sr. Cruz ha permitido que sus hijas vuelvan a clases. Mari está en el séptimo cielo. —Hablamos con ella anoche —le dice a Tyler una mañana mientras esperan el autobús. Antes de enviar cualquier cantidad de dinero a los coyotes, su papá insistió en hablar con su esposa. Después de todo, podría tratarse de una horrible trampa—. Dijo que nos quiere mucho. Que nos vería pronto. Que siguiéramos rezando con toda nuestra fe. —Mari está en tal estado que, incluso durante las clases, Tyler se da cuenta de que sus pensamientos se encuentran muy lejos.

Pero entonces, una sorpresa más, y no de las buenas. Al anochecer, Mari está sollozando en los escalones de atrás de su tráiler. Resulta que mil quinientos dólares sólo consiguen que dejen libre a su madre a media calle en ese pueblo perdido de Texas donde la tienen presa. Si el Sr. Cruz quiere una "entrega a domicilio" hasta Carolina del Norte, por decir algo, adonde los coyotes ya tienen pensado enviar una camioneta llena, eso serían otros quinientos dólares que habría que conseguir.

Tyler no tiene que pensarlo dos veces. Ha ahorrado tal cantidad para el viaje del club 4-H que por ahora se ha pospuesto. —Dile a tu papá que yo se lo puedo prestar —le dice a Mari. Esa tarde en la sala de ordeña, el Sr. Cruz va adonde Tyler está alimentando las vacas que aguardan la entrada. Le da a Tyler un apretón de manos. —Gracias —dice con la voz cargada de emoción—. Usted es un hombrecito bueno.

Tyler no necesita que Mari interprete las palabras de su padre. Es como el cumplido que le hizo el Sr. Bicknell la noche de la reunión municipal. Por lo menos en esta ocasión, puede que no sea un hombrecito bueno, pero está mejorando.

*       *       *

Cuando Tyler entra a casa esa noche, su mamá trae una sonrisa de oreja a oreja. —¡Y ahora, qué! —pregunta él. Incluso él puede escuchar el *interrobang* en su voz.

—Tu tía Roxy acaba de llamar. Se siente pésimo de haber olvidado tu cumpleaños. Ellos estaban organizando una fiesta muy grande al estilo Mardi Gras en Nueva Orleáns, y luego volaron a Brasil a comprar los disfraces de Carnaval usados de este año para su tienda en Internet. De cualquier forma, nos pusimos a hablar de que no ibas a poder ir a Washington, D.C., y quieren que los llames, *okay*?

A Tyler se le va el alma a los pies. Ya sabe lo que le espera. Su tía y su tío van a querer llevarlo a Washington, D.C., pero él ya prestó el dinero que tenía para su viaje. Creyó que no iba a tener que mencionarles nada a sus padres hasta que el Sr. Cruz le devolviera el dinero.

—No es nada malo —le dice su mamá, pero Tyler todavía debe tener cara de preocupación porque ella va y le cuenta la sorpresa—. Bueno, el viernes por la noche, Ben te va a llevar a Boston... y luego el sábado, tú y el tío Tony y la tía Roxy y a quien tú quieras invitar ¡irán todos juntos a Washington, D.C.! ¿No es fabuloso?

—¿Cuánto va a costar? —Tyler quiere saber.

—Ellos pagarán por todo. Es lo que quieren regalarte de cumpleaños. —Su mamá de pronto se detiene y le examina la expresión de la cara—. Creí que estarías muy emocionado.

Tyler asiente con entusiasmo, pero su mamá no parece estar muy convencida. —No sé que te pasa, Tyler Maxwell Roberge. Hace un rato hubieras hecho cualquier cosa por ir a Washington, D.C., y ahora te da igual. —Ella niega con la cabeza como hace ante los caprichos de Sara—. De todas maneras, decidas lo que decidas, por favor llama a tu tía Roxy y tu tío Tony, porque les dije que llegarías muy pronto. Y por favor, actúa como si estuvieras sorprendido, *¿okay?* Y dales las gracias, porque fue muy generoso de su parte. No sólo por el dinero, sino por el tiempo; ya sabes lo ocupados que están.

El alivio y la incertidumbre se pelean terreno dentro de la cabeza de Tyler mientras marca el número de sus tíos.

—¡Vaya, vaya, es el chico del cumpleaños! —dice su tío. Muy pronto tía Roxy está en la otra extensión cantando "Feliz cumpleaños". Tío Tony se le une. Cantan dos estrofas completas.

—¿Vas a perdonarnos la vida? —tía Roxy suena como si hubiera cometido un verdadero crimen, no sólo haber olvidado el cumpleaños de su sobrino.

—No debería —se entromete el tío Tony—. Henos aquí, dando fiestas para todo el mundo ¡y olvidamos a nuestro propio sobrino!

—¿Cómo contentarlo? —tía Roxy quiere saber.

Hablan de acá para allá, como en las comedias de la televisión. Lo único que Tyler tiene que hacer es observar desde bastidores. Cuando le cuentan del regalo que le tienen preparado, ésa es su señal para entrar en escena. El actúa como si se sorprendiera. —Muchísimas gracias —dice, conmovido.

—Así que nos vemos en unos días, amigo —confirma el tío Tony. Está a punto de colgar, pero tía Roxy le recuerda—: Espera, se nos olvidó preguntarle.

—Tyler, ¿te gustaría invitar a alguien? Pensé en tu hermana —sugiere tía Roxy—. Es decir, hay lugar. Pero es tu regalo de cumpleaños, así que ¿quizá preferirías invitar a un amigo?

—Sí —Tyler acepta la oferta al vuelo. Preferiría mil veces invitar a un amigo. A Sara le gustaría ir de compras. Le gustaría ir a restaurantes elegantes donde no sirven hamburguesas ni cocas—. ¿No importa que sea una niña?

Hay una leve vacilación, un *interrobang* en ambas extensiones. Luego su tío y su tía dicen al unísono: —Sí, ¿por qué no?

Hay algo más. Tyler respira hondo. Él ha estado recibiendo un mes lleno de sorpresas, así que ahora es su turno darle una sorpresa a alguien más. —¿Les importa si en lugar de eso vamos a Carolina del Norte?

—¡Carolina del Norte! —tío Tony no trata de disimular el desconcierto en su voz.

—¿Qué hay en Carolina del Norte? —su tía suena igualmente desconcertada.

—Durham —les dice Tyler. Sus tíos sueltan la carcajada, pensando que se trata de una broma.

✳   ✳   ✳

De vuelta en el establo, el Sr. Cruz termina su trabajo en la sala de la ordeña. Tyler trata de explicarle su plan usando las pocas palabras que sabe en español. Su tío y su tía le han ofrecido un viaje para las vacaciones de primavera. Tyler finge conducir un auto. Él les ha pedido que lo lleven a Carolina del Norte, para poder recoger a la Sra. Cruz y traerla de regreso a Vermont.

Carolina del Norte, Sra. Cruz, Vermont: el Sr. Cruz ata suficientes cabos como para comprenderlo. Su cara se ilumina de tal alegría que Tyler no puede evitar sonreír. El Sr. Cruz agarra a Tyler por el brazo y hace un gesto hacia el tráiler.

Necesitan que Mari les ayude a interpretar para poder arreglar los detalles de esta maravillosa sorpresa.

Tan pronto como entran, el Sr. Cruz asiente con la cabeza para que Tyler repita lo que le dijo en el establo. Al recordar las miradas que el Sr. Cruz le ha lanzado últimamente, Tyler duda que le dé permiso a Mari de acompañarlo en su viaje de cumpleaños. Así que repite la invitación, sin especificar cuál de los Cruz será su invitado especial.

—Mi papá te da las gracias. —De pronto Mari habla en inglés con Tyler—. Dice que a él le gustaría ir, pero que necesita seguir trabajando para poder pagar su deuda contigo. Dice que sería difícil que mi tío hiciera toda la ordeña él solo. Mi papá dice que sería mejor —si tu tío y tu tía lo permiten— que fuera yo.

¡Su tía y su tío llevándolo a Carolina del Norte para recoger a la mamá de Mari? ¡Su papá dando permiso a Mari!

Abril definitivamente está resultando ser el mes de los *interrobangs*. En cualquier instante, Tyler espera que alguien salte y le diga: ¡SORPRESA!

Pero hasta ahora nadie lo ha hecho.

Queridos papá, tío Armando, Ofi y Luby,

Ya estamos en Boston y ¡mañana estaremos de vuelta en casa! Sé que los veré antes siquiera de que reciban esta carta. Pero mi corazón rebosa de todas las cosas que han pasado desde que me fui.

Papá, como tú leerás esta carta, sabrás qué omitir para que mis hermanas menores no lo escuchen. Cuando hemos hablado contigo durante el viaje desde el teléfono celular de la tía y ahora desde su casa, no he querido contarte gran cosa. No quería que las llamadas costaran mucho dinero y tampoco quería afligir a mamá, que siempre está cerca.

Por favor no te asustes cuando la veas. Está tan flaquita que creo que a las dos nos cabe la misma ropa. Tiene marcas en los brazos y en la cara, pero si le preguntas qué le pasó, sólo se suelta a llorar. Eso es lo peor, lo trastornada y nerviosa que está. Cualquier ruidito, brinca. Cualquier cosita, llora. No sé qué hacer, excepto repetirle una y otra vez que está a salvo, que todo saldrá bien, que muy pronto estaremos reunidos otra vez como familia.

La tía, la Sra. Mahoney, me lleva y me habla aparte. (Dice que la llame Roxy, pero no puedo acostumbrarme.) Me dice: —María, tenle paciencia. Tú mamá ha pasado por tantas cosas. —Apenas ahora, ella y el Sr. Mahoney se han enterado de toda la historia.

Cuando acabábamos de llegar a Boston, la Sra. Mahoney dijo que ya había recibido tres llamadas de la mamá de Tyler. La Sra. Roberge había comenzado a preocuparse de que íbamos a recoger a mamá en Carolina del Norte. ¿Qué tal si nos detenían de regreso a Vermont?

Sara se quejó. —Lo único que puedo decirte, es que te estoy eternamente agradecida, hermanito, por no dejarme en casa lidiando con los nervios de mamá. —A última hora, Tyler había accedido a invitar a su hermana. Pero Sara había prometido no sacar el tema de las compras o de ir a comer a un restaurante con manteles.

—Tu mamá, ya saben que la adoro —la Sra. Mahoney les lanzó una mirada comprensiva a sus sobrinos— pero, ay, es una doña angustias. ¡Me sorprende que ustedes hayan salido tan aventureros!

—Vaya que sí. —Sara deja escapar un largo suspiro.

—Quiere que la llames. —La Sra. Mahoney le pasó el teléfono a Tyler—. Dile que nos irá bien. Sólo recogeremos a la mamá de Mari y luego iremos a visitar los lugares de interés.

—Los lugares de interés de Durham —dice el Sr. Mahoney con voz de locutor de radio, guiñándole un ojo a la Sra. Mahoney.

Tyler me lanzó una mirada de pánico, luego marcó el número de Vermont. —Mamá, no es la gran cosa —seguía diciendo—. Sólo recogeremos a la Sra. Cruz y la traeremos a casa. —Después, él me dijo que ella le hizo prometer que no habría nada de gato encerrado.

Lo que Tyler no le dijo a ella fue que yo llevaba un sobre con el resto del dinero para los coyotes. Lo que no le dije a Tyler fue que yo estaba tan preocupada ¡como su mamá! Pero no podía dejar que se diera cuenta. Yo tenía miedo de que su tío y su tía pudieran cambiar de parecer acerca de recoger a mamá, si se enteraban de que la tenían secuestrada.

Tyler me aseguró que a su tío y su tía probablemente les encantaría saber que en realidad íbamos a rescatar a mi mamá. —Ellos antes tenían unos trabajos muy peligrosos —me dijo—. ¡Mi tío era como una especie de guardaespaldas en un bar y mi tía tenía que usar patines para huir de los malhechores!

Fuimos en coche desde Boston y llegamos a Durham ya tarde el lunes por la noche. De inmediato, conseguimos un motel con dos habitaciones contiguas. No te preocupes, papá. Una habitación era para Tyler y su tío y la otra para nosotras. Papá, ya sé que en México se acostumbra ser muy estrictos cuando una niña y un niño están juntos. Pero, como te dije, papá, no se trata de eso entre Tyler y yo. Sólo somos amigos especiales.

Nuestro cuarto tenía dos camas, así que Sara y yo compartimos una y la Sra. Mahoney la otra. Una vez que apagamos las luces, ellas estuvieron hable que hable sobre ropa y maquillaje e ir de compras y unas fiestas gigantes que organizan la tía y el tío. (¿Podrías imaginarte que tu *trabajo* fuera dar fiestas?) Sara le contó todo sobre su novio más reciente, quien preferiría ser un indígena norteamericano. La tía la escuchó y le dio buenos consejos. Incluso hasta me pidieron mi opinión. A mí, quien apenas va a cumplir doce años y a quien no le permitirán tener novio hasta que tenga ¡al menos veinticinco! ¿Verdad, papá?

Finalmente, Sara y su tía se quedaron dormidas. Yo también estaba cansada, pero no pude dormir de las ansias que tenía de ver a mamá al día siguiente.

Nos despertamos una mañana cálida y soleada, pues ya era primavera en Carolina del Norte. Después del desayuno, nos subimos al coche. Yo había metido el dinero en mi mochila para dárselo a los coyotes cuando recogiéramos a mamá. Pero primero teníamos que encontrar la estación de autobuses donde nos habían dicho que nos verían cuando les enviáramos la otra mitad.

Los Mahoney manejaron lentamente por una y otra calle. Era un barrio venido a menos, cerca de donde quedaba nuestro antiguo apartamento. Me senté en el asiento trasero, entre Tyler y Sara, tratando con todas mis fuerzas de actuar como si no pasara nada. Pero estaba tan nerviosa que me hacía falta el aire. Estaba segura de que me iba a desmayar. O peor aún, vomitar.

Finalmente encontramos la estación de autobuses. Antes de salir del coche, la Sra. Mahoney sacó unos globos y matracas y paquetes de confeti de una bolsa de compras que había traído estampada con el nombre de Perfectas Parrandas. —Para darle la bienvenida a tu mamá —explicó. Se veía tan satisfecha consigo misma que no supe qué decir. De una cosa estaba segura: a los coyotes no les iba a parecer nada bien que armáramos una gran bienvenida.

—Creo que es mejor que Mari esté a solas con su mamá —Tyler salió en mi defensa. ¡Me sentí tan agradecida con él!—. No la ha visto en todo un año.

Todo un año, cuatro meses y cuatro días, para ser exactos.

—Oh, *okay* —dijo la Sra. Mahoney. Sonaba tan desilusionada como una niña a la que le piden que guarde sus juguetes—. ¿Quieres entrar y ver si tu mamá ya está aquí? —me preguntó, volviéndose hacia mí en el asiento trasero.

—Primero tengo que hacer una llamada —expliqué. Fue la manera más amable en que se me ocurrió pedirle prestado el celular a la Sra. Mahoney.

—¿Llamar a quién? —preguntó la Sra. Mahoney.

No quise decir mentiras, papá. Pero tampoco iba a decirle que los coyotes nos habían dado instrucciones de llamar una vez que llegáramos a la estación. Así que sólo le dije: —A la gente que va a traerla.

Menos mal que eso bastó como explicación. Me pasó su teléfono rosado, que tenía unas teclas tan pequeñitas que yo seguía apretando las que no eran con mis dedos temblorosos.

Tú les habías dicho a los coyotes que sería tu hija la que recogería a mamá. Pero con todo y eso, la voz áspera al otro extremo parecía sorprendida de escuchar a una niña. Lo bueno fue que nuestra conversación fue en español, así que pude hablar sin asustar a nadie más en el coche.

Me dio la última parte de las instrucciones. Debía esperar dentro de la estación, atenta a la puerta de vidrio. Cuando se acercara una camioneta Chevy gris, yo debía salir sola con el dinero y entregárselo al chofer, que entonces me entregaría mi paquete. ¡Vaya manera de hablar de mamá!

—Nuestro amigo dice que espere a mamá adentro —dije.

—¿Se va a demorar un poco, tal vez? —El Sr. Mahoney quiso saber—. Podríamos ir a dar la vuelta y ver algunas de las atracciones de Durham. —De nuevo, le guiñó un ojo a la Sra. Mahoney, pero esta vez ella no se rió. Parecía preocupada, como si comenzara a sospechar que algo no andaba bien.

Ay, papá, no supe qué hacer o decir. Pero, por segunda vez, le estuve tan agradecida a Tyler. Él abrió su puerta y salió deprisa, diciendo por encima del hombro: —¡Ven, me estoy mareando de estar nada más aquí sentado!

Seguí a los demás a la estación de autobuses. Estaba casi desierta a las diez, un martes por la mañana. Los Mahoney se echaron a caminar por allí, leyendo los letreros en varios tableros de anuncios. Tyler y Sara recogieron un montón de panfletos de un estante sobre actividades divertidas en el área. Se sentaron en unos asientos de plástico y empezaron a revisarlos. Mientras tanto, me quedé apostada junto a la puerta.

La espera me pareció infinita. Pero una vez que llegó la camioneta al estacionamiento, ¡había llegado demasiado pronto! ¿Cómo se suponía que debía yo salir por la puerta y atravesar el estacionamiento cuando sentía los pies pegados al piso?

—¿Ya llegó? —Tyler se me había acercado por detrás. Sara y los Mahoney se nos unieron.

—Será mejor que vaya sola —les expliqué, abriendo la puerta de un empujón—. Ahora vuelvo —dije en la voz más despreocupada que pude. No sé que hubiera hecho si ellos hubieran tratado de seguirme.

El sol brillante me cegó, después del ambiente sombrío de la estación. La camioneta estaba estacionada con el motor prendido al otro extremo del estacionamiento, lista para arrancar y salir de allí. Caminé lentamente, el sobre del dinero dentro de la mochila que sostenía en los brazos. La abrazaba con tal fuerza, que era lo único que prevenía que el corazón latiente se me saliera del pecho.

Cuando el chofer bajó la ventana, yo esperaba a medias ver a un monstruo horrible. Pero era tan sólo un mexicano de lentes oscuros que reflejaban mi cara asustada. Llevaba el pelo estirado toscamente hacia atrás para formar una cola de caballo, como si no se hubiera molestado en peinárselo primero. Tenía el labio superior y la barbilla cubiertos de una barba negra de tres días, como si fuera a dejarse crecer la barba y el bigote, pero no cuentes con ello.

—¿Y el dinero? —me dijo a manera de saludo. Le hacían falta mejores modales, un corte de pelo, una afeitada, una vida distinta.

Saqué el sobre y él lo agarró y se lo aventó a un hombre de más edad que iba sentado a su lado.

—Primero lo contamos —dijo y comenzó a subir el vidrio.

Pero mis ojos ya se habían fijado en el asiento trasero. Ahí estaba, ¡mamá! De repente olvidé mis miedos y grité: —¡Mamá! ¡Mamá!

—¡Mija! —gritó como respuesta.

—¡Silencio! —El chofer se había vuelto, la mano alzada como si estuviera a punto de golpear a mamá si no se callaba.

Los ojos de mamá se agrandaron de terror, como cuando suben una vaca al tráiler que va camino al matadero. Pero por encima del miedo, pude distinguir algo más. Ella estaba absorbiendo cada centímetro de mi cara, con un amoroso asombro, antes de que se cerrara la ventana, separándonos una vez más.

Después del minuto más largo del mundo, pude escuchar una voz gritar: —Está completo. —El vidrio se volvió a bajar, esta vez sólo a medias—. Camina alrededor y recoge tu paquete al otro lado —ordenó el chofer.

Entonces de veras que me entró miedo. Hasta entonces, los Mahoney y Sara y Tyler podían verme desde la puerta de la estación. Pero una vez que caminara alrededor, al otro lado de la camioneta, sería como cuando los astronautas pasaban por detrás de la luna. Nadie podía comunicarse con ellos, según Tyler. Esos criminales podrían agarrarme y también secuestrarme.

De alguna manera, mis pies obedecieron. Al dar la vuelta a la camioneta por el frente, la puerta lateral se abrió y sacaron a mamá de un empujón. Ella se tambaleó y, si no me hubiera apresurado a agarrarla, se hubiera caído al suelo.

—Mi bolsa —gritó. Pero la puerta ya se había cerrado de un portazo y la camioneta salió chirriando de allí.

Mamá parecía indecisa sobre si correr detrás de ésta, rogándoles que le devolvieran su bolsa. Pero la agarré de la mano y le dije: —Vámonos, mamá. —Pronto, ambas atravesábamos corriendo el estacionamiento, justo cuando Tyler y Sara y los Mahoney salían de la estación.

—¿Todo bien? —la Sra. Mahoney quiso saber.

—Vámonos, por favor —les rogué. Creo que todavía tenía miedo de que esos hombres horribles regresaran y nos dispararan o nos llevaran a mí y a mamá.

No se los tuve que pedir dos veces. Resulta que, en los breves minutos en que estuve en el estacionamiento, Tyler les había confesado a los

Mahoney que no eran exactamente unos amigos los que iban a entregarme a mamá. Nos metimos como pudimos en el coche y salimos de allí. —Lo único que te pido —dijo finalmente la Sra. Mahoney, una vez que estuvimos lejos de la estación—, es que no le digas ni una palabra de esto a tu madre o jamás te permitirá quedarte conmigo otra vez.

—No te preocupes —prometió Sara.

Mientras tanto, mi mamá temblaba y lloraba y parecía tan confundida. No sabía dónde estaba o por qué ella y yo estábamos en un coche lleno de gente extraña. —Son amigos —le seguía yo diciendo. Pero ella me miraba con esos ojos aterrados como si no lo creyera.

Ninguno de nosotros sabía cómo tranquilizarla.

—Quizá debíamos llevarla de compras —ofreció Sara—. Comprarle algo muy lindo —hasta yo me reí, nerviosa como estaba.

Tyler fulminó a su hermana con la mirada. Ella había olvidado su promesa. —Creo que deberíamos llevarla a la sala de urgencias y darle medicina —replicó él.

La tía negó con la cabeza. —Lo que menos necesitamos es que llamen a las autoridades y la detengan. ¿Te imaginas? —Esta última pregunta iba dirigida a su esposo, que miró por el espejo retrovisor para ver si nos lo estábamos imaginando. ¡Mamá se moriría si la metieran en la cárcel, después de todo lo que le ha pasado!

De pronto, recordé todas las fotos que Alyssa había tomado y que yo había metido en mi mochila al último instante. Las saqué y se las enseñé una por una. Mamá me las arrebató y se las comía con los ojos: papá y Luby y Ofi y yo de pie afuera del tráiler con nuestras chamarras de invierno. Ofi y Luby y yo con Tyler y la abuela. La abuela y el Sr. Rossetti con Luby entre ellos sosteniendo sus dos perritos de peluche. Mamá seguía acariciando cada foto, pronunciando los nombres que sabía una y otra vez.

Cuando llegó a la de tío Felipe y abuelota y abuelote sentados en una banca del jardín del pueblo, mamá se sorprendió. Por supuesto, no tenía manera de saber que tío Felipe estaba de vuelta en Las Margaritas. —Ah, sí —le dije—. Fue de visita. —Ya habría tiempo después para ponerla al tanto de los tristes detalles.

Luego, en parte por ella para que se sintiera segura, pero también por mí, le pregunté al Sr. Mahoney si podríamos pasar por nuestro antiguo apartamento. A medida que las calles se volvieron familiares, mamá comenzó a mirar hacia fuera por las ventanas, señalando la pequeña tienda de abarrotes donde siempre compraba nuestra comida mexicana, la iglesia católica con la estatua de la Virgen de Guadalupe donde antes íbamos a misa. Había mexicanos en la calle. Admito que sentí nostalgia al pensar en todo lo que habíamos dejado atrás.

—¿Por qué quiso tu papá que se cambiaran? —preguntó mamá, como si pudiera leerme el pensamiento.

Así que le expliqué sobre el empleo nuevo, el trabajo estable, cómo se nos había presentado la oportunidad de vivir en la misma granja donde trabajamos, con unos patrones maravillosos que nos trataban como si fuéramos de la familia. Le presenté a cada uno de los que iban en el coche y le expliqué quiénes eran. Por primera vez, la cara de mamá se relajó, y les dio a Sara y a Tyler una sonrisa enorme. Fue cuando me di cuenta de que le hacían falta varios dientes. No quise ni pensar en cómo los había perdido.

—Te dejamos el nuevo número telefónico del patrón en el apartamento —proseguí a explicarle. Me preocupaba que sintiera que nos habíamos ido sin dejarle un recado.

—Ya lo sé, mija —dijo mamá, asintiendo. Comenzó a llorar de nuevo, pero no tan agitada y aterrada como antes. Era un llanto triste y suave mientras me contaba todas las cosas que le habían pasado. Como si sus lágrimas permitieran que esa historia saliera de su interior. Papá, estoy segura de que mamá te lo contará con más detalle. Lo digo porque a veces me mira como tratando de decidir cuánto o qué decirme. Pero como ella dice, me he convertido en una señorita en su ausencia, así que puede confiarme la información propia de adultos.

Resulta que después de que mamá se separó de mis tíos, se encontró con el coyote que iba a pasarla por la reservación. Pero de camino, los asaltó otra banda de criminales. Mamá era ahora propiedad de estos nuevos coyotes. La llevaron ante su líder y... aquí es donde mamá titubeaba y parecía indecisa sobre qué contarme. —Me obligó a ser su... criada —dijo, escogiendo cada palabra con cuidado—. Tenía que hacerle la comida y encargarme de su ropa y hacer lo que me dijera. Me amenazó conque si trataba de huir, no sólo me hallaría y me mataría, sino que también localizaría a mi familia y les haría lo mismo a ellos.

Agachó la cabeza por un momento, como si de sólo pensarlo unas puñaladas de miedo la recorrieran de pe a pa. Yo también sentí miedo.

— ¿Se siente bien? —susurró Sara a mi lado.

Asentí. No quería interrumpir el flujo de la explicación de mamá con una interpretación. Era importante que ella contara su historia, para no tener que cargarla a solas en su interior.

—Hace unos ochos meses —continuó mamá—, el coyote jefe tuvo que ir a su base de operaciones en México. Dejó encargado a un

hermano que no me vigilaba tanto. —Fue
entonces que mamá comenzó a hacer llamadas
a escondidas. Cuando llamó a nuestro
apartamento en Carolina del Norte, se enteró de
que nos habíamos mudado a Vermont y que
habíamos dejado un número. Pero cada vez que
mamá llamaba a ese número, un extraño
contestaba el teléfono en inglés. Una vez fue una
niña que dijo algo en español y mamá se
emocionó tanto... Pero para ese entonces, el jefe
ya había vuelto y la cachó al teléfono y le dio la
paliza de su vida. —Me tumbó dos dientes —dijo
mamá, abriendo la boca para enseñarme lo que yo
ya había visto.

—Comencé a perder la esperanza —admitió
mamá—. Dejé de pensar en escapar. Sólo quería
evitar que me hicieran daño o que pusiera en
peligro a cualquiera de ustedes —se detuvo y me
miró con los ojos más tristes del mundo. Ay, papá,
eso sólo hizo que mis propios ojos se enlagunaran y
nos abrazamos por un momento y lloramos juntas.

Todos en el coche iban callados y respetaron
nuestro espacio. Era como si supieran que mamá
estaba reviviendo momentos horribles. Ésa es otra
razón por la que te escribo esta carta, papá. Para
que mamá no tenga que repetir esta parte de la
historia hasta que se sienta más fuerte.

Un día, la esposa del jefe vino desde México.
Por alguna razón, esa señora se puso furiosa al

encontrar a mamá en esa casa. Fue la única vez en que mamá vio a ese coyote gángster asustado. La esposa hizo que el esposo enviara a mamá a otra de sus casas, con instrucciones de ponerse en contacto con sus parientes y cobrar el pago de su entrega. —Deshazte de ella de una u otra forma —le dijo la esposa. Mamá estaba segura de que ésa sería su sentencia de muerte. Sobre todo cuando se enteró por medio de sus otros captores de que a ti, papá y a mis tíos, se les estaba dificultando conseguir tanto dinero.

Luego, de un día para otro, era como si la misma Virgen de Guadalupe hubiera acudido a su rescate. (¡Todas las oraciones que hice y todas las velas que prendí!) Se les informó a mamá y a los otros mexicanos que estaban en esa casa que se alistaran, que en una hora se irían a Carolina del Norte. Todos tuvieron que ir acostados en la parte trasera de la camioneta bajo un piso falso, durante tres días, mientras que los coyotes manejaban y manejaban. Por los comentarios de los demás, mamá se enteró de por qué la urgencia en llevárselos. Había habido una redada en una de las casas de la banda y estaban bajo órdenes de arriba de que entregaran el cargamento lo antes posible.

Cuando el coche de los Mahoney se detuvo en el estacionamiento del motel, mamá y yo levantamos la vista, confundidas. Ambas

habíamos estado tan embebidas en su historia,
como si estuviéramos dentro de esa camioneta,
juntas, tratando de respirar aire suficiente.

¡Pero ahí estábamos, juntas y a salvo, rodeadas
de amigos! Sentí una oleada de alivio y felicidad.

—Thank you —les dije con todo mi corazón a
todos los que iban en el coche.

—Gracias, muchas gracias —coincidió
mamá—. Diles —me dijo en español— que les
debo la vida —lo cual interpreté al inglés.

—¿De veras la iban a matar? —preguntó
Tyler, con la voz llena de admiración.

Me volví para mirarlo de frente. —Mejor te lo
cuento después —le dije en voz baja.

Los ojos azules de Tyler miraron directamente
a los míos y me di cuenta de que él comprendía:
yo no podía hablar enfrente de mamá, incluso si
era en otro idioma.

La tía se volvió desde el asiento delantero.

—Creo que debemos llamar a tu papá —me
recordó—. Sé que estará esperando tu llamada.

Nos comunicamos justo cuando ustedes
estaban sentados a la mesa para comer. ¡No tengo
que decirte lo jubilosa que fue esa llamada! Con
mucho tacto, la tía, el tío, Tyler y Sara salieron
silenciosamente del coche, permitiéndonos que
tuviéramos esa reunión privada. Todos lloramos y
reímos y hablamos, tomando turnos. Fuiste tú,
papá, quien tuvo que recordarnos que no

abusáramos de la generosidad de nuestros amigos al prestarnos su teléfono celular.

Su generosidad no ha parado allí. Esa misma tarde, nos dejaron a la tía, a Sara, a mamá y a mí en el centro comercial, lo que hizo que Sara se pusiera muy contenta. Tyler estuvo conforme porque tuvo la oportunidad de ir al Museo de Vida y Ciencias con su tío. La tía le compró a mamá ropa interior y un cepillo de dientes y algunas cositas que tuvo que dejar en su bolsa. Mamá seguía diciendo que no tenía dinero, pero la tía le dijo que no se preocupara. Más tarde, la tía y el tío nos llevaron a todos a cenar a un restaurante mexicano, para que mamá probara comida que realmente le gustara. Necesita comer y fortalecerse.

En el curso de los últimos días, la he visto calmarse como uno de esos gatos salvajes de establo al que acaricias y acaricias hasta que se recuesta en tus piernas, ronroneando. Y, ¿recuerdas esas cartas, papá, que me pediste que no enviara a Carolina del Norte? Las llevaba conmigo. Mamá ya las ha releído media docena de veces y, cada vez, sonríe dulcemente, tan orgullosa de mis historias.

Sólo de noche la perdemos de nuevo. Mamá sigue llorando entre pesadillas. La zarandeamos para que se despierte y le toma un minuto o más para darse cuenta de dónde está y quiénes somos.

Y luego llora de nuevo. Eso me hace sentir mal porque sé que ni la tía, ni Sara, han podido dormir bien todo el camino de regreso a casa.

En el viaje de regreso, la tía y el tío le habían organizado una sorpresa maravillosa a Tyler. Habían hecho planes para que pasáramos un día y medio en la capital de la nación después de todo. Eso me puso muy contenta porque sabía que Tyler había cedido su deseo de cumpleaños para ayudarnos a traer a mamá a casa. Ahora, él iba a poder recibir un poquitín de lo que había deseado.

Papá y Ofi y Luby y tío, ¡ojalá todos nosotros podamos algún día visitar esta hermosa capital! Hay tantos edificios majestuosos y fuentes y jardines hermosos y museos llenos de todo lo imaginable. Lo que Tyler quiso ver primero fue el Museo Nacional del Aire y del Espacio. Vimos el espectáculo más increíble en un teatro que se conoce como el planetario, que hacía que sintiéramos que íbamos a toda velocidad hacia las estrellas. Mamá seguía suspirando y haciendo la señal de la cruz. Después, tuvo mil preguntas.

—¿De veras? —seguía repitiendo después de que yo le interpretaba a cada dato. ¿Era cierto que el universo había comenzado con una gran explosión? ¿Qué aquellas estrellas estaban a millones de millones de años de distancia? Me entristece que mamá y que tú, papá, no hayan podido estudiar más allá del sexto grado, porque ambos tienen tantas ganas de aprender. ¡Habrían sido unos estudiantes sobresalientes!

Incluso hicimos una visita a esa casa blanca grande donde vive el presidente. Mamá no podía creer que estaba dentro de la casa de un presidente, no para limpiarla, ¡sino como turista! Era difícil prestar atención a lo que decía el guía porque, a cada instante, esperaba toparme con el Sr. Presidente. Me seguía preguntando si habría recibido mi carta... no que me atrevería a preguntárselo. Pero nunca lo vimos a él ni a su esposa ni a sus dos gemelas bonitas. Más tarde, la tía y el tío explicaron que las visitas guiadas sólo incluyen los cuartos abiertos al público. Uno nunca llega a acercarse a la residencia del presidente y su familia.

Pasamos el resto del tiempo caminando por la ciudad. Sara ni se quejó, ni pidió ir de compras. Pero no vimos a ningún manifestante como habíamos visto por televisión. Las calles estaban tranquilas y llenas de gente disfrutando del hermoso tiempo primaveral. Había tantas flores por dondequiera, como si la naturaleza celebrara sus propios quince años.

En un principio, mamá se aferraba a mi mano, temerosa de que la arrestaran. Pero muy pronto ella también se relajó, como si se diera cuenta de que ésta no sólo era la capital de un país, sino el hogar de todos aquellos que aman la libertad.

Uno de los lugares que visitamos fue un muro de piedra, grabado con los nombres de miles y miles de soldados que pelearon y murieron en una guerra no muy lejana. La piedra era negra y brillante, así que uno podía ver su propio reflejo así como los árboles en flor y las nubes del cielo. Caminamos silenciosamente por un camino sinuoso junto al muro, como si fuéramos hacia el centro de la tierra misma, para dar gracias a los soldados que habían muerto por nosotros. De vez en cuando, un visitante se detenía y, con la cabeza agachada, tocaba un nombre, susurraba una oración. Fue hermoso de una manera triste, solemne. La misma sensación como cuando cantamos "Las golondrinas" y pensamos en un hogar que quizá jamás volveremos a ver.

Mamá pareció comprender de qué se trataba ese lugar aun antes de que se lo explicara.

—Detrás de cada uno de esos nombres, hay una familia que sufre la pérdida de su ser querido.

—Suspiró y se detuvo para tocar ella misma el muro. Quizá pensaba en todos aquellos a quienes ella había dejado atrás. Sé que yo pensaba en cómo habíamos sufrido por ella durante su ausencia. Pero a diferencia de los nombres en ese muro, ella había vuelto con nosotros.

Viajamos hacia el norte al día siguiente y, mientras mamá y Sara dormitaban en el asiento trasero, yo miraba hacia fuera por la ventana. Las

266

hojas se retraían dentro de sus tallos, las verdes praderas se tornaban marrones, el airoso cielo se tornaba de un gris acerado y nublado. La primavera se convertía de nuevo en invierno.

Seguí pensando en mamá y todo lo que le había pasado. Cómo debemos tenerle paciencia. Cómo la tenemos ahora en nuestras manos, pero su espíritu todavía no está con nosotros. Cómo ella se parece a la golondrina, aún perdida en el viento que sopla, buscando un puerto seguro.

Pero, a diferencia de la golondrina de la canción, mamá regresará con nosotros. Por favor, *please*, créanmelo, papá, tío y hermanitas. Lo único que tenemos que hacer es esperar. Como la primavera que aún no ha llegado a Vermont. Pero la he visto y ya viene en camino.

¡Al igual que nosotros!

> Mamá les manda besitos y *kisses*
> junto con los míos,
> Mari

# primavera

(2006)

# LA GRANJA "DEVOLVER AL REMITENTE"

Para Tyler la primavera es la mejor época del año en la granja, pero en Vermont ésta no llega hasta mayo. Bueno, hay unos días cálidos en abril, en que los pequeños azafranes brotan de la sección sur del jardín alrededor de la casa. Mamá cuelga la ropa al sol y el viento la seca para el mediodía. Papá comienza a reparar cercas para poder sacar a apacentar los becerros, los novillos y las vacas no lactantes.

Una mañana, el aire abunda en trinos y, cuando Tyler se encuentra con Mari junto al buzón mientras esperan el autobús escolar, ambos dicen al unísono: —¡Ya volvieron! —Las golondrinas ya están aqui, justo a tiempo—. Creo que están gorjeando en español —dice Tyler de broma.

—¡Primavera, primavera, primavera! —canturrea Mari—. *Spring, spring, spring!*

Pero, como la frase estampada en un sobre con un dedo que señala el lugar de origen de la carta, esta primavera es del tipo "Devolver al remitente". Avanza un frente frío, arrojando una nevada. La escarcha descabeza los narcisos. Los charcos en los campos se convierten en hielo, reflejando el cielo gris.

Este año en particular, Tyler aguarda la primavera con impaciencia. Quizá se deba a que ya había comenzado a experimentar la primavera cuando viajaron al sur a Carolina del Norte, sólo para regresar al invierno de vuelta en Vermont.

Pero finalmente, esta vez de verdad, llega mayo con un día cálido tras otro. El único problema es la lluvia constante que hace que sea más difícil sembrar los campos. Pero incluso la lluvia no puede apagar el buen ánimo de Tyler. Durante todo el invierno la granja está en hibernación, únicamente la sala de ordeña y el establo bullen de vida. Pero al llegar la primavera, la granja deja escapar sus animales y sus olores y sus sonidos y los esparce por doquier. Comienza entonces el segundo trabajo del granjero: cultivar el alimento para dar de comer a las vacas durante el otoño y el largo invierno.

Ir a la escuela es una lata, porque hay tanto que hacer en la granja. Tyler se ve obligado a trabajar menos horas para el Sr. Rossetti. Una tarde a la semana le desbroza el jardín, le pasa el rastrillo, prepara los arriates de las flores y los deja listos para los bulbos que trajo la abuela con la intención de mejorar el aspecto de la casa del Sr. Rossetti.

Los fines de semana, él ayuda a su papá y a Corey y a Ben (¡que ya salió de clases!) afuera en el campo. Mientras tanto, les dejan las tareas del establo y la ordeña al Sr. Cruz y su hermano. Los dos grupos se encuentran de noche cuando uno llega del campo y el otro del establo, intercambiando brevemente cualquier información pertinente antes de dirigirse a casa cansinamente para cenar, quizá ver un poco de tele y luego irse a acostar.

En esas ocasiones Tyler se da cuenta de lo triste que parece estar el Sr. Cruz, en absoluto lo que Tyler había esperado después de aquella reunión eufórica hace algunas semanas. Al instante en que llegó el auto ese domingo por la tarde, Ofi y Luby salieron disparadas del tráiler y su padre de la sala de ordeña. Tyler creyó que tumbarían a la Sra. Cruz. Prácticamente la cargaron de vuelta al tráiler, y Tyler y su papá estuvieron de acuerdo en terminar la ordeña con Armando, para que el Sr. Cruz pudiera deleitarse los ojos mirando a su esposa flaquita.

Pero, según Mari, las historias que la Sra. Cruz ha estado contando a su esposo sobre su cautiverio deben ser realmente horrorosas, porque Mari no tiene permitido saber siquiera de qué se tratan. —A veces los escucho por las noches en la cocina... mi mamá habla y llora y mi papá llora junto con ella. —Luego, durante días después, su padre camina de un lado a otro con una mirada feroz, la mandíbula tensa y los puños cerrados. Cualquier cosita, y él se desquita con Mari y sus hermanas—. Las cosas están muy tensas en

273

casa —admite Mari—. Es decir, es fabuloso que mamá esté de vuelta, pero yo pensé, no sé, pensé que sería distinto.

Tyler asiente. Sabe exactamente a qué se refiere. ¿Quizá así sea la vida de los adultos? Una revoltura de cosas tristes y alegres. Su viejo truco de hacerse anteojeras con las manos ya no le funciona. Sabe demasiado en su interior. —Tú misma lo dijiste, Mari, hay que ser paciente y esperar —trata de consolarla.

—Ya lo sé —admite Mari, pero el decirlo no parece subirle el ánimo en nada.

❋     ❋     ❋

Para el Día de las Madres, la familia completa de Tyler se reúne en casa de la abuela para disfrutar de una gran cena, preparada por los hombres de la familia. A media comida, los hombres comienzan a confesarse. Resulta que el tío Larry pasó a recoger las costillas asadas en Rosie's. ("¡Lo sabía!", dice la tía Vicky, chupándose los dedos.) Papá compró el pastel en la panadería Shaw's y el tío Byron mandó a pedir el paté de una tienda de Burlington. (Todo el mundo lo devora hasta que la tía Jeanne anuncia que está hecho de hígado de pato.) Sólo el tío Armando realmente preparó los frijoles refritos. Mientras tanto, el Sr. Rossetti trajo dos docenas de cervezas y una botella de champán, que hace que las mejillas de la abuela se sonrojen como las de una niña.

Mientras se terminan el pastel, la abuela hace retintinear su vaso de agua. —Tengo algo que anunciarles —dice, con una sonrisa pícara.

Tyler se pone tenso. No ha pasado ni un año completo. Por más que se haya encariñado con el Sr. Rossetti, Tyler no está listo para que éste se case con la abuela.

Pero eso no es lo que la abuela quiere anunciar. —¡Me voy a México!

—¿Tú sola? —pregunta la tía Jeanne. Tyler no sabe si a su tía le preocupa que la abuela vaya sola a un país extranjero o que vaya a un país extranjero con un hombre que no sea el abuelo.

—¡Por supuesto que no! —la abuela deja escapar un suspiro de exasperación—. Me acompañará Martha. Vamos a llevar al grupo juvenil de la iglesia a Chiapas. Alyssa ha organizado todo para que trabajemos en la clínica donde ella ayudó como voluntaria.

—Pero, ¿para cuándo tienes pensado ir? —pregunta tía Jeanne. Tyler está seguro de que no importa cuándo diga la abuela que irá, tía Jeanne encontrará un sitio en Internet que advierta que ése el peor momento para visitar esa parte de México.

—No sé, en el verano. Tendremos que esperar a que todos los niños salgan del colegio.

Los invitados se quedan callados, digiriendo la información. Mari les susurra a sus padres y a su tío lo que está sucediendo. Sus rostros se desbordan de alegría. La abuela será la invitada especial de la familia. Podrá quedarse en la casa nueva que construyeron con el dinero que han estado ganando en los Estados Unidos.

—Bueno, creo que es algo muy emocionante y especial para los chicos —dice la abuela. Parece estar un poco ofendida de que nadie más que su familia mexicana parezca estar especialmente complacida con sus planes—. Ya ven que Alyssa dijo que fue una experiencia que le cambió la vida.

—¿Quién necesita que le cambien la vida a nuestra edad? —el Sr. Rossetti levanta la voz con ese tono de malas pulgas que Tyler no le ha escuchado desde aquella noche de la reunión municipal—. Elsie, ¿qué tipo de idea disparatada es ésa? Ya sé que de nada sirve tratar de hacerte cambiar de opinión. Pero, mecachis, voy a tener que acompañarte para echarte un ojo. —Es una declaración, pero la abuela la toma como una petición, la cual podría no ser aprobada.

—Un momento, Joseph, no tan rápido. Es un viaje de la iglesia, así que tendrías que volverte miembro para poder acompañarnos.

Una larga mirada pasa entre ellos. Tyler no está seguro de qué va a pasar. El Sr. Rossetti tose y toma un trago de su vaso. —¿Qué me ven? —espeta a la mesa.

—Vamos, vamos, me integraré a tu dichosa iglesia, santo cielo —le rezonga a la abuela, una vez que todos apartan la mirada. No resulta fácil tragarse el orgullo en público. Y el Sr. Rossetti ha tenido que comerse sus palabras con mucha frecuencia últimamente. Por lo menos la abuela las endulza gracias a sus maravillosas habilidades de repostera. El Sr. Rossetti se ve un poco más robusto y mucho más saludable y contento de lo que parecía aquella noche de la reunión municipal.

Ahora que la abuela ha dado su noticia, Ofi debe creer que ahora cualquiera puede anunciar algo. —¿Adivinen qué? —pregunta a la mesa—. ¡Mañana es el cumpleaños de Mari! Va a cumplir doce.

En un abrir y cerrar de ojos, todos están cantando "Feliz cumpleaños". Mari le lanza una mirada de enojo a su hermana y agacha la cabeza, avergonzada.

Su mamá se inclina sobre ella y le susurra algo al oído. Debe hacerla sentirse mejor porque Mari asiente, sonriendo.

—Mamá dijo que Mari podía escoger lo que quisiera para su cumpleaños. —Ahora le toca informar a Luby. Sus dos perritos están dormidos sobre sus piernas. Recientemente, Tyler ha notado que Luby a veces los deja en casa en lugar de acarrearlos a todas partes. Quizá ahora que ya es un poco mayor, Luby se da cuenta de que sus dos perritos de peluche no van a protegerla de las cosas malas que pueden suceder. Por alguna razón, eso hace que Tyler sienta nostalgia por algo que no puede describir a ciencia cierta.

—¿Adivinen qué? —continúa Luby. Por supuesto, nadie sabe qué es lo que se supone que deben adivinar—. Mari escogió un diario muy bonito con una llavecita para cerrarlo, ¡para que ninguna de nosotras pueda leerlo!

—¡Tú no sabes leer! —Ofi le recuerda a su hermana menor.

—¡Sí sé! Sé leer mi nombre. *L-u-b-y*. *Luby*. Sé leer *d-o-g*. *Doggie*. Sé leer...

—Eso no es leer —Ofi la interrumpe.

El Sr. Cruz mira fijamente a las dos hermanas mientras éstas se pelean. Ellas dejan de pelearse de inmediato.

Mientras tanto, Tyler se pregunta qué diantres podría

comprarle a Mari a última hora. No tiene mucho dinero que gastar. La mayor parte de su dinero todavía está prestado al Sr. Cruz. Pero, ¿qué tal un regalo especial que no cueste nada? Ha pasado mucho tiempo desde que tuvieron una sesión para mirar las estrellas. Hacía demasiado frío en aquellas noches invernales para estar afuera. Pero ahora las noches son tibias y fragantes. Las estrellas han cambiado de lugar y es divertido encontrarlas redistribuidas por el cielo. Boötes, el pastor, sigue las huellas de los dos osos con sus perros. La tímida Virgo entra en escena. La Osa Mayor vierte su luz. Leo, el león, ruge, contento de ser nuevamente el rey del cielo.

Al día siguiente, en la escuela, Tyler descubre por casualidad un sitio en Internet que te permite nombrar una estrella en honor a alguien. Y la mejor parte es que ¡es gratis! Sólo imprimes el certificado.

Esta noche, Tyler instalará su telescopio en la colina que está detrás de la casa de la abuela y sorprenderá a Mari con el certificado. Luego ellos podrán mirar la estrella ahora llamada oficialmente Mari Cruz. ¡Será la mejor sorpresa del mundo!

Ojalá que se despeje el cielo: tanto por la siembra de los campos como por Mari. Ella necesita recibir un montón de bendiciones del ancho cielo. Le dijo algo por el estilo a Tyler cuando admitió lo horrible que ha estado la situación en casa. Tyler le sigue recordando lo que siempre le decía el abuelo: "Siempre que te sientas perdida, mira hacia arriba".

Lo escribirá al dorso del certificado, junto con *Happy Birthday*. Su mente se atora al pensar en cómo firmarlo.

*Love, Tyler?* Siempre ha firmado todas las cartas que ha enviado de esa manera, automáticamente. Pero ahora, por alguna razón, la palabra *love* le parece mucho más emotiva que la palabra "cariño" en español. *Love* brilla como una estrella, aún sin nombre, en el cielo de su corazón.

❋ ❋ ❋

La noche del lunes, las nubes se convierten en lluvia. Tyler se dirige al tráiler con el certificado de la estrella y un vale bueno para ver las estrellas otra noche. Le sorprende que hoy, en la escuela, Mari no mencionara ningún tipo de celebración en su casa esta noche. Ven a partir el pastel y a tomar refrescos. Ven a celebrar con la familia. Ven, punto.

Pero la comprende. La Navidad pasada cuando Felipe estaba en la cárcel y Ben en aprietos y Sara se quejaba de que sólo porque su hermano estuviera castigado sin salir no era justo que a ella también la castigaran, Tyler no soportaba estar en casa, ni pensar en invitar a los amigos. Le encantaba huir a la casa de la abuela o al establo. Si el padre de Mari está tan malhumorado todo el tiempo y la mamá todavía pega un brinco de cualquier cosita y despierta a todos por las noches con sus gritos, es probable que Mari no quiera compartir sus problemas con el resto del mundo.

Y, sin embargo, Tyler no se considera a sí mismo como parte del resto del mundo, o al menos eso espera. Se han vuelto amigos especiales. Mari es una persona con la que puede hablar de cosas de las que ni si quiera puede hablar con la abuela o el Sr. Rossetti. Cosas de gente grande, como que lo que antes solía ser tan simple es ahora mucho más complicado. Su mamá le ha dicho que ser adulto significa navegar entre distintas alternativas y dilemas, guiándose por la Estrella Polar de tu corazón y tu conciencia.

—Pero no estás solo, mi tigre, cariño mío —mamá le ha dicho, despejándole el pelo de los ojos como lo ha hecho desde que era niño. —Tu familia, tus padres, tus maestros, todos estamos aquí para guiarte y ayudarte, sobre todo, dándote el ejemplo.

He ahí el problema. Los ejemplos que sus padres le dan a veces le parecen confusos y contradictorios. Como que se puede ser patriota y violar la ley a la vez. O como que puedes decir que no debes estar de oreja y luego escuchas por detrás de la puerta cerrada del cuarto de Sara para asegurarte de que no haya metido a escondidas a su nuevo novio Mateo, el estudiante de intercambio que vino de España. Si Tyler señala estas contradicciones, lo regañan. —No quiero oír ni una palabra más, Tyler Maxwell Roberge —le dice su mamá—. Estás fuera de lugar, hijo —agrega su papá, fríamente, y da por terminada la discusión.

Una cosa que Tyler no les ha mencionado a sus padres son los detalles exactos de cómo recogieron a la Sra. Cruz en Durham. A veces, cuando lo acosan con preguntas sobre el viaje, Tyler está a punto de confesarlo. Pero luego recuerda la promesa que les hizo a sus tíos. De nuevo siente esa revoltura de sentimientos contradictorios, el bien y el mal tan entremezclados, que seguramente hará el mal al hacer el bien. Además, Sara ya le ha advertido que si dice una sola palabra, lo matará. Tal como lo imaginó, ¡con tan sólo decir la verdad, convertirá a su hermana en una asesina!

Pero con Mari, Tyler puede hablar y hablar y sentir que alguien lo está escuchando. Ésa es la mejor parte. De otra forma, sería demasiada soledad: ¡ser tan sólo un ser humano solitario por el resto de tu solitaria vida!

—Hola, feliz cumpleaños —dice él cuando Mari le abre la puerta. Al fondo, la tele está puesta a todo volumen, las noticias en español. La lluvia cae, pero un pequeño toldo se extiende sobre los escalones de atrás, de modo que Tyler puede sacar el certificado de su impermeable sin que éste se moje. Le ha puesto cartoncillo por ambos lados y lo ha envuelto para que se vea más especial—. La segunda parte del regalo vendrá cuando deje de llover —explica. Eso más o menos revela esa parte de la sorpresa.

Mari desenvuelve el regalo con delicadeza, como si el papel fuera demasiado valioso como para rasgarlo. Si tan sólo supiera. Tyler se encontró una bolsa con un estampado de flores bonito escondida en el contenedor del reciclaje. Luce bien como papel de envoltura.

Mari mira el certificado. No está segura de qué es.

—Muchas gracias —dice cortésmente

Tyler no puede contenerse. —¡Es una estrella nombrada en tu honor!

Mari se queda boquiabierta. Lee el certificado con sumo cuidado en esta ocasión. Tyler lo relee para sí mismo por la enésima vez, pero ahora con el placer añadido de compartir la sorpresa.

—Pero, Tyler —protesta Mari—, ¡esto debe haberte costado muchísimo!

Tyler duda si decirle que fue totalmente gratis cuando escuchan la voz de su madre llamar desde la sala: —¿Mari? —Quiere saber quién es. Mari le responde sobre el hombro que se trata de Tyler, luego algo acerca de su cumpleaños, que Tyler sabe que equivale a *birthday*.

—Dice mi mamá que te invite. ¿Quieres pasar?

Normalmente, Tyler diría que por supuesto, pero cierta tensión en la cara de Mari le da a entender que realmente no quiere que acepte la invitación de su mamá.

—¿Mejor hablamos en los escalones? —Mari le ofrece con mayor entusiasmo. El toldo les brinda un poco de resguardo y resulta bastante agradable estar afuera bajo un haz de luz que emite un círculo de calidez a su alrededor mientras la lluvia cae. Tyler se sienta de inmediato, pero Mari tiene que pedir permiso primero, el cual su mamá le debe conceder, ya que cierra la puerta y se deja caer junto a Tyler dando un gran suspiro.

—¿Tu papá está enojado de nuevo? —pregunta Tyler después de un momento de silencio.

—Bueno, es que... —comienza Mari—. Tu presidente, el Sr. Presidente, acaba de salir en la tele y dice que va a mandar a las tropas de la Guardia Nacional a la frontera. Van a construir un gran muro. —La voz de Mari está tan apagada como la noche. ¡Vaya manera de festejar su cumpleaños!—. Mis padres hablan de regresar antes de que eso suceda.

—¿Quieres regresar? —le pregunta Tyler. Lo que no le

dice es que él no quiere, de ninguna manera, que ella ni su familia se vayan.

—Siempre creí que querría —dice Mari, su voz más segura ahora. Es como si hablar con Tyler también le ayudara a ella a enfrentar las noticias difíciles—. Pero no lo sé. A mí... a mí me encanta vivir aquí en tu granja.

Ésa podría ser la cosa más maravillosa que una niña pudiera decirle a Tyler. —A mí también me encanta vivir aquí —coincide él—. Es algo así como mi lugar favorito en la Tierra. —No que él haya visto mucho mundo: tres ciudades grandes y la autopista vista desde la ventana del auto entre éstas.

Justo entonces, la puerta se abre de un tirón, sobresaltando a ambos y rompiendo el embrujo. Se trata del Sr. Cruz y no parece estar muy contento. Le grita una acusación a Mari, que se defiende al sostener su regalo y al mencionar de nuevo su cumpleaños.

Pero el Sr. Cruz parece enojarse aún más con Mari por darle excusas. Le indica a Mari que se meta a la casa con un sacudón de la cabeza. Pero antes de que pueda hacerlo, la Sra. Cruz se aparece junto a su marido. Le sonríe cálidamente a Tyler, el hueco de los dientes que le hacen falta hace que su hermosa sonrisa se convierta en algo roto y triste. Le dice algo en voz baja al Sr. Cruz, tocándole el brazo. Pero él se zafa y le indica con un gesto que ella también se meta. Luego, fulminando con la mirada a Tyler, le dice algo a Mari que Tyler se da cuenta que ella no quiere interpretar.

—¡Díselo! —le ordena su padre.

—Mi papá —Mari titubea— dice que todavía no tiene el dinero. Que dejes de venir a cobrarle. Que te lo dará tan pronto como lo tenga.

Tyler quiere decirle que ésa no es la razón por la que vino. Pero la expresión en la cara de Mari le suplica que no contradiga a su padre. Que por favor se marche de inmediato. Eso sí puede darle de cumpleaños.

Él se da media vuelta y camina de regreso a su casa, sin molestarse en subirse la capucha. Si no estuvieran saladas, Tyler haría de cuenta que sus lágrimas eran solamente gotas de lluvia rodando por su cara.

✳    ✳    ✳

El domingo por la noche, en la víspera del Día Conmemorativo de los Caídos en Guerra, el cielo de pronto se despeja. Las estrellas brillan como si la lluvia las hubiera lavado. Tyler está en casa de la abuela con las tres Marías, pegando banderitas estadounidenses de papel a unas varitas del tamaño de un lápiz. Mañana irán todos al cementerio del pueblo y plantarán una banderita junto a la tumba de cada veterano de guerra, incluso la del abuelo. Todos los miembros de la Asociación de Veteranos estarán allí, pronunciando discursos. El Sr. Rossetti dará el toque de queda con la trompeta, lo que dice que hará hasta que le quede aliento en los pulmones. Esta noche, mientras trabajan, la abuela tiene la radio sintonizada a una estación que toca mucha música en honor al Día de los Caídos mañana.

—Abuela, ¿de veras vas a fugarte a México para casarte con el abuelo? —comienza Ofi.

Las mejillas de la abuela se sonrojan de nuevo, pero esta vez no ha estado bebiendo champán.

—¿Quién te dijo semejante cosa?

Ofi parece estar confundida. Todos los niños del mundo saben cuando están a punto de meter a un adulto en aprietos. —La tía Jeanne estaba diciendo...

—¡Lo sabía! —dice la abuela enfadada—. ¡Esa Jeanne! Ella imagina cosas y luego me echan la culpa a mí. ¡Voy a decirle unas cuantas verdades! —Se dirige resueltamente al teléfono, limpiándose las manos con un paño de cocina.

Mari le lanza una mirada a Ofi. Mira lo que has hecho, ¡has provocado una pelea familiar! —Ay, *Grandma*, Ofi tiene mucha imaginación y una boca muy grande —Mari le recuerda a la abuela.

—¡No es cierto!

—¡Sí es cierto!

Ofi le da un codazo a Mari, quien se lo devuelve. Éso es algo que Tyler ha notado. Mari está aprendiendo a defenderse.

—Ya, ya —dice la abuela, separándolas. Ha olvidado la llamada telefónica. Hay un fuego más inmediato que extinguir.

—Mari y yo tenemos que chequear algo afuera, ¿*okay*? —le dice Tyler a la abuela, quien asiente y parece aliviada—. Gracias, querido —murmura ella, reconociendo su labor pacifista. En realidad, Tyler agradece este pleito, ya que le da una excusa para hacer algo con Mari sin la cola usual de las dos hermanitas. El día de hoy, más temprano, él había instalado su telescopio en la pequeña colina justo encima de la huerta del abuelo. Es la única manera en que Tyler podrá hacerle bueno aquel vale por el regalo de cumpleaños suspendido por la lluvia. Ya no se atreve a acercarse al tráiler, pues ahora se siente mal recibido.

Allá van, atravesando el jardín trasero, más allá de la huerta que el abuelo empezaría a sembrar mañana, si aún viviera, cuesta arriba hasta el mismísimo lugar donde en noviembre pasado observaron la lluvia de meteoritos de las Táuridas.

—¿Adónde vamos? —pregunta Mari finalmente. No parece haberse percatado de la gran pista que le dio Tyler el día de su cumpleaños, acerca de esperar una noche despejada para poder entregarle la segunda mitad de su regalo de cumpleaños. Sin duda, aquella escena con su padre borró los momentos más felices de aquella noche.

Pero, tan pronto como ve el telescopio, ella exclama:
—¿Podremos encontrar mi estrella?

Tyler ya tiene listas las coordenadas. Se acuclillan, turnándose para mirar por el telescopio. Su estrella es una manchita diminuta de luz, pero, a juzgar por la manera en que Mari dice *oh* y *ah* repetidas veces, uno pensaría que es tan grande y brillante ¡como Venus o Marte!

En un momento dado, cuando Tyler dirige el telescopio a una región más baja del cielo, nota un grupo de estrellas que no ha visto nunca antes. Desconcertado, se pone de pie para orientarse. Aquellas luces no se encuentran en el cielo, sino en el borde oscuro del horizonte, y se aproximan. Mientras observa, el resplandor se fusiona. Un batallón de autos, con las luces encendidas, acelera hacia la granja sin nombre.

—¿Qué son ésas? —Mari se ha puesto de pie a su lado. Su voz delata cierta preocupación que parece entretejerse a todo lo que dice recientemente.

Al mirar hacia la casa del granjero, la nube de autos se para en seco con un gran chirrido. Unas figuras oscuras salen disparadas y rodean el pequeño tráiler, en donde tres mexicanos se preparan a ver la lucha libre y esperan a que las tres Marías regresen a casa. Mientras tanto, en la cocina de la abuela, la paz se ha reestablecido. Ofi y Luby terminan las banderitas que van a plantar mañana en las tumbas de los patriotas que murieron por su libertad.

*Sunday, June 4, 2006*

*Dear Diary,*

Han pasado más de dos semanas desde que mamá me hizo entrega de tus páginas, cuando cumplí doce años. Parecías tan oficial, con esa pequeña correa y esa cerradura ¡y esa llavecita! Pensé que no se me ocurriría nada lo suficientemente importante como para anotarlo aquí.

Pero entonces, después de dos semanas en que no sucedía nada, de pronto sucedieron tantas cosas que escribir en un diario era lo último que quería hacer. Además, apenas ayer hicimos una lista para la abuela y Tyler de las cosas que queremos que nos traigan del tráiler a nuestro escondite secreto, que para ti no tiene que ser tan secreto. Así que, hasta el día de hoy, ni siquiera te tenía a mi lado, querido diario. Me alegra contar con este lugar seguro al que la migra no pueda llegar y arrastrar mis palabras y mis pensamientos y mis sentimientos y llevárselos lejos de aquí.

Como estamos escondidas, mis hermanas y yo, no dispongo de mucha privacidad. Y la mayor parte del tiempo, estoy demasiado preocupada como para escribir. Preocupada por mamá y papá y tío Armando, y qué será de todos nosotros. Me muerdo tanto las uñas, que por las noches los dedos me punzan.

*Dear Diary,*

Hasta ahora hemos faltado a la escuela casi dos semanas. La Sra. Roberge fue a la escuela Bridgeport y habló con la directora, la Sra. Stevens. Tyler dice que nadie, excepto el Sr. Bicknell y las maestras de mis hermanas, sabe de nosotros.

Pero ahora todos los de mi salón se preguntan dónde estoy. Algunos de ellos le han preguntado a Tyler si es cierto lo que Clayton y Ronny han dicho, ¡que estoy en la cárcel! Me imagino que corren los rumores por todo el pueblo acerca de lo que sucedió en la granja de los Roberge.

Así que voy a escribir exactamente lo que pasó. Si finalmente me llevan a la cárcel, dejaré que tú, mi querido diario, le cuentes al mundo la verdad de todo lo que nos ha pasado.

*Dear Diary,*

El Sr. Rossetti fue a la iglesia con la abuela, así que por primera vez estamos solas en casa. Mis hermanas están en la planta baja viendo la televisión, ya que finalmente la abuela trajo nuestra tele. El Sr. Rossetti no tiene ninguna. La llama la caja idiota y dice que la radio no tiene nada de malo. Tiene tantas opiniones sobre las cosas, me he dado cuenta.

Todavía no tenemos noticias de mamá y papá, pero la Sra. Roberge dice que ella y la Srta. Ramírez se han puesto en contacto con el Sr. Calhoun, el abogado que ayudó a tío Felipe.

Cuando oí nombrar a tío Felipe, ¡de pronto me puse a pensar en nuestros familiares de México! Deben estar tan preocupados al no saber de nosotros. Le pregunté al Sr. Rossetti si podríamos llamar a México, pero él no tiene servicio de larga distancia en su teléfono. ¡Dice que no conoce a nadie con quien quiera hablar fuera de Vermont!

Así que se lo pedí a la Sra. Roberge, quien se lo pidió a Ben, quien le pidió a Alyssa que llamara y se los explicara. Mi familia entera estaba tan preocupada. Pero Alyssa le dijo a tío Felipe que mucha gente está intentando sacar a mis padres de la cárcel y reunirnos de nuevo a todos.

Al sólo escuchar de esa posible reunión, me pongo a llorar y no puedo parar. Eso sólo hace que Ofi y Luby también se pongan a llorar y entonces es horrible, ya que el Sr. Rossetti no sabe qué hacer, excepto darnos su pañuelo para sonarnos la nariz. Ésa es otra de sus manías. No cree en los Kleenex. —Los pañuelos de tela no tienen nada de malo —dice.

*Wednesday, June 14, 2006*

*Dear Diary,*

Hoy voy a escribir lo que sucedió cuando se llevaron a mamá y a papá. Tenía intenciones de hacerlo el domingo, pero mis hermanas me llamaron para que bajara a ver un programa especial sobre las golondrinas en la tele. Ellas saben que las golondrinas son mis animales favoritos, por la canción.

¡Nunca imaginé tantas cosas interesantes acerca de ellas! Cómo vuelan por días y días, comiendo e incluso apareándose mientras vuelan, tan ansiosas están por llegar a su destino. Cómo son de buen agüero para los granjeros cuando anidan en sus establos. (Tyler dice que su abuelo nunca permitía que nadie perturbara el nido de una golondrina, incluso cuando el inspector de la granja lechera se quejaba de que dejaban demasiado excremento alrededor). Lo mejor de todo es cómo, al igual que mi propia familia, las golondrinas tienen dos hogares, a ambos extremos de Norteamérica, norte y sur.

He aquí lo sucedido la noche en que la migra se llevó a mis padres:

Tyler y yo estábamos afuera observando mi estrella, que es el regalo de cumpleaños más espectacular que haya recibido jamás. ¡Aún no puedo creer que exista una estrella en el universo con mi nombre! No sé cómo hizo Tyler para comprarla, ya que le prestó todo su dinero a papá para ayudar a rescatar a mamá. También cedió su viaje de cumpleaños para que fuéramos a Carolina del Norte a rescatar a mamá y me invitó a que los acompañara. Esos son todos los regalos de cumpleaños que querré de él en toda una vida.

Justo cuando era el turno de Tyler de mirar por el telescopio, vimos que unos coches aceleraban hacia la granja. Cuando nos dimos cuenta, un montón de agentes habían rodeado el tráiler y estaban alumbrando con unos reflectores gigantes para que nadie pudiera escaparse en la oscuridad. Golpearon a la puerta, pero cuando papá la abrió, así de pronto la cerró de un portazo. Dos agentes tuvieron que empujarla con fuerza hasta tumbarla. Luego, sacaron a papá a rastras, pero él se resistía e intentaba pegarle a los agentes. Mientras tanto, mamá saltaba de la ventana de nuestro cuarto, pero había agentes alrededor listos para apresarla. Dos de ellos la agarraron de los brazos y la metieron dentro de uno de los coches. Ella gritaba a todo volumen sin parar. Sólo tío Armando salió en son de paz, la cabeza agachada, las manos esposadas detrás de él.

Mientras tanto, los padres de Tyler salieron corriendo de su casa. Su mamá gritaba algo, pero los agentes no la escuchaban. Corrió de nuevo hacia adentro y salió ondeando un papel, el cual uno de los agentes agarró y se lo metió en el bolsillo.

Todo ese tiempo que estábamos observando, yo lloraba como loca. Cuando mamá comenzó a gritar, salí disparada cuesta abajo hacia el tráiler para estar con ella. Después de todo lo que le había pasado, supe que tendría un ataque de nervios en el acto. Pero Tyler me alcanzó y forcejeó conmigo hasta tumbarme.

—¡No, Mari, no! —susurró, sujetándome las muñecas—. No vayas, no vayas. Te llevarán a ti también. —Cuando finalmente dejé de luchar, me ayudó a levantarme y me tomó de la mano, y corrimos lo más rápido posible a casa de su abuela.

Cuando entramos de sopetón, la abuela y Luby y Ofi nos miraron sorprendidas. Creo que no habían oído todo el escándalo con la radio puesta. Yo no podía hablar porque estaba llorando tanto.

Tyler le explicó a su abuela lo que habíamos visto. —Vestían unas chaquetas con pistolas y qué se yo, no como policías uniformados de verdad. Las chaquetas llevaban las siglas ICE.

—¡Eso quiere decir el Servicio de Inmigración, oh cielos! —la abuela tenía la mano en el pecho y la respiración acelerada. Incluso ella estaba nerviosa—. No se llevaron a tus padres, ¿verdad?

Tyler palideció. —No lo sé. —De pronto, él se veía tan asustado como yo.

Luby y Ofi habían comenzado a llorar, lo que hizo que mis propias lágrimas se secaran. Hace meses, cuando tío Felipe había sido encarcelado y papá estaba muy preocupado de que él sería el próximo, me hizo prometerle que cuidaría de mis hermanas como si fuera su pequeña mamá. Yo tenía que ser fuerte por ellas.

La abuela corrió al teléfono y marcó el número de los padres de Tyler, pero nadie contestó. O estaban todavía afuera, hablando con los agentes, o quizá también se los habían llevado por cometer el delito de contratar a mexicanos sin papeles.

La abuela se veía tan pálida, que temí que fuera a desmayarse. —Hay que mantener la calma. Mucha calma. Y muy calmadamente nos vamos a meter en mi auto. —Era como si hablara para sí, pero nosotros seguimos con gusto sus instrucciones.

Cuando nos dimos cuenta, íbamos en el coche en dirección opuesta al tráiler, tomando el atajo hacia el pueblo. No era como si la abuela nos hubiera dicho que nos escondiéramos ni nada, pero mis hermanas y yo nos agachamos en la parte trasera. Fue como una probadita de lo que mamá debió haber sentido, viajando bajo un piso falso en una camioneta por todo Estados Unidos.

Nos estacionamos en la entrada de coches del Sr. Rossetti y la abuela nos guió a la puerta trasera, tocó una vez y luego entró sin más. El Sr. Rossetti ya estaba en cama en la planta alta.

—¡Joseph! —le gritó—. Tienes visitas.

Unos minutos después, el Sr. Rossetti bajó en bata las escaleras tan rápido como pudo con la ayuda de su bastón. Su pelo blanco estaba todo revuelto como el de un bebé. —¡Mecachis! —dijo cuando nos encontró parados en su cocina, con un aspecto aterrado.

—Necesitamos que nos des posada —comenzó la abuela. Luego se apresuró a dar una explicación atolondrada sobre cómo los agentes habían rodeado la granja y nosotros nos habíamos escapado por el atajo. Antes de que hubiera terminado siquiera su relato, ella se dirigía al teléfono empotrado en la pared de la cocina.

Parecía un teléfono de aquellos de cuando apenas se habían inventado los teléfonos. Con razón no podía llamar a México. El Sr. Rossetti probablemente no podría conseguir servicio de larga distancia para ese teléfono anticuado aun si quisiera.

—Cálmate, Elsie —decía el Sr. Rossetti—. Quizá se deba a que me acabo de levantar, pero esto no tiene el menor sentido. ¿Por qué los perseguiría la ley?

—No estoy segura de que ése sea el caso, Joseph —dijo la abuela más tranquila. Ya tenía una mano en el teléfono—. Pero si fueras tan amable de dejarme hacer una llamada, entonces podría contarte qué está sucediendo.

El teléfono no pudo haber sonado más de una vez, cuando la abuela ya hablaba con la mamá de Tyler. Repitió algunas de las cosas que estaba escuchando para beneficio del Sr. Rossetti, ya que parecía como si fuera a arrebatarle el teléfono en cualquier instante. —Déjame hablar con ella —él seguía diciendo, pero la abuela seguía sosteniendo una mano en alto y negando con la cabeza.

—Se los llevaron... No sabes adónde... Te dejaron un número telefónico... No mencionaste... Sí, ellas están aquí conmigo. Al igual que Tyler. ¿Pero tú te encuentras bien?

Cuando terminó, ella colgó con mucho cuidado el auricular en la base, recuperó un poco el aliento y luego se volvió hacia ellos. Todavía se veía preocupada, pero su voz era calmada y firme como si fuera una actriz interpretando el papel de la abuela heroica que les salva la vida. —Quiero que todos tomen asiento... tú también, Joseph.

El Sr. Rossetti se quejó del descaro de algunos que no lo dejan usar su propio teléfono, pero finalmente se sentó. Una vez que estuvimos todos sentados, la abuela explicó lo que había sucedido en la granja. Cómo la migra se había llevado a mis padres y a mi tío. Cómo la Sra. Roberge había tratado de mostrarles los papeles que comprobaban que los Cruz pagaban impuestos. Cómo Sara había llegado mientras todo esto sucedía con su novio Mateo. Cómo Mateo le había servido de intérprete al Sr. Cruz, quien le pidió a los Roberge que por favor no mencionaran a las tres Marías, ya que temía que se las quitaran. Cómo, antes de irse, los agentes le dieron a los padres de Tyler un número telefónico al que podían llamar para conseguir más información sobre el caso de los Cruz, si serían deportados a México y, de ser así, cuándo.

El Sr. Rossetti tenía ambas manos en su bastón frente a él y ahora reposaba la cabeza sobre las manos mientras escuchaba. Al ver esto, tanto Ofi como Luby comenzaron a llorar.

—Quiero a mi *daddy* —gimió Luby—. Quiero a mi *mommy*. Quiero a mis perritos. —Lo único en lo que pude pensar en ese momento fue que la manera en que Luby llamaba a nuestros padres —no mamá ni papá, sino *mommy* y *daddy*— mostraba que ella ya no formaba parte de México.

—¡Ésa no es manera de tratar a la gente decente! —dijo el Sr. Rossetti cuando la abuela terminó su relato—. Y lo que es más, estas niñas tienen derechos. ¡Son ciudadanas americanas! —agregó con rabia, dando de bastonazos en el aire. Tyler le echó un vistazo a su abuela, quien nos lanzó una mirada que nos advertía que mejor nos quedáramos callados. Tanto hablar de que hay que decirles la verdad a tus amigos para ayudarlos a mejorar su carácter, para esto.

Hubo un montón de llamadas más de acá para allá, pero la abuela dijo que los padres de Tyler temían hablar de más, en caso de que su teléfono estuviera intervenido.

—Eso quiere decir cuando alguien escucha lo que estás diciendo sin que te des cuenta —explicó Tyler. Sonaba tal como lo que el Sr. Bicknell había dicho que sucede cuando tú forma de gobierno es una dictadura.

Ya era muy tarde para cuando nos acomodamos en el cuarto extra de la casa del Sr. Rossetti en la planta alta, con unas almohadas y cobijas que olían a moho, como si no las hubiera usado en siglos. Ofi incluso encontró un capullo

en su cobija con una polilla plegada dentro.
Tyler durmió en la planta baja en el sofá. No sé
dónde durmió la abuela. Más que nada, se quedó
despierta, hablando con el Sr. Rossetti hasta altas
horas de la noche. Yo podía escuchar sus voces
llenas de preocupación elevarse desde la cocina.

En cuanto a mí, no pegué un ojo en toda la
noche. No podía morderme las uñas, ya que no
me quedaban más uñas que morder. Para cuando
finalmente salí de la cama, la luz se colaba por la
ventana. La abuela se había ido, al igual que
Tyler. Habían regresado temprano a la granja para
ayudar con las labores. ¡Era verdad! Papá y tío
Armando no estarían allí para ordeñar las vacas
esta mañana.

Ese día, más tarde, cuando la abuela llegó con
Tyler, ella le dijo al Sr. Rossetti que había llamado
a alguien de la Asociación de Veteranos para que
vinieran y recogieran todas las banderitas que
habíamos armado. —Hoy no estoy de ánimo
como para festejar nada —admitió la abuela. Ya
estaba más calmada de los nervios, pero se veía
tan cansada y tan triste como cuando llegamos a
la granja el pasado agosto, unos cuantos meses
después de que muriera su esposo.

El Sr. Rossetti negaba con la cabeza. —Yo me
siento igual, Elsie. Llamé a Roger y le dije que hoy
día tampoco les podría tocar la trompeta. Lo cual

es una absoluta lástima, porque si hay alguien que se merece nuestro agradecimiento, son los veteranos de guerra.

Es por eso que esa noche más tarde, una vez que hubo oscurecido, nos amontonamos en el coche de la abuela. Es la única vez que hemos salido desde que vinimos a escondernos a casa del Sr. Rossetti. Nos sorprendió que se arriesgaran de esa forma apenas un día después de que sucediera todo eso. Pero el Sr. Rossetti dijo que quería asegurarse de que nosotras viéramos el rostro orgulloso de los Estados Unidos.

¡Por eso me sentí confundida cuando fuimos a dar a un cementerio! Había banderitas por todos lados que Tyler alumbraba con su linterna, las mismas que habíamos armado la noche anterior. Nos detuvimos frente a una lápida que, según nos explicó el Sr. Rossetti, pertenecía a su hermano mayor Gino, quien había muerto durante la ¡Segunda Guerra Mundial!

—Estos muchachos no murieron en vano —dijo el Sr. Rossetti con voz áspera. Luego carraspeó y lo dijo de nuevo—. De eso me aseguro yo, maldita sea.

—No digas palabrotas en el cementerio —le recordó la abuela. Pero no parecía tan molesta ante las maldiciones del Sr. Rossetti.

Antes de irnos, el Sr. Rossetti sacó su trompeta de la cajuela de su coche. Allí en la oscuridad, con la lluvia rociándonos la cara, tocó la melodía más triste, tan triste como "Las golondrinas".

—Que Dios bendiga a América —dijo una vez que hubo terminado.

Tanto Norte como Sur, pensé, recordando las golondrinas de ese programa especial en la tele.

Saturday, June 17, 2006

*Dear Diary,*

La Sra. Roberge vino hoy con la Srta. Ramírez y con Tyler. ¡Han hablado con papá! Él se encuentra ahora en un centro de detención en Clinton, Nueva York, dondequiera que sea eso. Mamá está en otro sitio, ya que los separaron cuando la migra se los llevó. Papá se muere de preocupación por ella, al igual que por nosotras. La Srta. Ramírez dijo que él le rogó que no mencionara nada sobre sus hijas, ya que ha escuchado que la migra arrebata a los hijos de sus padres. —Le dije que no creía que eso sucedería —explicó la Srta. Ramírez—. Además, ustedes son americanitas. Tienen derechos como ciudadanas estadounidenses.

Tyler y yo nos quedamos mirando, preguntándonos si éste sería el momento oportuno de divulgar toda la verdad. Pero la Sra.

Roberge le susurró algo a la Srta. Ramírez, quien me lanzó un vistazo rápido y luego desvió la mirada.

Francamente, no sé por qué los adultos no nos dicen directamente lo que está pasando. —No quieren preocuparte —dice Tyler. Pero más me preocupa pensar que haya algo tan espantoso ¡que no me lo puedan decir!

Además, Tyler siempre me pone al día. Quizá se deba a que tiene las orejas un poco salidas, pero parece escuchar un montón de secretos sin querer queriendo. Hoy se quedó después de que su mamá y la Srta. Ramírez fueran a encontrarse con el Sr. Calhoun en Burlington. Había estado lloviendo todo el día, así que su padre no podrá sembrar el campo de atrás. Tyler tenía la tarde libre hasta la hora de la ordeña.

—Es muy duro ahora —me dijo acerca del trabajo en la granja—. Sólo somos yo y Ben y mi papá —Su papá ha mejorado mucho, pero los dedos de la mano derecha todavía no le funcionan debidamente, así que le toma mucho tiempo realizar sus labores.

Lo que Tyler escuchó sin querer fue que la redada a la granja sucedió a causa de la bolsa de mamá que la migra confiscó cuando hicieron la redada a la casa de los coyotes en Carolina del Norte. Adentro, encontraron su pasaporte mexicano y los números telefónicos que los llevaron a seguir la pista hasta la granja en Vermont. Pero, en lugar de pensar que la pobre de mi mamá había sido una víctima de esos coyotes, los agentes supusieron ¡que ella era una de los traficantes! De modo que la están tratando como a una criminal. —A tu papá también, debido a que opuso resistencia a la hora del arresto y golpeó a un agente federal —explicó Tyler—. Al único al que van a deportar muy pronto es a tu tío, ya que él nada más dejó que lo arrestaran, luego admitió que estaba aquí sin papeles y que lo único que quería era volver a su tierra.

—Mamá y papá deberían hacer lo mismo —dije, aunque sabía que eso significaría que todos tendríamos que regresar a México y yo no estaba segura de querer volver a vivir allá. Pero preferiría regresar y estar junto a mis padres que quedarme aquí, todos separados, con mamá y papá tras las rejas—. Tenemos que decirle a la Srta. Ramírez que le diga a papá...

—Pero a eso me refiero —interrumpió Tyler—. Ya no tienen esa opción, porque ahora los consideran como unos criminales que violaron la ley. Ya sabes, como cuando tu tío Felipe se fugó. Tendrán que someterse a juicio y tal vez ir a la cárcel, antes de que puedan volver a su tierra.

Fue cuando no pude más. Podía soportar dos o

tres semanas sin ver a mis padres, pero ¡meses y meses! Ya habíamos sufrido más de un año sin mamá. Ahora que finalmente la habíamos recuperado, otra vez nos la quitaban. No me pareció nada justo.

—Mari, no llores, por favor —Tyler seguía diciendo. Tenía la misma expresión de impotencia que el Sr. Rossetti cuando mis hermanas y yo comenzamos a sollozar. La única diferencia es que Tyler no tiene un pañuelo sucio en el bolsillo que ofrecerme.

Un poco después, esa tarde, cuando la abuela llegó a recoger a Tyler, nos trajo un pastel para alegrarnos. Lo había hecho solamente para nosotras, me di cuenta, porque tenía glaseado rosado. Las cosas que le prepara al Sr. Rossetti son más sustanciosas y se supone que le sirven para hacer bien la digestión. Vaya, ése sí que sería otro tipo de amor que el Sr. Bicknell podría poner en el pizarrón el año que entra, para su tarea especial del Día de San Valentín. El amor entre los viejitos, en el que tratas de mejorarles el carácter y ¡ayudarlos a ir al baño!

Casi me hice reír en voz alta, al escribir eso. Pero luego, al recordar que probablemente no veré al Sr. Bicknell ni a mis compañeros de clase, comencé a llorar de nuevo. Esta vez, no obstante, nadie me mira, preguntándose qué diantres podría darme para que me suene la nariz y me seque las lágrimas.

Excepto tú, mi querido diario. Tú eres capaz de contener toda mi tristeza, siempre y cuando llore tinta sobre tus páginas.

*Sunday, June 18, 2006*

*Dear Diary,*

Hoy fue el primer día en mucho tiempo que no llovía, así que toda la familia de Tyler tuvo que sembrar el maíz. Después de la cena, vinieron todos juntos con un envase de helado para festejar el Día del Padre. El Sr. Roberge casi no habló, estaba tan cansado. Supongo que ésa no es la mejor manera de pasar tu día especial, pero, para el caso, es mucho mejor que pasarlo en la cárcel.

Todo el día me sentí tan triste pensando en papá. Tenía que haber una manera de ayudarlos a él y a mamá a salir de la cárcel, pero no se me ocurría qué.

—¿Qué tal si le contáramos a la migra toda la verdad? —le pregunté a Tyler, quién negó con la cabeza.

—No te escucharían, Mari, de eso estoy seguro. ¿Por qué crees que sus iniciales son ICE, o sea, hielo en inglés?

Vaya que eran como un témpano de hielo, ¡con el corazón frío como para hacer lo que le hicieron a mi familia!

Aun así, ahí tienes al Sr. Rossetti. Había resultado ser tan buena gente después de todo. Quizá si les explicáramos lo que le había sucedido a mamá y por qué papá estaba tan desesperado por protegerla y cómo tenían hijas que sufrían, y dos de ellas eran ciudadanas estadounidenses, cuyo sufrimiento contaba aún más, quizá el gélido corazón de los agentes se derretiría. —¿Quizá hasta nos darían papeles por pura lástima?

Tyler se cruzó de brazos. Por segunda vez en dos días, ¡me recordó al Sr. Rossetti! Esta vez, era la misma mirada que adquieren los ojos del Sr. Rossetti cada vez que a la abuela se le ocurre uno de sus grandiosos planes. Y las mismísimas palabras salían de la boca de Tyler: —Mari, eres una soñadora, ¿verdad?

### Wednesday, June 21, 2006

*Dear Diary,*

Hoy fue el último día de clases. Después, el autobús escolar trajo a Tyler, ¡quien me trajo una carta a nombre de todo el salón! El Sr. Bicknell la fue escribiendo en el pizarrón y todo el mundo contribuyó con un mensaje. Luego, a la hora del almuerzo, él la pasó a su computadora.

La voy a pegar aquí.

*Dear María,*

Te extrañamos mucho. Hoy, el último día del sexto grado, decidimos escribirte una carta en común, diciéndote lo mucho que significó para nosotros el que estuvieras en nuestro salón. (A nombre del Sr. Bicknell: voy a escribir el mensaje de cada persona en un párrafo aparte.)

· *Dear María,* ¡eres la mejor terrícola de la Tierra! Con cariño, Maya

Espero que vuelvas a estar con nosotros en séptimo grado, para que nos ayudes a salvar el planeta. Paz, Meredith

*Dear María,* ¿estás en México? Espero que te la estés pasando de maravilla. Chelsea

María, llámame si puedes, 802-555-8546, mi papá es abogado y podría ayudarte. Caitlin

Que disfrutes del verano. Sinceramente, Ronny

Que te vaya bien en la vida. Sinceramente, Clayton Lacroix III

María, mereces quedarte en nuestro país. Sería un país mejor gracias a ti. Tu amigo por siempre jamás, Tyler.

Espero que Jesucristo los cuide a ti y a tu familia. Que Dios los bendiga, Amanda

Te tengo un chiste, María: ¿Por qué se bañó el ladrón? ¡Porque quería fugarse sin dejar huella! (Me sé otros, pero el Sr. Bicknell dice que sólo podemos enviarte un mensaje cada quien.) Sonríe, Kyle

María, yo también te tengo un chiste: ¿Qué estado es el más inteligente? Alabama: ¡porque tiene cuatro letras A y una B! Michael

María, el Sr. Bicknell dice que ya basta de chistes, así que guardaré el mío hasta que te vuelva a ver. Gracias por ayudarme con el español. Dylan

*Hi, María.* Muchas gracias para mi amiga de su amiga. Rachel

María, me gustó mucho cuando escribías cosas y el Sr. Bicknell nos las leía en voz alta. Me encantó aprender sobre las tradiciones del Día de los Muertos y cómo cada noche por dos semanas antes de Navidad ustedes están de fiesta. Qué divertido. Si todavía pudiera ser americana, también me gustaría ser mexicana. Con mucho cariño, Amelia

María, el Sr. Bicknell dejó que le diera el mensaje que te tengo en privado. Estoy muy triste porque mi papá le acaba de decir a mi mamá que está enamorado de otra persona y que se va a divorciar de ella. Ojalá que estuvieras aquí para que pudiéramos ser mejores amigas, porque Rachel ya no quiere ser mi mejor amiga. Ashley

Como te podrás dar cuenta, María, dejas a muchos amigos aquí en la escuela Bridgeport. Les deseamos lo mejor a ti y a tu familia. Recuerda que siempre tendrás un hogar en nuestro corazón, sin importar dónde estés. ¡La amistad no conoce fronteras! Sr. Bicknell

He leído y releído la carta una y otra vez, riendo y llorando a la vez. Me da tanta lástima la pobre Ashley. En cuanto a Clayton y Ronny, espero que lleguen a ser unos adultos más amables de lo que fueron de niños. Ese Kyle cuenta los chistes más graciosos y Michael también es bastante chistoso. Pero mi mensaje favorito es el de Tyler.

*Sería un país mejor gracias a ti.* ¡Si tan sólo este país escuchara a sus niños!

### Sunday, June 25, 2006

*Dear Diary,*

El viernes sucedió algo importante.

El día anterior, la Srta. Ramírez pasó por aquí y le pregunté si ella y yo podríamos hablar en privado. Salimos al jardín de atrás, donde hay una pequeña pila para pájaros y dos piedras lo suficientemente grandes como para sentarse en ellas. Le dije toda la verdad acerca de que no soy una ciudadana estadounidense. —Ya lo sé —admitió. Luego le pregunté si me podría llevar a la oficina de la migra para que pudiera explicarles todo.

Ella se quedó muy callada, como si tratara de desmenuzar en la mente qué podría suceder. Un pajarito llegó y aterrizó en la pila. Cuando ella levantó la vista, éste voló.

—¿Estás segura de que quieres hacerlo, querida María? —me preguntó. Siempre agrega unas cuantas palabras en español cuando me habla en inglés. Eso me ayuda a sentir una conexión con mi lugar de origen y me hace sentir parte de una historia más grande. Es una de las cosas especiales de hablar con ella. Además, en verdad me escucha. No de la manera como algunos adultos fingen escuchar y puedes darte cuenta de que ya tienen la respuesta lista y sólo esperan a que termines.

—Sí, estoy muy segura —le dije. Afirmarlo en español nos sonó más convincente, tanto a ella como a mí. Claro, yo sentía miedo. Pero lo había pensado y repensado y había tomado la decisión. Sobre todo después de que Tyler me dijo lo que había escuchado por casualidad cuando su madre estaba hablando con su tía Roxy acerca de mi mamá. Resulta que mamá está en la clínica en el centro de detención en Boston "bajo el efecto de sedantes", lo cual, según Tyler, quiere decir que le dan pastillas para calmarla. Lo puedo creer. Mientras tanto, a papá lo han cambiado a un lugar en New Hampshire. La única buena noticia es que tío Armando ya está de vuelta en Las

Margaritas. Alyssa mandó a decir que tío Armando estaba muy contento de poder reunirse con su familia. Esa última noticia fue lo que me convenció.

—Pues, la pura verdad —dijo la Srta. Ramírez— es que estoy de acuerdo contigo. —Que la migra viera que mis padres no eran ningunos criminales, sino unos padres que trabajaban muy duro y que tenían hijas pudiera beneficiar su caso. Ella estaba casi cien por ciento segura de que a mis hermanas y a mí no nos llevarían a la fuerza a ningún hogar adoptivo, ya que los amigos de nuestros padres cuidaban muy bien de nosotras y no había ningún familiar cercano que nos reclamara.

—De modo que, ¿podría llevarme, por favor? —le pregunté.

De nuevo, ella lo pensó. —Ya sé —dijo, poniéndose de pie y sacudiéndose los pantalones—. Déjame discutirlo con Caleb, ¿de acuerdo? Y luego te confirmo. —Tardé un segundo en recordar que Caleb era el Sr. Calhoun, el abogado que había ofrecido ayudar a mis padres, tal como lo había hecho con mi tío Felipe.

A finales de la tarde, la Srta. Ramírez llamó para decir que Caleb había estado de acuerdo. No estaría de más que el Servicio de Inmigración y Control de Aduanas de Estados Unidos pusiera un rostro junto al caso número A 093 533 0744. Él estaba disponible para acompañarnos a la oficina del Departamento de Seguridad Nacional en St. Albans mañana por la mañana. —Barry nos va a llevar en su Subaru. Ustedes tres podrían ir en el asiento trasero.

¿Nosotras tres? Yo negaba con la cabeza aun antes de poder dar explicaciones. No quería llevar a mis hermanas. Ya habían sufrido bastante sin tener que enfrentarse a los agentes mal encarados que nos habían quitado a nuestros padres. —Sólo yo y Barry y usted —le rogué—. *Please,* ¿por favor? —Luego pensé en una persona más, cuya presencia me sería de gran ayuda.

Así que el día siguiente, ellos dos y Tyler y yo fuimos a Burlington, donde recogimos al Sr. Calhoun. Hoy él vestía más formalmente con pantalón negro y la camisa metida. También se había quitado el arete, aunque todavía se le notaba el agujerito en la oreja. En realidad me puso más nerviosa el que él estuviera tratando de causar una buena impresión.

Se sentó con nosotros los niños en el asiento trasero y me hizo un montón de preguntas sobre lo que pensaba decir. Mientras más hablaba yo, más asentía él. —Tal como me lo imaginé. —Procedió a explicar toda la situación. Dijo que mis padres habían sido detenidos durante una redada a nivel nacional conocida como Operación Devolver al Remitente.

—¿Operación Devolver al Remitente? — Barry miraba por el espejo retrovisor como si no estuviera seguro de haber escuchado correctamente.

El Sr. Calhoun asintió. —De hecho, su objetivo eran los inmigrantes indocumentados con antecedentes penales. Ésa probablemente fue la razón por la que descubrieron a los captores de tu madre en Durham, donde encontraron pruebas que establecían una conexión entre tu madre y ellos.

—¿Pero no es como el sello que se pone en una carta, *Devolver al remitente*? —preguntó Tyler—. ¿Cuando le faltan estampillas?

—Precisamente. —De nuevo, el Sr. Calhoun asintió con la cabeza—. La gente como exceso de equipaje. —Parecía indignado—. De todas formas, tus padres no tienen nada que ver con eso. Ahora nosotros tenemos que convencer a los del Departamento de Seguridad Nacional.

Estaba diciendo *nosotros*, pero en realidad me tocaba hacerlo a mí y yo estaba conciente de ello.

Conducimos hasta un edificio bajo de ladrillo y entramos al estacionamiento. Me sentía casi tan asustada como aquel día en que rescatamos a mamá de los coyotes en Carolina del Norte.

Ahora yo iba a intentar hacer lo mismo, pero en lugar de dinero, iba a ofrecerles una historia. La historia que mamá me había contado sobre lo que le sucedió.

Al entrar por la puerta, nos encontramos frente a un separador de vidrio. Un agente uniformado nos miró, con cara de pocos amigos, desde el otro lado. —A prueba de bala para que no les disparen —susurró Tyler. Lo sabría de cuando visitó a tío Felipe en la cárcel del condado. Eso sólo hizo que el corazón me latiera mucho más deprisa.

El Sr. Calhoun dio nuestros nombres a través de un agujerito por el cual se podía hablar y explicó quiénes éramos y por qué estábamos ahí. El agente levantó su teléfono y repitió toda la historia antes de dejarnos pasar, sonando un timbre. —Entren y tomen asiento. —Asintió hacia una banca larga que había contra una pared—. El Sr. O'Goody los atenderá en un momento.

—¡Maldición! —suspiró el Sr. Calhoun. En ese instante supe que, a pesar de su nombre, que en inglés quiere decir algo así como bonachón, el Sr. O'Goody no nos iba a traer nada bueno.

Antes de que pudiera ponerme demasiado nerviosa, un hombre corpulento de cuello grueso y mandíbula pronunciada se apareció frente a nosotros. No parecía mucho mayor que el Sr.

Calhoun, excepto por ser calvo con apenas un flequillo justo arriba de las orejas. Pero lo que se le había caído de la cabeza, lo llevaba en la cejas. Eran muy tupidas, lo cual daba a sus ojos una apariencia siniestra, como si sus ojos se escondieran tras las cejas, listos para brincarte encima si decías alguna mentira y meterte a la cárcel.

Estrechó las manos de todos. Cuando fue mi turno, dijo: —¿Tú debes ser María?

No pude encontrar mi voz, en lo absoluto, de modo que sólo asentí.

—Ven entonces dijo con voz áspera, como si presintiera que yo iba a ser una pérdida de tiempo. Sobre todo si no hablaba—. Tus amigos pueden esperarte aquí.

El Sr. Calhoun se puso de pie rápidamente y dijo que necesitaba acompañarme para representar a su cliente.

—Yo también —agregó Tyler. Había prometido no abandonarme en ningún momento, sin importar qué pasara. Por una fracción de segundo, pensé que él lo había olvidado.

El Sr. O'Goody volteó a ver a ambos. —Sé que usted tiene su Licenciatura en Derecho, Sr. Calhoun. Pero ¿y usted, joven?

Tyler negó con la cabeza y la cara se le puso aún más colorada que el cabello del Sr. Calhoun. —Soy un amigo de Mari... yo sólo... la acompañé para que ella no tuviera tanto miedo —tartamudeó. Luego, agregó un, "Sr. O'Goody" con la misma formalidad de un soldado a su superior.

El Sr. O'Goody observó a Tyler por un minuto. Fue como si repasara una lista mental de las características de un terrorista. Gracias al cielo Tyler se veía tal como lo que era, un niño de Vermont con un montón de pecas en la nariz y los ojos azules más lindos.

—Vengan, entonces. —El Sr. O'Goody nos arreó por un pasillo largo y vacío sin ventanas, ni cuadros en las paredes. Sólo carteles con letreros. Probablemente reglamentos que harían meter la pata a cualquiera.

Abrió la puerta de una oficina, luego se hizo a un lado y nos dejó entrar primero. Un par de sillas daban al escritorio que estaba de espaldas a la ventana, lo que me pareció una lástima, dada la vista tan bonita de un campo con caballos mordisqueando flores silvestres. El Sr. O'Goody no tenía ninguna foto en su escritorio, como hacían la mayoría de los maestros de la escuela. Era como si no tuviera esposa ni hijos, de modo que ¿cómo comprendería lo que mi familia sufría al estar separados? —Tomen asiento —dijo, asintiendo en dirección a las sillas. Era un ofrecimiento engañoso, ya que no había

suficientes para todos. Pero el Sr. Calhoun
tomó un asiento y Tyler y yo nos quedamos
de pie.

—A ver, tú, María, siéntate aquí —el Sr.
O'Goody movió la otra silla a un lado de su
escritorio donde una máquina estaba lista para
comenzar. Al principio, creí que se trataba de un
detector de mentiras pero, por supuesto, sin tener
cables conectados a mí, ¿cómo sabría que tenía el
corazón en la garganta?— Tendré que grabar su
testimonio —le explicó al Sr. Calhoun, quien
asintió en aprobación.

El Sr. O'Goody encendió la grabadora. Pude
escuchar la cinta hacer unos ruiditos secos, pero
parecía que yo era incapaz de encender mi voz.
Entonces, desde atrás de mi silla, Tyler fue y se
paró frente a mí. —Oye, Mari. Haz de cuenta que
me lo estás contando a mí, ¿okay? —Eso fue lo
más útil que alguien pudiera haberme dicho.
Incluso el Sr. O'Goody, según me di cuenta, se
quedó admirado.

Y entonces, comencé... Toda la historia de lo
que le había sucedido a mamá, de cómo se había
ausentado durante un año y cuatro meses. Cómo
mi padre no podía recurrir a la policía porque no
tenía permitido estar en este país en primer lugar.
Cómo nos habíamos mudado a una granja para
que él no tuviera que dejar a sus hijas

completamente solas por semanas a la vez ahora que no teníamos mamá. En algún momento mencioné que mis hermanas eran ciudadanas estadounidenses. No dije nada acerca de mí misma. Lo dejaría para el final.

Cuando llegué a la parte de pagar por el rescate de mamá, me dieron ganas de llorar. Pero me dije a mí misma que ésta era una ocasión en la que no podía ceder ante la tristeza que sentía. Tenía que seguir adelante. Así que le conté cómo habíamos regresado de Carolina del Norte, con mamá siempre nerviosa y gritando a media noche. Cómo en lugar de que mi papá hubiera estado encantado de tenerla de vuelta, estaba enojado todo el tiempo, cómo perdía los estribos, sobre todo porque se culpaba a sí mismo de no haber podido proteger a su esposa.

—Por eso cuando la migra, es decir, cuando los agentes del ICE llegaron a la puerta, él no estaba pensando racionalmente. Nunca en la vida le hubiera pegado a nadie antes de que todo esto sucediera. Es como si se hubiera convertido en otra persona debido a toda la amargura y el dolor en su interior.

Nadie decía ni una palabra y yo estaba demasiado asustada como para levantar la vista y ver si el Sr. O'Goody me escuchaba siquiera.

Pero ahora había llegado a la parte realmente

dura, la parte que me daba vueltas en la cabeza y me tuvo preocupada durante días. —No soy ciudadana americana —confesé—, únicamente mis hermanas. Así que vengo a entregarme. Espero que me tome prisionera en lugar de a mi madre, ya que ella se volverá loca si la tienen encarcelada. Ella no huirá, se lo prometo, si me tienen a mí en su cárcel.

Había terminado. Había dicho lo que había venido a decir. Todas esas lágrimas que había estado conteniendo volvieron a correrme por las mejillas. Me escurría la nariz, pero no tenía con que secármela. Sentí que alguien más se acercaba a Tyler frente a mí. Pensé que se trataría del Sr. Calhoun, queriendo consolar a su cliente, pero era el Sr. O'Goody ¡ofreciéndome toda una caja de Kleenex!

—Eres una señorita noble y valerosa —dijo. Su voz áspera se había suavizado—. No puedo hacerte ninguna promesa, pero voy a enviar esta información a nuestra oficina regional en Boston, junto con mi recomendación de que pongan en libertad a tu madre mientras espera su audiencia. También voy a agregar una nota personal, alabando tu comportamiento ejemplar.

No supe exactamente qué quiso decir con eso, pero debió haber sido algo bueno porque no me sacaron a rastras, ni me echaron en el calabozo.

De hecho, el Sr. O'Goody estrechó mi mano durante un largo rato cuando nos despedimos en la sala de espera.

—Así que el Sr. O'Goody resultó no ser un mal tipo después de todo —dijo Barry cuando salimos del estacionamiento.

Esta vez, el Sr. Calhoun no se comprometió con un sí o un no. —Lo único que puedo decirles es que el Sr. O'Goody estaba de buenas hoy. Eso o por fin se echó un polvo.

Otra expresión que voy a tener que pedir a Tyler que me explique.

*Friday, June 30, 2006*

*Dear Diary,*

¡Mañana nos vamos a Boston! A mamá la pondrán en libertad bajo la custodia del tío y la tía de Tyler, quienes estuvieron de acuerdo en dejar que nos quedáramos con ellos hasta que llegue el día de la audiencia de papá. Ojalá que a él también lo dejen libre muy pronto. Es un poco complicado, pero el Sr. Calhoun se lo explicó a la Srta. Ramírez, quien nos lo explicó lo mejor que pudo.

Mamá accedió a prestar declaración en contra de aquellos coyotes criminales para que los condenen y no puedan hacerle a nadie más lo que le hicieron a ella. Y debido a que hará eso, le pondrán una carta especial en su expediente que la ayudará más adelante cuando haga la solicitud para entrar legalmente en este país. Mientras tanto, tomarán en consideración el estado mental de papá al momento del arresto. Cuando eso termine, volaremos todos juntos de regreso a México.

—Pero, ¿qué tal si no queremos ir a México? —dijo Ofi, haciendo pucheros—. ¿Qué tal si queremos quedarnos en nuestro propio país?

La Srta. Ramírez de pronto parecía muy cansada, como si acabara de escalar una montaña, sólo para levantar la vista y encontrar una montaña aún más grande por delante de ella. Había trabajado tan duro para lograr reunirnos. Pero eso no bastaba, al menos no le bastaba a mi hermana Ofi.

Pero de nada serviría regañar a Ofi. Eso sólo la pondría más terca. Además, yo podía comprender cómo se sentía. Así que hice a mis hermanas a un lado para tener una reunión familiar.

—Quiero que hagamos un gran esfuerzo cuando mamá y papá salgan de la cárcel. Les han sucedido tantas cosas tristes —les expliqué—. Y dondequiera que acabemos, lo importante es que estaremos todos juntos como familia. Y recuerden, ustedes dos siempre podrán volver porque son ciudadanas americanas. Así que esto

no es permanente. *¿Okay?* —Luby asintió, pero
Ofi estaba alzando esa barbilla suya en el aire—.
Y, Ofi, más que nada quiero que seamos amigas,
*¿okay? ¿Please*, por favor? No discutir entre
nosotras porque nos necesitaremos más que nunca.

Ofi bajó la barbilla. Parecía estar dispuesta a
hacer un trato. —¿Me vas a prestar tu mochila de
la mariposa? —Asentí—. ¿Y usar tu maquillaje?
—¿Mi maquillaje? Ese brillo para los labios rosado
y el colorete con chispitas que Sara me había
regalado cuando recién habíamos llegado a
Vermont—. Por supuesto —le dije.

—¿Qué tal tu diario? ¿Me lo vas a dejar leer?

Bueno, querido diario, estuve a punto de
decirle, ¡no! Pero luego pensé que si iba a dejar
un testimonio para que todo el mundo lo leyera,
ciertamente podía permitir que mi propia
hermana lo leyera.

—Sí, te voy a dejar leer mi diario, ¿de
acuerdo?

Ofi me echó los brazos al cuello y casi me
tumba. Eso hizo que Luby quisiera hacer lo
mismo. De pronto, tenía a dos hermanas ya no
tan pequeñas colgadas de mí.

—¡Nos vamos a México! ¡Nos vamos a
México! —canturreaban Luby y Ofi, pegando
brincos.

Suspiré aliviada, hasta que miré al otro
extremo del cuarto y vi la tristeza que se reflejaba

en la cara de Tyler. Sentí mi corazón doblarse como una carta sellada con las palabras *Devolver al remitente* estampadas encima. Tyler nunca sabría lo mucho que iba a extrañarlo, sin importar cuánto acabáramos divirtiéndonos en México. Nunca volvería a encontrar a un amigo tan especial otra vez, ¡uno que incluso nombrara una estrella en mi honor!

Hoy, antes de irse, me preguntó si había algo que quisiera llevarme. Al principio le dije que no, pero, cuando se hubo ido, me puse a pensar. Sí, había algo.

Sé que la abuela y la Sra. Roberge están empacando tantas cosas nuestras como sea posible traer en el coche. También tienen planes de visitarnos una vez más antes de que nos vayamos de Boston, para despedirse. Pero antes de irnos de Vermont el domingo, quiero pasar por la granja una última vez. Quiero verla temprano por la mañana cuando sale el sol, cómo se posa tan bonita sobre la leve ondulación del valle. Las dos casas de granja con el tráiler en medio y en el tramo plano detrás de las casas, el enorme establo rojo con las pequeñas cúpulas que parecen pajareras. Quiero ver las vacas, blancas y negras como las piezas revueltas de un rompecabezas, llegando del pastizal para que las ordeñen, las golondrinas saliendo y entrando en picada por las puertas abiertas tan rápidamente que es difícil seguir cada uno de sus movimientos. Y quiero ver a un niño salir del establo, arriando su nuevo becerro digno de concurso al que nombrará Margarita, en honor a nuestro pueblo natal en México.

Y entonces, podré irme, sí, porque el lugar y la gente a quienes he llegado a amar estarán bien guardados en mi interior y aquí sobre tus páginas, mi querido diario.

**NUEVE**

*Nine*

# de nuevo, verano

(2006)

*July 28, 2006*

*Dear Mari,*

Será muy extraño verte en Boston. Sé que hemos hablado por teléfono, pero no sé. Será extraño, es todo. Será la verdadera despedida, supongo, por ahora. Luego estarás en México y quién sabe dónde estaré yo.

Lo que quiero decir es que las cosas no marchan muy bien en la granja desde que tu papá y tus tíos se fueron. Este verano ha estado tan lluvioso que la mayoría de las semillas se han podrido en la tierra. Papá está calculando que va a tener que comprar mucho grano para el cual no tiene dinero. De todas formas, en casa se menciona de nuevo esa temible palabra, *vender* la granja, salir de deudas antes de que venga el banco y nos la quite de todas formas.

Lo gracioso, bueno, no tan gracioso, es que hace un año, sencillamente yo no habría aceptado la idea de no vivir aquí. Eso me volvía un poco loco, a decir verdad. Mis padres tuvieron que mandarme por un rato con mis tíos, sólo para que yo dejara de preocuparme.

Pero ahora, no lo sé. Aún me parece que éste debe ser uno de los lugares más hermosos de la tierra, como tú misma lo dijiste. Pero de alguna forma, aunque la idea de ya no vivir del campo todavía me entristece mucho, estoy mucho más dispuesto a aceptarla. ¿Quizá haber perdido al abuelo me ayudó a practicar cómo se pierde algo? O, de tan sólo saber todo lo que les ha pasado a ti y a tu familia, me hace ver que las cosas podrían estar mucho peor. Además, supongo que me estoy dando cuenta que otros aspectos podrían ser divertidos, como tener más tiempo libre para las cosas que me gustan además del campo. Quizá acabe siendo un astrónomo o un meteorólogo o tal vez estudie español y viaje a México y ayude a los agricultores de allá para que no tengan que abandonar sus tierras.

De cualquier manera, como mamá me recuerda con frecuencia, en la vida hay cambios,

cambios y más cambios. —Cuando naces como niño, mueres como bebé. Así como cuando naces como adolescente, mueres como niño. —¡Sí, mamá, cómo no! Parece como si toda la vida fuera un montón de funerales, ¿no?

—Pero incluso las cosas malas o tristes que suceden tienen su lado bueno —me recuerda mamá. Como este otoño, será un poco triste no regresar a la escuela Bridgeport. Pero lo bueno es que no tendré que tomar el autobús, ya que podré irme a la escuela con mamá, pues la escuela intermedia está justo al lado de la escuela secundaria donde ella da clases de matemáticas.

—Hay que desarrollar el hábito de ver las cosas de forma positiva —mamá siempre nos dice a papá y a mí. Por eso ella comenzó a hacer yoga y a meditar, ya que la mente es como una especie de perrito al que uno puede adiestrar. (¡Apuesto a que a Luby le encantaría escuchar eso!) Supongo que mi forma de pensar se parece más a la de papá. Pero no es como si nuestra mente no estuviera adiestrada... ¡sí lo está! Sólo tiende hacia las cosas tristes. Como los perros policíacos *golden retriever* que vimos en la tele, ¿te acuerdas? Husmean a niños extraviados e incluso a adultos. Sólo hay que darles a oler una camiseta o unos pantalones y allá van.

Pero sin duda trataré de ser positivo en esta carta de despedida que quiero entregarte antes de que te vayas. Una cosa verdaderamente positiva es lo bien que se siente hablar de nuevo contigo, aunque sea por escrito, lo que sé que te gusta hacer, pero yo no sirvo para eso. Otra cosa buena es lo que el Sr. Calhoun le dijo a mamá. Que el juez en la audiencia de deportación de tu papá dijo que iba a retirarle los cargos y mandarlos a todos de regreso a México y, que si no tienen antecedentes penales, entonces al cabo de diez años, cuando Ofi cumpla dieciocho, ella podrá venir primero como ciudadana americana y hacer la solicitud para que sus padres ¡obtengan sus papeles!

¡Diez años! En diez años, ¡tendré veintidós! Edad suficiente para haber terminado la universidad, si es que voy; lo cual mamá dice que no es optativo: es decir, no ir. —En el mundo de hoy... —Sé que tus padres siempre te están diciendo que tienes que estudiar, estudiar, estudiar para que puedas acabar con una vida mejor que la de ellos.

Es un poco triste, lo sé. El que tus padres nunca lleguen a vivir la vida que desean. Por lo menos, a mi mamá le encanta dar clases e incluso papá era muy feliz trabajando en el campo, hasta que tuvo el accidente. Pero ya no disfruta el trabajo del campo, dice, de la manera que tiene que hacerlo ahora, luchando todo el tiempo. Mamá le dice que todavía tiene que pasar por muchas encarnaciones más. Nada descabellado como la reencarnación, sólo la idea de que todavía puede vivir muchas otras vidas dentro de esta vida. ¿Y por qué no? Con la experiencia que tiene podría serle de gran ayuda a otros granjeros como inspector de campo. Podría hacer una multitud de cosas. Papá se limita a suspirar cuando, según él, mamá se está comportando como alguien de la "Nueva Era", pero creo que en realidad le ayuda pensar que su vida no se apagará si se ve obligado a vender la granja.

Además, en lo que están pensando no es en vender, sino en arrendarle toda la granja a mi tío Larry. (Se parece a tu tío Felipe, sólo que tío Larry no es afortunado desafortunado, sino solamente afortunado. Por ejemplo, ninguno de sus seis trabajadores mexicanos fue detenido.) Por supuesto, ya sabemos lo que el tío Larry pretende hacer: convertir nuestra granja en parte de su operación "Caca de Vaca". Es increíble que recolectar el estiércol de las vacas pueda hacer rico a un granjero, pero ordeñarlas, ¡no! Bueno, tío Larry también las ordeña. Tiene todo fríamente calculado. Los viveros y los parques y los jardines elegantes le compran el abono orgánico. Mientras tanto, vende la leche orgánica al mejor precio posible.

La manera en que esto va a funcionar es que, si uno de los hijos queremos dedicarnos a la

agricultura en un futuro ("¡A mí ni me vean!"
dice Sara de inmediato), tío Larry nos devolverá
la granja. Sólo tendríamos que calcular cuánto le
debemos por las mejoras al lugar. (No veo cómo
elaborar un "producto de estiércol", como lo
llama tío Larry cuando quiere sonar elegante con
gente como el tío Byron, significa una mejora.
Pero supongo que tío Larry tendrá que construir
un montón de cobertizos de almacenamiento y
comprar más equipo y cosas por el estilo.) La
mejor parte de este plan es que podremos
quedarnos a vivir aquí. Además, ¡podré quedarme
con Margarita! Quizá por eso la idea no me suene
tan horrible como alguna vez, el que papá deje de
vivir del campo.

Te veré mañana cuando vayamos a
despedirnos. Mamá conducirá porque papá no
dispone de tiempo. Me siento un poco mal por
tomarme libre el fin de semana, pero papá dice:
—Hijo, te lo has ganado. —Me lo he ganado, al
igual que él, pero se necesitan al menos dos
personas para ordeñar y papá en realidad sólo
cuenta por media debido a que todavía está mal
de la mano. Ben ofreció quedarse y Corey trabaja
ahora medio tiempo, cuando pueden prescindir
de él en su otro trabajo de granja. Papá también
ha tenido que contratar a dos muchachos del
lugar "que casi equivalen a un mexicano", según
dice, alabando a tus tíos y a tu papá.

De todas maneras, como lo pondré en el sobre, no quiero que leas esto hasta que hayas abierto la caja que te traeré como mi regalo de despedida. A estas alturas ¡ya sabrás qué hay en ella! Sí, de verdad quiero que te lo quedes. Al fin y al cabo, voy a pedirles uno más potente a mi tío Tony y mi tía Roxy de Navidad. Casi siempre me dan un regalazo en esa ocasión. Y sí, ya se lo pregunté a la abuela, ya que fue un regalo del abuelo, y ella me dio su bendición, como dice. De esa forma, Mari, cuando veas las estrellas en México, podrás pensar en que estoy mirando las mismísimas estrellas desde Vermont. Sólo que estarán en distintas partes del cielo, pero no importa.

La abuela también dice que si los agentes de inmigración no les permiten llevar más equipaje, ella podrá traerles cosas cuando vaya a visitarlos el próximo mes con el grupo juvenil de la iglesia. Han recaudado suficiente dinero y ya confirmaron que van a ir. La abuela me invitó a acompañarlos, pero mamá me dijo en privado que la abuela a duras penas podría pagar por otro boleto. Además, papá todavía necesita mucho mi ayuda con la granja este verano. Pero para el próximo verano, si tío Larry está al mando, ¡ya no tendré que hacer las labores de la granja! Otra cosa positiva en la que mi mente de sabueso pueda concentrarse. Y para entonces, seré rico otra vez por haber trabajado para el Sr. Rossetti durante todo un año.

Es todo por ahora, Mari. Te veré mañana en casa de la tía Roxy y el tío Tony. Quizá podríamos ir al planetario en el museo de ciencias y ver tu estrella por medio de ese telescopio realmente poderoso. Sería algo estupendo, mucho más grande que un puntito de luz.

Oye, Mari, ¿te acuerdas cómo te sentiste mal de que me gasté un montón de dinero al comprarte esa estrella? No la compré exactamente, porque en realidad uno no puede comprar una estrella, solo nombrarla. Y no cuesta nada, a menos que mandes pedir un certificado elegante o que escojas una estrella que sea visible sin telescopio, lo cual estoy dispuesto a hacer para tu próximo cumpleaños. Pero, ¿cómo le pondremos? Quizá en lugar de Mari Cruz, usaremos tu nombre completo, María Dolores Cruz Santos, ¿para que combine mejor con una estrella más grande?

Lo que me recuerda, la última cosa que quiero hacer antes de que le arrendemos la granja a tío Larry es nombrarla. Mamá opina que eso es una gran idea. De ese manera, cuando redactemos los documentos legales con tío Larry, podremos escribir un nombre de verdad. —Sería tan triste llamarla simplemente "el terreno de ciento diez acres con acceso a la carretera Town Line" —dice mamá y, de repente, se le saltan las lágrimas. Supongo que a mí también. Pero al darle un nombre, no sé, como que la haría más nuestra.

Tú que eres tan buena con las palabras, Mari, ¿quizá podrías darme unas ideas? Sobre todo porque me parece que un nombre en español sería fabuloso. El mismo nombre en inglés no sonaría tan especial. Lo mejor que se me ha ocurrido es Amigos Farm, o Granja Amigos, pero Sara dice que eso es demasiado soso; eso viniendo del único miembro de la familia que come ansias por abandonar la granja. Creo que "amigo" no es su palabra favorita del momento, ya que Mateo regresó a España después de pasar su año de intercambio en los Estados Unidos. Y esta vez, en lugar de que mi hermana lo cortara, él le dijo a ella que ahora que habría un océano de por medio, sólo quería que fueran *friends* o amigos. Así que, de todos maneras, Amigos Farm por ahora está en veremos, hasta que mi hermana encuentre un novio nuevo.

Pero ya sea o no que le pongamos Amigos, mientras mi familia viva en este terreno, será un lugar donde tú y tu familia tendrán amigos. Una cosa que aprendí del Sr. Bicknell el año pasado es que la única manera en que podremos salvar el planeta es si recordamos que todos estamos interconectados. Como las golondrinas. Como cuando se van de aquí, en un mes estarán de camino adonde tú estás.

Si eso les funciona a las golondrinas, debería funcionarnos también a nosotros. Como lo que aprendimos de la Srta. Swenson, la maestra que tuvimos el año anterior a que vinieras. Algo que los ancianos Hopi le decían a su tribu en épocas realmente difíciles: que había que hacer ciertas cosas para sobrevivir. Que no podían postergarlas. Que no había nadie más que ellos para hacerlas. "Somos a quienes hemos estado esperando", eso le decían los ancianos al pueblo Hopi.

Tú y yo, Mari, de nosotros depende. Somos los que salvarán el planeta. Así que debemos continuar esta conexión: por medio de las estrellas en lo alto y las golondrinas y las cartas de acá para allá. Y algún día regresarás, Mari. Como dijo el Sr. O'Goody, pondrán una carta especial en el expediente de tus padres. Mientras tanto, iré a visitarte en Las Margaritas. Para empezar, tengo que ver el pueblo en honor al cual he nombrado mi becerro digno de concurso.

*Goodbye, my friend,* y supongo que no tengo que decirte que me escribas.

Tu amigo por siempre jamás,
Tyler

*August 19, 2006*

*Dear Tyler,*

Me levanté súper temprano para escribirte, ya que la abuela y el Sr. Rossetti y el grupo de la iglesia se irán en unas cuantas horas. Se suponía que no se iban a regresar hasta la semana próxima. Pero cuando se enteraron de que mañana íbamos a tener elecciones para gobernador, decidieron adelantar su salida e irse hoy. Papá opina que eso sería lo mejor, ya que de otra manera podrían quedarse varados en medio de muchas huelgas y manifestaciones, y ha habido muchas de ellas.

Todo comenzó con las elecciones nacionales el 2 de julio. (Ya lo sé, ¡dos días antes del cumpleaños de tu país!) El candidato favorito de Las Margaritas perdió, pero no por mucho. De inmediato, la gente comenzó a decir que el ganador se había robado la elección y querían que se volvieran a contar todos los votos, pero el gobierno se negó.

—Vaya, ¡tal como pasó en nuestra elección del 2000! —dijo tu abuela.

—¡Tonterías! —discrepó el Sr. Rossetti—. Elegimos a nuestro presidente por todas las de la ley.

Todo el mundo se les queda mirando cuando

tienen sus discusiones. Más que nada, la gente de aquí está admirada de que dos personas mayores vinieran a nuestro pueblo a trabajar. —¡Esos viejitos deberían estar en casa, cuidándose!

—¡No somos ningunos viejitos! —dice la abuela cuando se los interpreto. No le gusta que la llamen viejita.

Por supuesto, el Sr. Rossetti no comparte esa opinión. —Elsie, ¿por qué no enfrentas la realidad? Morirás joven a los cien, después de habernos enterrado a todos los demás, obviamente.

Él se queja mucho, pero creo que la ha estado pasando de maravilla. Luby y Ofi no lo pierden de vista. Mientras tanto, abuelito ha venido cantidad de veces a visitar al viejito americano. Él y abuelote se sientan "a hablar" con el Sr. Rossetti, lo cual es muy divertido de ver, ya que abuelito y abuelote no hablan nada de inglés y el Sr. Rossetti no entiende el español. Se limitan a dar bastonazos en el aire y a hacer gestos y a asentir ante lo que sea que uno de ellos esté diciendo.

Así que, debido a que mañana es día de elecciones, todo el mundo está prediciendo que habrá problemas. Grandes huelgas como las que se han declarado en la Ciudad de México y en el estado contiguo al nuestro, Oaxaca. No sólo manifestaciones, como las que tuvieron ustedes la primavera pasada a favor de los derechos de los inmigrantes en Washington, D.C. Me refiero a los "plantones", en los que millones de personas acampan en el zócalo durante semanas y semanas, bloqueando la entrada a los edificios gubernamentales e incluso la carretera al aeropuerto. Papá se emociona mucho y dice que quizá México finalmente se convertirá en un lugar donde la gente como él pueda quedarse a trabajar y a criar a sus familias.

Una de las cosas buenas de habernos mudado es que siento que ¡me han devuelto al papá que yo conocía! Me preocupaba cuando lo pusieron en libertad en el aeropuerto que el haber estado en la cárcel lo hubiera vuelto aún más amargado y enojado. Pero el haber encontrado a tantos amigos que lo ayudaron, y tu tía y tu tío que nos recibieron en su casa y no nos cobraron ni un quinto, le llegó al alma. —Hay gente buena en este mundo —le dijo a mamá en el avión de regreso a México—. Ángeles —dijo, esbozando una sonrisa para sí. Quizá recordaba cómo tu mamá nos había llamado unos ángeles mexicanos cuando recién habíamos llegado a la granja hoy hace un año, casi exactamente... ¡me acabo de dar cuenta!

Papá se ha despertado; casi todos duermen

todavía después de la fiesta de despedida que hicimos anoche. Cuando me ve escribiendo, me pregunta que para quién es esta carta. Titubeo porque, bueno, ya sabes cómo es él cuando se trata de los niños varones y yo. Pero antes de que pueda decir tu nombre, dice: —Ése es un hombrecito bueno.

Así que, ya lo ves, Tyler, realmente le caes bien a papá. Eres el único niño al que ha elogiado desde que cumplí los doce y me convertí en una señorita. No confía ni en mis primos varones. Es algo tan bobo, pero mamá dice que así fue como los criaron a ella y a papá. Y después de lo que le pasó a ella...

Sé que él se siente mal por la manera en que te trató después del regreso de mamá. Pero como le dije al Sr. O'Goody, papá estaba como fuera de sí en aquel entonces. También le preocupa el dinero que te debe. De hecho, quería que la abuela te devolviera el telescopio. —Es demasiado —explicó.

Pero la abuela se negó. —¡Dile a tu padre que un regalo no se devuelve!

Creo que sí fuiste demasiado generoso, Tyler. Así como creo que fue algo tan especial el que nombraras una estrella en mi honor, incluso si era gratis. En realidad me siento mejor al saber que no es de mi propiedad. Como lo que me contaste de los indígenas americanos, cómo ellos realmente no creían que la gente pudiera ser dueña de la tierra. ¿Cómo podría ser uno dueño de una estrella! (¿A poco no te encantan los *interrobangs!*)

También me alegra mucho no tener que devolverte el telescopio. Me encanta mirar a través de él, ¡así como a todo el pueblo! Papá bromea que si cobrara entrada cada vez que un vecino viene a mirar las estrellas a través de mi anteojo mágico, ya casi te habría pagado su deuda. Quinientos dólares es mucho dinero aquí... más de lo que algunos de nuestros vecinos ganan en un año. Pero papá te lo devolverá, Tyler, así sea en diez años cuando Ofi pueda patrocinar la migración de papá a los Estados Unidos. Cuando tu abuela llegó, papá me pidió que le dijera que él regresaría a trabajar a tu granja gratis hasta que pagara toda su deuda.

Así que tuve que explicarle toda la situación que tú me habías explicado a mí. —Papá, los Roberge ya no se van a dedicar al campo.

Papá suspiró. Ese antiguo cansancio había vuelto a sus ojos. —Hemos sufrido el mismo destino —dijo en voz baja—. Tan buenas gentes —agregó—. La vida no es justa.

Es triste escuchar a tus padres decir algo así. Supongo que es como lo que dijiste acerca de tu padre (y de ti mismo), papá ve más tristeza en el mundo que felicidad.

—Pero eso lo podemos cambiar —le dije, tratando de ser positiva por ambos. Habíamos estado mirando la televisión, a las multitudes de gente acampando en la Ciudad de México exigiendo que el gobierno haga de su país un lugar en el que ellos puedan vivir—. Podemos hacer que las cosas sean más justas, papá. Hay que hacerlo, porque nadie más lo hará si nosotros no lo hacemos.

Una mirada extraña se apoderó del rostro de papá. Era como si de pronto se diera cuenta de que ya no soy una niña. Ah, ya sé que él siempre me está diciendo que soy la mayor y que tengo que cuidar de mis hermanas. O que ahora soy una señorita a quien hay que proteger de muchachos que querrán aprovecharse de mí. Pero, en ese mismo instante, lo comprendió. Me estaba convirtiendo en alguien a quien él podría incluso ¡llegar a admirar!

No sólo está papá más contento, sino que mamá también. Estar cerca de la familia y estar en su tierra ha sido bueno para ambos. Papá está metido en la política local; por eso sabía tanto de las elecciones que iban a tomar lugar el domingo y pudo aconsejar a la abuela.

Ofi y Luby están mejor, pero las primeras dos semanas fueron muy duras para ellas. No se acostumbraban a hablar en español todo el tiempo y extrañaban sus programas de televisión.

Además, tienen que ayudar a mamá con gran parte del quehacer. Aquí, no es sólo cuestión de que la lavadora lave la ropa. Tenemos que juntar leña para prender el fuego para cocinar, pues la electricidad es tan cara y a menudo hay apagones. Tenemos que sembrar frijoles si queremos burritos y hacer nuestras propias tortillas de nixtamal. Después de la primera semana de pensar que era divertido hacer todas estas cosas, ahora sólo dicen: —¡No quiero! — Bueno, sobre todo Ofi, y Luby le copia todo. Pero he mantenido mi promesa y sólo me peleo con Ofi más o menos una vez al día.

—No me puedes obligar —siempre dice cuando le pido que me ayude—. Tengo derechos. ¡Soy una ciudadana americana!

El otro día, papá escuchó de casualidad este intercambio y se llevó las manos a la cintura y dijo: —Americanita, cuando estuvimos en tu país, tuvimos que trabajar. Ahora estás en el nuestro y ¡te toca trabajar a ti!

Fue lo más chistoso que pudo haber dicho, pero traté de no reírme porque no quise comenzar otra pelea con Ofi.

Todos vamos a sentirnos aún más nostálgicos ¡una vez que la abuela y el Sr. Rossetti se vayan! Mamá nos ha prometido que algún día volveremos. —¿Cuándo? —Ofi quiere saber.

—Tan pronto como podamos hacerlo por la

vía legal —mamá nos promete. Ella pagó un precio demasiado alto por cruzar ilegalmente esta última vez. Me ha prometido que cuando yo sea un poco mayorcita, me contará toda la historia—. Y un día, cuando seas una escritora famosa, lo podrás poner en un libro. —Ella sonríe ante el futuro que imagina para la hija que siempre está escribiendo cartas o escribiendo en su diario.

Papá es el que no está tan seguro de querer volver (excepto para pagar su deuda contigo). Dice que si el país mejora, él prefiere quedarse. Pero le encantaría que mis hermanas y yo estudiáramos y nos convirtiéramos en profesionales y viviéramos en los Estados Unidos. Por un rato, al menos. A la larga, quiere que volvamos a casa. —Ésta ha sido nuestra tierra durante generaciones —dice, recogiendo un puñado de tierra y cerniéndola entre los dedos.

Pero es distinto para Ofi y Luby, e incluso para mí. Como lo que mencionaste acerca de las golondrinas, Tyler. Las Margaritas es nuestro hogar, pero también somos parte de esa granja especial sobre las colinas ondulantes de Vermont.

Lo que me lleva a tu petición sobre qué nombre ponerle a la granja. En realidad, le he pedido sugerencias a toda la familia. Papá votó por el nombre de Amigos Farm. Mamá lo pensó por un minuto, luego dijo, quizá Buenos Amigos Farm, o sea la Granja de los Buenos Amigos. Estaba segura de que Luby sugeriría un tipo de nombre que tuviera que ver con los perros, pero votó por la sugerencia de Ofi: ¡La Granja de las Tres Marías!

—Pero no es nuestra —les hice notar—. Además, es un poco presuntuoso querer poner nuestros nombres en la granja de los Roberge.

—¡No es cierto! —discrepó Ofi.

¡Sí es cierto!, pensé, pero no lo dije, debido a que ya nos habíamos peleado varias veces ese día.

Anoche, salió otra vez el tema del nombre de la granja. Fue después de la gran fiesta de despedida en nuestra casa. Papá hizo carnitas de todo un puerco, que es lo que la gente de aquí acostumbra a hacer cuando realmente quieren celebrar algo. Habíamos invitado a todos los vecinos que habían hospedado a los muchachos del grupo juvenil de la iglesia. Comimos y comimos y luego todos se turnaron para mirar a través de mi telescopio. Esa fue una de las mejores cosas de la fiesta. De hecho, según avanzaba la velada, la gente comenzó a ver las constelaciones más asombrosas. Mariano, que es algo así como el borracho del pueblo y se aparece en todas las fiestas, ¡aseguró haber visto a la Virgen de Guadalupe en el cielo! Todos la estaban pasando tan bien, que no querían irse.

Finalmente, tío Felipe comenzó a tocar a Wilmita y cantamos "Las golondrinas" para dar a todos las buenas noches.

Después, la familia se sentó afuera, mirando las estrellas a simple vista. El Sr. Rossetti y la abuela también estaban allí, ya que se están quedando con nosotros, y abuelito, ya que era demasiado tarde para que él regresara hasta su casa. Estábamos sentados afuera, nos sentíamos cansados, con esa especie de cansancio feliz, pero también un poco tristes por los adioses en el aire.

—Me parece —observó el Sr. Rossetti—, que desde aquí se ven más estrellas que en casa.

Era cierto, parecía haber más y más estrellas, mientras más mirábamos. Luego, de la nada, la abuela preguntó: —¿Cómo se dice *star* en español?

—¡Estrella! —gritaron Ofi y Luby al unísono, muy orgullosas de haberlo recordado.

—¿Qué les parece Estrella Farm? —sugirió la abuela.

—Me parece que es una granja americana y debería tener un nombre americano, Elsie —discrepó el Sr. Rossetti—. Sin ánimo de ofender —le dijo a sus anfitriones, quienes, como lo dijo en inglés, no entendieron lo que dijo de todas formas.

—Oh, Joseph —suspiró la abuela. Pero era

demasiado tarde para tener un desacuerdo, incluso uno menor.

—Tengo una mejor idea —prosiguió el Sr. Rossetti, animado porque la abuela se había dado por vencida—. ¿Qué tal Stars and Stripes Farm? —Aunque no podía ver su cara con claridad, supe que el Sr. Rossetti sonreía—. Así le decimos a la bandera de los Estados Unidos —les dijo a abuelote y abuelito. Ellos asintieron— Sí, sí, sí —aunque no tenían la menor idea de lo que estaba diciendo el Sr. Rossetti.

Pensé en lo que había dicho el Sr. Rossetti y me pareció bastante acertada su opinión. La Granja de las Barras y las Estrellas no estaba mal. Es verdad que tienes un gran país, Tyler. De otra forma, ¿por qué tantos de nosotros querríamos ir allá? Pero me puse a pensar en lo que había dicho el Sr. Bicknell, sobre que no sólo debemos ser patriotas de un país, sino ciudadanos del planeta. Así que, ¿por qué no dar a la granja un nombre que sirva de conexión entre nosotros?

—Stars and Swallows Farm —dije, ensayando el nombre en voz alta—. La granja de las estrellas y las golondrinas. El nombre me sonó perfecto en ese momento. Pero, ¿te acuerdas cómo dijiste que tu propia familia se decide por un nombre pero a los pocos días cambia de parecer? Bueno, esta mañana Stars and Swallows Farm me sonaba como un montón de palabras. Así que ahora no estoy muy segura de qué sugerirte, Tyler. ¿Quizá tu granja sea demasiado especial para las palabras, y es por eso que tu familia no ha podido ponerle un nombre?

Qué lástima que el Sr. Bicknell ya no va a ser tu maestro. El asignaría una tarea creativa en la que todos sugerirían un nombre y escribirían una historia explicando el por qué. Entonces, como en una democracia, todos votarían.

Anoche no lo sometí a votación, pero me pareció que a todos les gustó el nombre Estrellas y Golondrinas. Nos sentamos en silencio saboreando el nombre como si fuera un sabor en la lengua. *Stars and Swallows.* Estrellas y Golondrinas.

—En unas cuantas semanas regresarán —abuelote interrumpió el silencio. Tardé un segundo en darme cuenta de qué estaba hablando.

—Esperamos y esperamos —coincidió abuelota—. Y nuestros corazones no se sienten plenos hasta que no vemos regresar las golondrinas, abarcando todo el cielo.

—Tan numerosas como las estrellas —observó abuelito.

Entonces me di cuenta de lo mucho que mis abuelitos nos habían extrañado, cómo parte de su propio corazón les había hecho falta hasta ahora. Cómo éramos aquellos a quienes ellos habían estado esperando.

Todos nos quedamos callados de nuevo, mirando hacia arriba, sintiendo lo especial que era esta noche antes de que voláramos en direcciones diferentes.

Tu amiga, para siempre *and forever, too*,

Mari

Queridos lectores, *dear readers,*

Aunque esta es una historia inventada, la situación que describe es verdadera. Muchos campesinos de México y Centroamérica se ven obligados a venir al norte a trabajar porque ya no pueden vivir del campo. Realizan el peligroso cruce de la frontera con la ayuda de coyotes o polleros, que les cobran mucho dinero y a menudo se aprovechan de ellos. Para evitar que estos inmigrantes entren, se está construyendo un muro entre México y los Estados Unidos. Se ha enviado al ejército nacional para que patrulle la frontera. Tratamos a estos países vecinos y a esos ayudantes migratorios como si fueran nuestro peor enemigo.

Estos trabajadores migratorios a menudo traen consigo a sus familias. Sus hijos, nacidos en México, también son considerados como "extranjeros ilegales" o *illegal aliens.* Pero aquellos nacidos en Estados Unidos son ciudadanos estadounidenses. Estas familias viven temerosas de la deportación y la separación.

En 2006, el Servicio de Inmigración y Control de Aduanas de Estados Unidos (ICE, por sus siglas en inglés o "la migra", como la conocen los inmigrantes) hicieron redadas en muchos lugares de trabajo. Este operativo era conocido como la Operación Devolver al Remitente, según la frase que el Servicio Postal de los Estados Unidos imprime en las cartas que no tienen suficientes estampillas o que tienen la dirección equivocada. Se detenía a los trabajadores indocumentados en el acto, dejando atrás a sus niños, de los cuales se encargaban los amigos, los familiares o los hermanos mayores. Estos niños son víctimas de la decisión de sus padres de abandonar su patria para poder sobrevivir.

Atrapados en una situación similar en este país se encuentran los hijos de los agricultores estadounidenses, para quienes resulta cada vez más difícil vivir del campo. No encuentran mano de obra al alcance de su bolsillo y se ven obligados a contratar a campesinos desplazados de otros países. Los niños de ambos son testigos del final de una forma de vida y de la pérdida de sus hogares ancestrales.

Cuando un mexicano muere lejos de su tierra, se cantan "Las golondrinas" en su entierro. La canción cuenta de una golondrina que realiza la migración anual de México al Norte a fines de la primavera y regresa al sur en el otoño. Pero a veces esa golondrina se pierde en los fríos vientos y no encuentra su camino de vuelta a casa. Ese es el miedo que sienten los que abandonan su hogar, así como el que sienten los que se quedan aguardando su regreso. La canción nos recuerda que todos necesitamos de un lugar seguro y feliz en el cual sentirnos a gusto.

Con esperanza y *with hope,*
Julia Alvarez

# UNA PALABRA SOBRE EL INGLÉS EN ESPAÑOL
## A Word About the English in Spanish

Me imagino que debe parecerte extraño que Mari a menudo escriba en su diario en inglés, pero tú lo leas en español.

De la misma manera, cuando nos comunica lo que dice la familia de Tyler, sus familiares están hablando en inglés, pero ¡un momento! Tú lo lees en español.

Eso es lo maravilloso de contar cuentos. Lo imposible se vuelve posible. Puedes leer una historia sobre un guerrero samurai o dos adolescentes italianos de familias enemistadas o un príncipe danés cuyo padre ha muerto misteriosamente y sentirte completamente a gusto en su mundo, aunque no hables ni una palabra de su idioma. Por eso me encantan las historias. No hay fronteras. Como las golondrinas, como las estrellas, no tienes que detenerte donde un país o idioma o raza o religión o género o época termina y otra comienza.

Pero en caso de que te lo estés preguntando, una de las maneras en que reconocemos que una palabra pertenece a otro idioma, a otra lengua, *belongs in another language* es que la ponemos en letra cursiva. Así que cuando una de las entradas del diario de Mari comienza en letra cursiva *Dear Diary* o escribe una carta a *Dear Mr. President* o *Dear Tyler* y Tyler le escribe una carta que dice *Dear Mari* sabrás que en realidad lo han escrito en inglés. Pero no te preocupes. Debido a que se trata de una historia, podrás comprender el inglés como si fueras una persona cuya lengua materna es el inglés.

Además, cuando uso una palabra en inglés, siempre te doy la traducción al español o me aseguro de que comprendas lo que esa palabra significa en esa escena. No me gustaría que te sintieras excluido en caso de que todavía no seas ¡completamente bilingüe! Pero espero que lo que puedas hacer mágicamente dentro de una historia, comprender el inglés, te motivará a aprender esa magia en la vida real. Ser bilingüe es una forma maravillosa de sentirnos conectados a otros países y gente, y comprender lo que significa vivir dentro de sus palabras, así como dentro de su mundo.

De modo que, por ahora, bienvenido al inglés en español, y que eso te inspire a aprender el idioma *English* en inglés.

## Agradecimientos

Nombraré aquí las estrellas de las páginas siguientes
en honor a todos los que me ayudaron
a escribir este libro.
Ustedes saben quiénes son,
mis estrellas.
¡Gracias!
*Thank you!*

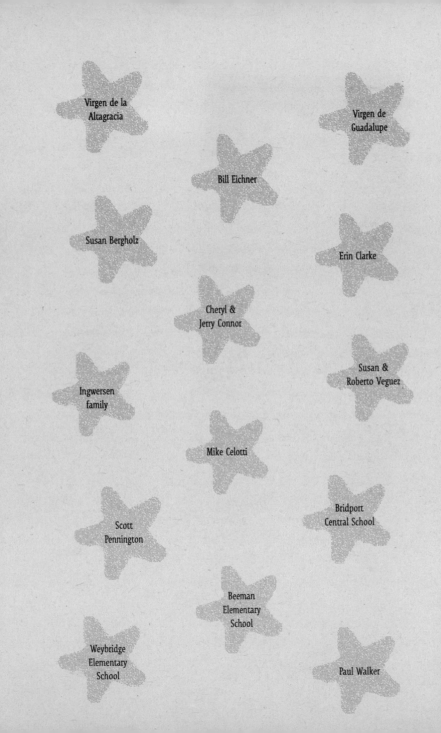

Virgen de la Altagracia

Virgen de Guadalupe

Bill Eichner

Susan Bergholz

Erin Clarke

Cheryl & Jerry Connor

Susan & Roberto Veguez

Ingwersen family

Mike Celotti

Scott Pennington

Bridport Central School

Beeman Elementary School

Weybridge Elementary School

Paul Walker

Addison County
Migrant Workers
Coalition

Carol Wood

Irma Valeriano

Lyn Tavares

Open Door
Clinic staff

Chris Urban

Shawn

Lorenza

Sheriff
Jim Coons

Jayson

Eric

Arelis

Josué

María

Luby

Andrea
Cascardi

Liliana
Valenzuela